Ingrandimenti

Dave Thompson

ANGELO BRUCIATO

La storia di Kurt Cobain

Traduzione di Franco Zanetti

ARNOLDO MONDADORI EDITORE

ISBN 88-04-40203-2

Titolo dell'opera originale
Never Fade Away:
The Kurt Cobain Story
I edizione marzo 1995

Angelo bruciato

Grazie a tutti voi dal fondo del mio infiammato,
nauseato stomaco per le vostre lettere
e la vostra sollecitudine di questi ultimi anni.
Kurt Cobain
Aprile 1994

Capitolo 1

Le prime notizie erano confuse, una specie di mormorio che si faceva strada lentamente nel traffico di Seattle, subito dopo l'ora di punta. Il corpo di un uomo di giovane età, apparentemente suicida, era appena stato ritrovato nella casa di Seattle di proprietà di Kurt Cobain.

La causa della morte sembrava essere stata una ferita da colpo d'arma da fuoco alla testa; le prime informazioni lasciavano intendere che il cadavere fosse rimasto nel luogo del ritrovamento per almeno un giorno intero, prima che un elettricista – che si era recato a casa Cobain per una riparazione – lo scoprisse. Ed era molto probabile che il corpo, che indossava jeans, una camicia con le maniche lunghe e scarpe da ginnastica nere, fosse quello di Cobain. Questo, in sostanza, era ciò di cui la città doveva accontentarsi per il momento.

Ma, in più di un senso, era più che sufficiente. Il corpo era stato scoperto alle 8,40 del mattino; cinquanta minuti più tardi, la locale emittente radiofonica KXRX stava già trasmettendo la notizia. Alle 10 del mattino, sembrava che tutti i telefoni della città stessero squillando contemporaneamente, mentre fans increduli chiamavano i loro amici come se non potessero credere alle proprie orecchie. Hai sentito? È vero? Che altro sai? Poi, una volta che fu chiaro che nessuno ne sapeva niente di più degli altri, la gente si rimise in ascolto della radio e dei suoi propri sentimenti. Sarebbe stato un giorno lungo, molto lungo.

Il dramma che aveva risvegliato Seattle dal suo torpore del primo mattino arrivò ufficialmente sulle prime pagine dei giornali l'8 aprile 1994. Ma purtroppo, e dolorosamente, si stava sviluppando già da un mese prima: da quando Kurt Cobain aveva ingerito una – teoricamente letale – mistura di champagne e Roipnol, poi era piombato, vittima di un collasso, sul pavimento della stanza d'albergo italiano nella quale si trovava.

Anche in quell'occasione, per qualche tempo una buona fetta del mondo occidentale aveva trattenuto il respiro; e da quando la CNN aveva annunciato – per errore, naturalmente – che il cantante era morto, la gente si stava già preparando al peggio.

La prima dichiarazione proveniente dall'ufficio organizzativo dei Nirvana, il Gold Mountain Management, era generica in maniera deludente. Il «Seattle Times» si limitava a riportare una dichiarazione della portavoce del Gold Mountain, Janet Billig, secondo la quale, alla fine del tour europeo appena concluso, a Kurt erano stati prescritti degli analgesici per i dolori di stomaco che lo affliggevano fin da ragazzo. Era stata una combinazione tra questi medicinali e l'alcool a provocare quelle che la Billig definiva «complicazioni».

Una spiegazione più esauriente, benché anch'essa incompleta, fu diffusa più avanti nel corso di quella stessa giornata: «Kurt Cobain è entrato in coma alle 6 del mattino, ora standard europea... Il coma è stato indotto da una combinazione di influenza e affaticamento fisico, sommati all'assunzione di analgesici di prescrizione medica e champagne. Anche se Cobain non ha ancora ripreso coscienza, mostra comunque, secondo quanto hanno dichiarato i medici, sintomi di risveglio». Più tardi la Billig aggiunse: «I sintomi vitali sono ripresi, e Cobain ha aperto gli occhi. Non sono in grado di dire se stia parlando con lucidità, ma sta muovendo le mani. Sua moglie – la cantante Courtney Love – e sua figlia (Frances Bean, di diciotto mesi) sono insieme a lui».

Eppure, c'erano ancora dei vuoti nella ricostruzione della vicenda: vuoti che molti giornalisti pensarono di poter riempire a Seattle. Una persona bene informata della redazione di «People» si mise in contatto con «The Rocket», il periodico musicale della città, e lo avvisò che i direttori stavano già preparandosi alle diverse evenienze: «Se muore, lo mettiamo in copertina; se resta in coma gli diamo tre pagine, se si rimette subito in piedi basta mezza pagina».

Quando questa conversazione telefonica ebbe luogo, Kurt era ancora in stato d'incoscienza. «È istruttivo,» commentò con ironia Johnny Renton del «The Rocket» «conoscere il modo in cui la stampa determina i suoi standard di correttezza professionale, non credete?»

Ma questa sensazione di cinismo, stavolta, fu avvertita anche da molta gente. Un altro falso allarme: roba già sentita in passato.

Dato che si sapeva che Cobain aveva avuto dei problemi con l'eroina, i giornalisti e i fans di tutto il mondo ipotizzarono che si stesse cercando di coprire con una cortina fumogena una banale overdose di eroina; avrebbero invece dovuto interrogarsi su quello che si sarebbe rivelato come un tentativo di suicidio.

In seguito apparve evidente che l'episodio di Roma era stato proprio un rinvio: e un rinvio non intenzionale. Anche quella volta Kurt aveva avuto davvero intenzione di uccidersi, come testimoniava il biglietto che (come correva voce) aveva lasciato a Courtney.

Di ritorno a casa, a Seattle, dopo la sua disavventura italiana, Kurt non ci mise molto a reimmergersi nelle viscere narcotiche della città. E, dopo tutto, non doveva nemmeno scendere molto a fondo.

A Seattle, l'eroina – dice Courtney – «è come le mele in

un frutteto. Allunghi la mano e la prendi». Stupita dalla facilità con la quale si può acquistare droga in città, Courtney continua: «La polizia di Seattle non fa niente in proposito. Ho chiesto loro: non vi vergognate quando sentite dire che Seattle è famosa per il grunge, il cappuccino e l'eroina?».

Chris Novoselic, il bassista dei Nirvana, è pronto a ribattere. Se Courtney è stata la moglie di Kurt, lui di Kurt è stato amico: ed è fermamente convinto che in questa storia la droga abbia giocato solo una parte, e nemmeno molto importante.

«Dare la colpa della morte di Kurt solo all'eroina è una stupidaggine. Sono anni che la gente si fa di eroina. La si può comprare in qualsiasi città. E l'eroina era solo una piccola componente della vita di Kurt.» No, Chris non ha ancora alcuna risposta alla domanda «perché l'ha fatto»... ma nessun altro aveva ancora una risposta.

O forse sì. È vero che Seattle è stata una volta votata come la città degli Stati Uniti in cui si vive meglio, ma nell'immaginazione popolare è anche quella dove si muore meglio. Due dei serial killer più famosi d'America, Ted Bundy e l'Assassino del Green River, avevano il loro campo d'azione nelle immediate vicinanze della città; ma anche prima di quei due, Seattle era nota per la sua cupezza, una densa cupezza spirituale che avvolge e nasconde tutto ciò che sfiora. È stata una pura coincidenza il fatto che, quando il regista David Lynch ha ideato la serie di telefilm *Twin Peaks*, ha scelto di ambientare le vicende dei suoi folli protagonisti proprio nel Nordovest?

Ed è una coincidenza il fatto che, quando i turisti del rock'n'roll arrivano in città per la prima volta, è la Morte, e non la Vita, a condizionare il loro itinerario. Non conta molto il tenace legame della città con la sensibilità rock'n'roll dell'America: in ogni modo, Seattle non ha granché da esibire a testimonianza dei suoi sforzi.

È vero, c'è il negozio della Sub Pop, pochi metri dopo il

Moore Theater, dove si possono acquistare souvenir dell'etichetta discografica che ha cambiato i gusti musicali della nazione e ha contribuito a far vendere un milione di stivali alla Doc Martin; e c'è l'Edgewater Inn, dove secondo la leggenda i Led Zeppelin se la spassarono con una ragazza dai capelli rossi usando un grosso pesce come surrogato del membro maschile; e c'è il Sand Point Way, dove il Sound Garden – il Giardino Sonoro – dello scultore Doug Hollis se ne sta ululante in faccia al vento.

Ma non c'è uno Whiskey a-Go-Go, un locale con tre decenni di storia; non c'è un CBGB, il luogo di nascita del punk; non ci passano la Statale 66 né la 128. In altre parole, è vero che Seattle brulica di note a piè di pagina nella storia del rock'n'roll, ma ci sono pochissimi inizi di capitolo. In compenso, abbondano i paragrafi finali.

A Renton, presso i confini meridionali della città, il Greenwood Memorial Park ospita le spoglie mortali di Jimi Hendrix, il chitarrista che ha cambiato la faccia del rock'n'roll moderno. Nella First Avenue, in centro, le pareti esterne del Vogue sono state consacrate ai graffiti in memoria di Andrew Wood, voce solista dei Mother Love Bone.

Stefanie Sargent, chitarrista delle 7 Year Bitch, morì a Seattle nel 1992; come pure Mia Zapata dei Gits, vittima di un selvaggio omicidio proprio dodici mesi esatti più tardi. La cupezza che fece da ispirazione a *Twin Peaks*, e che pervade tanto profondamente la regione del Pacific Northwest che persino i suoi abitanti – i quali pure dovrebbero esserci abituati – hanno, controvoglia, adottato l'espressione «Nordovest Nero». Questa cupezza esercita un'attrazione particolare sul rock'n'roll, e benché quelle morti non abbiano alcun collegamento fra loro, nell'immaginario collettivo cittadino fanno un tutt'uno.

E oggi c'è un altro indirizzo da aggiungere alle guide turistiche: arretrato rispetto alla strada, e nascosto dal verde, un muro basso sovrastato da siepi impenetrabili, isolato e protetto come può esserlo solo una villa da un milione di dollari. È il 171 Lake Washington Boulevard, dove i Cobain avevano comprato casa quattro mesi prima, e dove Kurt ha posto fine alla sua vita.

Kurt non ha mai fatto un mistero del suo uso di droghe, anche se i suoi amici hanno dichiarato che entrava e usciva dall'abitudine agli stupefacenti, e che anche l'eroina per lui era più una medicina che un divertimento. Nella sua battaglia contro quei cronici spasmi dolorosi allo stomaco, l'eroina era l'unica droga di sua conoscenza che non solo gli alleviasse la sofferenza, ma nello stesso tempo riuscisse a spazzare via l'angoscia emotiva di cui soffriva.

Nel corso degli anni, l'espressione «superstar controvoglia» è stata così sfruttata che oggi ha perso quasi significato. Sembra che tutto quello che uno debba fare sia prendere a male parole alcuni fotografi, poi presentarsi in ritardo per un'intervista, e improvvisamente si ritrova su tutte le prime pagine. La pratica è diventata particolarmente abituale più o meno negli ultimi dieci anni, più ancora per via del modo il cui in questo periodo lo show business ha cercato disperatamente di demistificare se stesso.

Le star non sono più divinità inattingibili, che si degnano di scendere dall'Olimpo per dispensare le loro benedizioni a un pubblico remissivo e servile. Di questi tempi, sono persone come tutti gli altri, con i problemi e i mal di denti di tutti, e i comportamenti trasgressivi delle superstar che un tempo erano tollerati, l'alcool e le droghe e i molti matrimoni, non sono più considerati eccessi. Oggigiorno, sono considerate debolezze: e anziché cadere in adorazione ai piedi dei nostri idoli, oggi ci si aspetta che gli diamo delle pacche di conforto sulle spalle; del genere «deve essere davvero dura per te», ma anche «come sono sfortunato», perché in effetti gli idoli non dovrebbero essere smitizzati: dovrebbero essere tenuti nei sacri santuari a scintillare e risplendere.

Può darsi che questa considerazione non trovi d'accordo chi ha a cuore le cifre di vendita dei giornali popolari, ma chi consideri il meccanismo psicologico che sta dietro queste vendite sicuramente la condividerà. Il pubblico ha bisogno di personaggi celebri ai quali guardare con venerazione: e se divorano voracemente gli articoli che parlano dei problemi di questi personaggi, è proprio perché loro sono personaggi che i loro problemi diventano importanti. Togliete i lustrini alle superstar, e cosa resta? La signora Higgins, della casa giù all'angolo, che si lamenta dei suoi calli; il signor Potter, là alla fermata dell'autobus, che brontola quando piove. Ricordate quando i vostri genitori dicevano, mentre suonavate sul giradischi l'ultimo 45 giri dei Sex Pistols, «canzoni come quelle di una volta non se ne scrivono più»? Aspettate ancora un paio d'anni, poi guardate i gruppi rock che ascolteranno i vostri figli. «Come quelli di una volta non ne fanno più» commenterete.

Kurt Cobain sicuramente non era «come quelli di una volta»: anche se, sulla carta, ne aveva tutte le caratteristiche. Nei brevi tre anni trascorsi da quando i Nirvana esplosero dal nulla alla celebrità («dal nulla» in senso lato, perché erano già insieme da cinque anni), Cobain è stato paragonato a tutte, o quasi, le più grandi star del rock.

John Lennon: chi altro scriveva canzoni così dolorosamente personali?

Elvis Presley: chi altro aveva avuto un effetto così rivitalizzante su un mercato discografico apparentemente moribondo?

Johnny Rotten: come sopra, ma con in più un'intrinseca, vendibilissima coccolabilità. Ti potevi far trafiggere da quei penetranti occhi azzurri, ma quando andavi più vicino, e ascoltavi quella voce profonda e calda, ora così seria ora – subito dopo – pronta a uscirsene con un contagioso mezzo risolino, era impossibile lasciarsi alle spalle Kurt Cobain senza esserti convinto di avere appena incontrato il tuo migliore amico. E che importava se, la volta dopo, lui ti ignorava? Quella prima volta era tutta tua, e nessuno avrebbe potuto portartela via.

Poi, quando arrivò la notizia della sua morte, ti colpì ancora più profondamente, perché sapevi che non avresti più potuto vivere di nuovo un momento come quello, nemmeno nella memoria, perché persino i tuoi sogni sono infestati dai dettagli che i giornali hanno omesso di includere: come la rovina che il colpo di fucile deve aver provocato nella sua testa, e le condizioni della sua mente quando ha sparato quel colpo. Una superstar controvoglia? C'erano momenti in cui Kurt Cobain era un essere umano controvoglia. La sua celebrità era semplicemente la ciliegina avvelenata all'arsenico su una torta ormai andata a male.

Nel biglietto che lasciò vicino al suo corpo, Kurt confessava: «Da troppi anni, ormai, non ho più provato esaltazione... creando musica, o scrivendo *davvero* qualcosa». Il suo entusiasmo andava e veniva a sprazzi: la settimana prima che i Nirvana tenessero il loro primo concerto in tre mesi al New Music Seminar di New York, nel 1992, Kurt faticava a trattenere la sua eccitazione all'idea di mettere insieme una breve sequenza acustica. Aveva pronte le canzoni, e non erano punk rock tutto urla. «Credo che la gente ne sarà sorpresa.»

Invece, ne fu disgustata. Quattro canzoni, aggiunte alla fine di un torrido concerto nel Roseland intriso di sudore, e la gente protestava come con Dylan a Newport. «Suona del rock'n'roll!» In occasioni successive le reazioni del pubblico furono più moderate, e quando i Nirvana offrirono agli spettatori di MTV un'intera ora di materiale di quel genere, la gente già proponeva che il prossimo album dei Nirvana dovesse assolutamente seguire quella linea. Ma forse, a quel punto, Kurt aveva già perduto interesse. Era un musicista di rock'n'roll. Gli sarebbe mai stato permesso di diventare qualcosa di diverso? Non in questa vita.

Irrimediabilmente risucchiato dal vortice degli obblighi

della sua carriera, Kurt stava cercando di tirarsene fuori, ma nessuno poteva afferrarlo. All'inizio di marzo, mentre si stava preparando a quello che sarebbe stato l'ultimo concerto della sua vita, Kurt telefonò dalla Germania a suo cugino, Art Cobain. Senza nessun motivo particolare: solo per fare due chiacchiere. Ma una delle cose che disse restò impressa ad Art. «Disse che stava cominciando a essere davvero stufo di quel modo di vivere» raccontò Art alla rivista «People». E ancora una volta quella frase: «Dava proprio l'impressione di volerne uscire». Sfortunatamente, l'unico tentativo di conforto che Art poté dare a Kurt fu invitarlo a una prossima riunione familiare dei Cobain. Kurt non aveva più visto suo cugino da quand'erano bambini: e non l'avrebbe mai più rivisto.

Le ultime parole di Kurt, le ultime parole che egli avrebbe mai scritto in quella sua grafia ordinata e infantile, erano rivolte alla sua famiglia, ma indirizzate al mondo.

«A volte mi sento come se dovessi timbrare il cartellino prima di salire sul palco» scriveva Kurt. Dichiarava di aver fatto tutto quel che poteva per farselo piacere, «...ma non è bastato». Poi Kurt confessava di essere «troppo sensibile» perché aveva bisogno «di essere un po' intontito per poter provare di nuovo l'entusiasmo che aveva quand'era bambino...».

E il peggior delitto che riusciva a immaginare sarebbe stato «prendere in giro la gente fingendo quell'entusiasmo, comportandosi come... se si stesse divertendo al 100 per cento».

A queste parole sua moglie, Courtney Love – con la voce incrinata dall'emozione, ma ancora risoluta a comunicare il messaggio di Kurt alle migliaia di fans che si erano radunati per presenziare alla funzione funebre a Seattle – rispose: «No, Kurt, il peggior delitto al quale posso pensare io è che tu abbia continuato a essere una rock star quando lo odiavi così tanto. Cazzo, dovevi smetterla!».

Questo era il messaggio che doveva essere trasmesso

con la riunione di amici, familiari e compagni di gruppo che Courtney aveva convocato qualche settimana dopo che la coppia era ritornata in città, e solo pochi giorni dopo che Kurt si era rinchiuso in un bagno della loro casa di Seattle, minacciando di uccidersi, e, questa volta, di riuscirci sul serio. Aveva con sé una pistola.

Courtney si precipitò al telefono e chiamò il 911, ma, ora che la polizia arrivò, la crisi – almeno apparentemente – era già stata superata. Kurt era ancora chiuso in bagno, ma fu molto fermo nel sostenere che non aveva intenzioni suicide: si stava solo nascondendo da sua moglie.

La polizia se ne convinse, dopo aver interrogato Courtney, ma non se ne andò a mani vuote: portò via un revolver Taurus calibro .38, una pistola Taurus calibro .380; una pistola semiautomatica Beretta calibro .380; e un fucile semiautomatico Colt AR-15. Molte di quelle armi erano appena state restituite ai Cobain: erano state sequestrate dopo un litigio avvenuto l'estate precedente, ed erano un arsenale di tutto rispetto per appartenere a un uomo che più volte aveva dichiarato, nelle interviste, di non amare per nulla le armi da fuoco.

«Non credo nelle armi,» aveva detto a «Alternative Press» nel 1991 «ma... tuttavia credo che la gente abbia il diritto di possederne.» La giornalista Susan Rees aveva notato che «le armi sono menzionate in almeno tre canzoni (di *Nevermind*)».

Questo avvenne venerdì 18 marzo. Quel weekend, Courtney e il bassista dei Nirvana, Chris Novoselic, guidarono la delegazione di amici e familiari che aveva intenzione di affrontare Kurt per discutere del suo continuo uso di droghe, e per comunicargli un semplice messaggio: rimettiti in riga, o vai per la tua strada. Come spiegò Tammi Blevins, una portavoce della Gold Mountain, «le persone che gli erano vicine assolutamente non volevano che fosse prigioniero delle droghe».

Steve Chatoff, capo della Steps – un'organizzazione con

sede a nord di Los Angeles, che assiste le persone affette da dipendenza da droghe e bisognose di assistenza psichiatrica – sarebbe dovuto essere il moderatore della discussione; e se tutto fosse andato secondo i piani, sarebbe ritornato in California portando Kurt con sé. Ma non fu così. Qualcuno, probabilmente, avvertì Kurt di quello che si stava preparando, e quell'incontro fu annullato.

«A quel punto, non aveva più senso che ci andassi» disse Chatoff ai giornalisti. «Per superare il rifiuto, c'è bisogno di utilizzare il fattore sorpresa.» E come disse un altro amico di famiglia a Robert Hilburn del «Los Angeles Times», «È quasi incredibile la testardaggine con cui Kurt nega di avere un problema di droga».

L'intervento del gruppo tuttavia ebbe luogo, una settimana più tardi, nella casa di Seattle di Kurt e Courtney, situata nell'elegante quartiere di Madrona. Fu un incontro assolutamente informale, una semplice riunione della decina di persone che più avevano a cuore la salute di Kurt, che volevano semplicemente sedersi con lui e chiacchierare un po'. C'erano Courtney e Chris; Danny Goldberg, ora a capo dell'Atlantic Records; Pat Smear, il chitarrista che di quando in quando, fin dalla primavera precedente, aveva lavorato con i Nirvana; Dylan Carlson, uno degli amici più intimi di Kurt...

«Gli dissi: "devi essere un buon papà"» raccontò in seguito Courtney. «"Dobbiamo essere buoni genitori."»

Ma Kurt non si lasciò coinvolgere. Se ne stette seduto per un po', tranquillo e in apparenza consenziente, con lo sguardo che si spostava dai visi delle persone ai suoi piedi, ma non gliene importò nulla di quello che gli dicevano, nemmeno quando seppe che la Gold Mountain aveva fatto pesare la sua influenza informandolo (a quanto pare) che Kurt sarebbe stato cancellato dall'elenco degli artisti rappresentati dall'organizzazione se non si fosse disintossicato. Invece, a un certo punto Kurt disse a Smear che avevano del lavoro da fare, e scese in cantina per provare una nuova canzone.

Courtney lasciò Seattle il 25 marzo, e prese alloggio al Peninsula Hotel di Beverly Hills, dove avrebbe fatto base durante il soggiorno a Los Angeles per la promozione del nuovo album pubblicato dal suo gruppo, gli Hole, intitolato – con parole che ora suonano ironiche – *Live Through This*.

Ormai gli Hole avevano superato il difficile periodo nel quale si sentivano continuamente rinfacciare che il loro successo era costruito intorno al fatto che Courtney era la moglie di Cobain, più che al loro talento. Anche se ora i due gruppi avevano la stessa casa discografica (Geffen) e facevano capo alla stessa organizzazione manageriale, gli Hole avevano dimostrato regolarmente di possedere buone qualità, prima con l'album *Pretty on the Inside*, pubblicato su etichetta Caroline Records nel 1991 (cioè prima che iniziasse la relazione di Courtney con Kurt), poi andando in tournée insieme ai Lemonheads con un successo di pubblico quasi incredibile, e infine incidendo un album che, quasi in ogni altra situazione, sarebbe stato immediatamente considerato un classico.

E in effetti ci andò vicino... Come scrisse la rivista «Spin» nel profilo di Courtney pubblicato sul numero che era appena arrivato nelle edicole quando fu annunciata la notizia della morte di Kurt, «quella sballata scopatrice di star e cercatrice d'oro di Courtney Love ne ha prese di sberle, ma alla fine ce l'ha fatta, e a modo suo. Ora, con questo album – il migliore del 1994 – Courtney ha giustificato il nostro amore».

Tuttavia, anche mentre metteva a punto gli ultimi dettagli della pubblicazione dell'album, anche mentre si preparava all'ondata di critiche malevole che inevitabilmente l'avrebbe colpita a Londra – prossima tappa dell'itinerario degli Hole – la mente di Courtney era altrove. Lei aveva lasciato Kurt a Seattle non per scelta, ma per necessità. Lui sapeva essere testardo come un mulo quando si fissava su qualcosa, e tutto quello che lei poteva sperare di fare – tutto ciò che chiunque avrebbe potuto fare – era soltanto cercare di logorare la sua resistenza. Ora lo chiamava al telefono ogni giorno, chiedendogli di raggiungerla e, magari, di provare un centro di riabilitazione del quale lei aveva sentito dire un gran bene: l'Exodus Recovery Center, a Marina Del Rey.

E finalmente, Kurt si arrese. Sarebbe arrivato, le disse, il 28 marzo, avrebbe fatto un salto alla clinica e avrebbe dato un'occhiata. Courtney disse a un amico, qualche giorno dopo: «Ero così fiera di lui!».

Il giorno prima di lasciare Seattle per andare a Los Angeles, è sicuro che Kurt abbia spedito un lungo messaggio sulla rete informatica Internet. Era in gran parte incoerente («così sarebbe questa l'Autostrada Informatica della quale si chiacchiera tanto in tutta la nazione?»), ma conteneva alcune interessanti informazioni a proposito dei suoi progetti per il futuro dei Nirvana: una versione rivisitata di *Penny Royal Tea*, un brano dell'ultimo album, che si intendeva pubblicare a breve scadenza come singolo; e l'album «più suggestivo, più morbido» al quale il gruppo avrebbe cominciato a lavorare in primavera.

«Se vi aspettate da questo disco la stessa formula strofa-ritornello-strofa... avete solo due possibilità. O non comperate il nuovo disco... o vi abituate all'idea che il gruppo sta cambiando. Lunga vita, gente.»

Nel messaggio Kurt faceva solo un accenno alla sua recente crisi personale. «Sono ancora abbastanza fuori fase per via della storia di Roma, e ho bisogno di un po' di tempo per riposarmi e venirne fuori. Penseresti che sapessero come si prepara un buon *milkshake,* invece no.»

Comunque non era solo della salute di Kurt che Courtney si preoccupava, anche se quella sarebbe già stata una preoccupazione più che sufficiente. La coppia era ancora turbata per via dell'incontro avvenuto un anno e mezzo prima con le autorità dell'Assistenza ai Minori dello Stato della California. L'ente era entrato in azione in seguito alla pubblicazione sulla rivista «Vanity Fair» di un articolo nel quale si sosteneva che Courtney aveva continuato a usare stupefacenti anche quando era incinta di sua figlia, Frances Bean.

La crisi fu evitata, ma ogni tanto l'argomento ritornava a galla: anche il giornalista della rivista «Spin» lo tirò in ballo durante l'intervista realizzata all'inizio dell'anno.

«E allora, cosa ne è stato di quell'accusa?» chiese Dennis Cooper.

«Innocente» rispose Courtney. «È ovvio, no?»

Quasi esattamente un anno prima, il 23 marzo del 1993, dopo aver passato i tre mesi precedenti sottoponendosi regolarmente a esami delle urine e a controlli degli assistenti sociali, i Cobain erano stati informati che le autorità non si sarebbero più occupate di Frances.

Ma, come Courtney sapeva perfettamente, non era solo il suo comportamento durante la gravidanza a essere stato tenuto sotto il microscopio. Lo sarebbe stato anche il suo comportamento futuro; e non solo il suo, ma anche quello di Kurt. Dietro alle minacce che lei aveva lanciato al marito mentre lo implorava di entrare in un centro di disintossicazione, c'era anche la consapevolezza di quello che sarebbe potuto succedere se le sue vere condizioni di salute fossero diventate di dominio pubblico. «Se ci portano via Frances...»

Quando Kurt entrò nel Centro, tutti tirarono un gran sospiro di sollievo. Sarebbe stato bene. Due giorni dopo, il mondo crollò di nuovo addosso a Courtney.

Del periodo trascorso da Kurt in riabilitazione non resta alcuna testimonianza: il che naturalmente non stupisce. Più di una settimana dopo che Kurt aveva «saltato il recinto», per usare l'espressione di Courtney, il Daniel Freeman Hospital, dal quale dipende il centro Exodus, non aveva ancora voluto confermare nemmeno che Cobain fosse stato fra i suoi pazienti.

Ma, qualsiasi cosa sia accaduta, a qualsiasi terapia sia stato sottoposto Cobain, non si direbbe che abbia fatto una gran differenza. Kurt sembrava essere svanito nell'aria. Anche Courtney era completamente all'oscuro. «Non sapevo dove fosse. Non era mai, mai scomparso a quel modo. Di solito mi chiamava, sempre.»

Invece, Courtney restò con il ricordo dell'ultima telefonata del marito, avvenuta poco prima che Kurt facesse perdere le sue tracce. «Qualsiasi cosa succeda, voglio che tu sappia che hai fatto un gran bel disco.»

Lei gli domandò cosa intendesse dire: che cosa sarebbe potuto succedere? Ma lui non volle dirglielo. «Solo, ricorda: qualsiasi cosa succeda, io ti amo.»

Domenica 3 aprile, secondo una fonte vicina al gruppo, Courtney e Geffen decisero di assoldare degli investigatori privati, incaricandoli di rintracciare Kurt. Era loro convinzione che probabilmente Cobain si fosse diretto a Seattle.

Kurt, in realtà, era già a Seattle. C'era arrivato mercoledì 30 marzo, lo stesso giorno in cui aveva lasciato il centro di riabilitazione, e si era messo in contatto con il suo vecchio amico Dylan Carlson, chitarrista degli Earth – un gruppo di Olympia – e testimone, due anni prima, al matrimonio di Kurt e Courtney. Kurt aveva chiesto a Dylan di accompagnarlo a comperare un fucile. «Disse che lo voleva per ragioni di sicurezza» spiegò Dylan in seguito, e la motivazione pareva abbastanza ragionevole.

Altrettanto ragionevole sembrava anche la richiesta, avanzata da Kurt, che fosse Dylan ad acquistare per suo conto il fucile. Era preoccupato – disse Dylan – che se l'avesse acquistato a suo nome, la polizia sarebbe venuta a confiscarglielo. Kurt e il Dipartimento di Polizia di Seattle avevano tutta una storia in proposito, come lo stesso Dylan sapeva bene: la Taurus .380 che era stata sequestrata a Kurt due settimane prima era registrata a nome di Carlson. Era anche una delle armi che erano state temporaneamente confiscate nel giugno precedente.

I due andarono al negozio d'armi di Stan Baker, in Lake City Way NE. In seguito Baker ricordò di essersi chiesto: «Cosa diavolo se ne vorranno fare questi due ragazzi di un fucile? Non è nemmeno stagione di caccia». E comunque non erano fatti suoi. Dylan acquistò l'arma, un fucile 61b Remington Modello 11 calibro 20, e i due uscirono dal negozio. Poi Dylan chiese a Kurt se voleva che gli tenesse il fucile nel suo appartamento. Kurt gli rispose di no. Quel giorno fu il loro ultimo incontro.

Non si saprà mai con certezza dove andò Kurt dopo aver lasciato Dylan. Più tardi, quello stesso mercoledì, era in un'armeria del centro dove acquistò una seconda scatola di proiettili. Poi trascorse almeno una notte in una proprietà che lui e Courtney avevano acquistato l'anno prima, un po' a nord di Carnation, un distretto a quaranta miglia a nord-ovest di Seattle. Courtney disse poi al «Post Intelligencer» di Seattle che sembrava anche che non ci fosse andato da solo. Appallottolato vicino al camino, nella casa a due piani ancora al rustico che la coppia stava facendo costruire, c'era un sacco a pelo azzurro che Courtney non aveva mai visto prima. Lì vicino c'era un portacenere straboccante di mozziconi: Courtney ne riconobbe alcuni della marca di sigarette che fumava Kurt, ma per quanto riguarda gli altri lei non avrebbe saputo dire chi poteva averli fumati.

Lunedì, il giorno dopo l'assunzione degli investigatori privati, Courtney fu intervistata da Robert Hilburn del «L.A. Times». Lei raccontò il terrore che aveva provato trovando Kurt, livido e immobile, accasciato sul pavimento della stanza d'albergo a Roma. «Non voglio che mi succeda mai più... di vederlo in quelle condizioni. Pensavo di aver vissuto dei brutti momenti, in tanti anni, ma quello è stato il peggiore.»

Quella fu l'ultima delle interviste in agenda che Courtney rilasciò. Il pomeriggio seguente, chi la cercava veniva informato dal centralino dell'albergo che nella sua stanza non era più possibile passare telefonate, per nessuna ragione. Un'intervista già fissata col «Rocket» di Seattle fu annullata senza preavviso: il chitarrista degli Hole, Eric Erlandson, si limitò a spiegare che Courtney non si sentiva bene. Promise che avrebbe cercato di rifissare l'intervista telefonica a più tardi, la sera. Non lo fece.

In realtà, probabilmente Courtney non era nemmeno in albergo. Invece stava perlustrando le strade di Los Angeles, in cerca di suo marito.

A Seattle la madre di Cobain, Wendy O'Connor, stava da parte sua per dare il via ad altre ricerche, dopo aver presentato, sempre lunedì, una denuncia di persona scomparsa al dipartimento di polizia della città. Le era arrivata alle orecchie la notizia che suo figlio aveva comperato un fucile; nella denuncia, lo descrisse armato, e probabilmente animato da intenzioni suicide. Però, e in un certo senso incomprensibilmente, Kurt non era ritenuto pericoloso.

A Los Angeles, Courtney esprimeva un'analoga preoccupazione. «Adesso sono davvero preoccupata per lui» disse a un amico.

Nei giorni seguenti, il dipartimento di polizia di Seattle controllò diverse volte la casa dei Cobain a Madrona. Non c'era alcun segno di vita. La polizia effettuò dei controlli anche a Capitol Hill, all'indirizzo dove – secondo le dichiarazioni della signora O'Connor – suo figlio comperava la droga. Anche lì, tuttavia, non trovò niente.

Courtney restò a Los Angeles, ora combattuta fra la voce della sua coscienza e le esortazioni a stare tranquilla che le rivolgevano gli amici. Ogni istinto nel suo corpo gridava che sarebbe dovuta ritornare a Seattle per unirsi a quelli che stavano cercando Kurt. Ma gli altri, confessò in seguito, le consigliavano di rimanere dov'era.

Sapevano, come sapeva bene anche lei, quanto potesse

essere mutevole Kurt, quando lo voleva, e come spesso faceva una cosa quando gli si chiedeva di farne un'altra. L'ultima cosa di cui c'era bisogno era che Kurt si facesse prendere da un accesso di spirito di contraddizione, e magari commettere qualche sciocchezza. «Ho dato ascolto a troppa gente» confesserà in seguito Courtney. «D'ora in avanti, per tutto il resto della mia vita ascolterò solo il mio istinto.»

In quel momento, tuttavia, il consiglio sembrava ragionevole. Sembrava che gli investigatori privati avessero fatto dei passi avanti nella loro ricerca di Kurt: c'era anche stato un contatto con lui, ma Kurt si era rifiutato di ritornare a Los Angeles. Invece, si era voltato ed era fuggito.

Non se n'erano perdute le tracce, però: e anche se l'idea di costringerlo con la forza fu – con riluttanza – scartata del piano d'azione, secondo una fonte bene informata un amico fu incaricato di tenerlo d'occhio.

Sempre il lunedì, pare che un addetto ai lavori della discografia si sia imbattuto in Kurt, e abbia insistito perché si facesse ricoverare in una clinica della città. Cobain rifiutò. Altre fonti sostengono di averlo visto andare in giro in cerca di spacciatori di droga.

Girava persino la voce, riportata la settimana seguente dal «L.A. Times», che in effetti Kurt avesse telefonato a un amico per dirgli che aveva comperato un fucile. Quello che aveva bisogno di sapere adesso era: qual è il modo migliore per spararsi alla testa? Sembra che non ci siano testimonianze su quale sia stata la risposta dell'amico.

Martedì la tensione all'interno dell'entourage dei Nirvana si era fatta palpabile, anche se le condizioni precise della situazione restavano coperte da una rigorosa segretezza. Questa decisione forse fu saggia e forse no: è facile dire che, se fosse venuto a sapere di essere oggetto di una grande caccia all'uomo, Kurt si sarebbe tenuto ancora più nascosto. Ma è anche possibile che, se ci fosse stata ancora più gente alla sua ricerca, sarebbero aumentate anche le possibilità che qualcuno lo trovasse.

Invece, le uniche notizie che vennero a galla furono quelle che riguardavano le conseguenze dell'insuccesso del tentativo di ricovero nel Centro di riabilitazione. Prima si diffuse la voce che la Gold Mountain avesse effettivamente cancellato il gruppo dal suo elenco di artisti rappresentati; poi quella che i Nirvana si erano sciolti. Entrambe le possibilità trovarono una sorta di ulteriore conferma un paio di giorni più tardi, quando fu annunciato che, contrariamente alle informazioni precedentemente diffuse e pubblicate, i Nirvana non sarebbero stati il nome più importante nel cartellone del tour Lollapalooza dell'estate ventura.

Il motivo ufficiale della rinuncia erano i problemi di salute di Kurt, anche se altrettanto plausibile, come causa, era ritenuto l'avvenuto scioglimento del gruppo. Questo, in particolare – come alcuni subito cominciarono a far notare – se si considerava l'apparente disinvoltura con la quale i Nirvana avevano rinunciato, per la prima volta, allo stretto controllo creativo che avevano sempre insistito a conservare fin da quando avevano firmato per la Geffen.

Anche se il loro ultimo album, *In Utero*, uscito sei mesi prima, aveva già venduto oltre due milioni di copie, non c'erano dubbi che dovesse ancora raggiungere il suo pieno potenziale commerciale. La ragione di questa convinzione stava nel fatto che alcuni dei cosiddetti «rack jobbers», i boss della grande distribuzione, non avevano voluto piazzare l'album in alcune grandi catene di supermercati e negozi discount della grande provincia americana, a causa dell'immagine di copertina del disco.

Un articolo sul bollettino «Ice», destinato agli acquirenti e ai collezionisti di compact disc, annunciava che una piccola sezione dell'immagine originale della copertina del disco – che riproduceva uno dei disegni di Kurt, e aveva per soggetto feti e uteri – era stata ingrandita (in quella sezione non si vedevano feti) «per essere utilizzata come immagine del retro della copertina... e inoltre il titolo della canzone *Rape Me* era stato cambiato, diventando *Waif Me*».

L'articolo continuava così: «Un funzionario della Geffen calcola che, se si riuscisse a far distribuire l'album in quei punti-vendita, il totale delle vendite potrebbe essere incrementato almeno del 10 per cento,» il che significava che «sono in gioco almeno 200.000 copie: sufficienti ad ammorbidire l'irrigidimento idealistico di qualsiasi artista».

Ma Kurt non era un artista qualsiasi, e se la sua posizione rigida poteva anche essere definita idealistica, era perché la sua intima natura era idealistica. Era proprio questo che stava alla base di tanti dei suoi problemi: la sensazione – forse anche la consapevolezza – che fin troppo spesso il suo idealismo non trovava alcuna corrispondenza nelle opinioni degli altri.

Anche se sia la Geffen sia la Gold Mountain si attivarono prontamente per smentire la notizia («questo non significa assolutamente voler cambiare... la visione artistica dei Nirvana,» disse a «Ice» Janet Billig «ma solo... qualche parola su un pezzo di carta», pochi commentatori potevano immaginarsi Kurt che si limitava a scrollare le spalle e ad accettare passivamente che la sua musa venisse trattata come carne da macello. Se non altro, ciò non era coerente col suo spirito punk.

Naturalmente, tutto ciò poteva anche non aver nulla a che vedere con l'improvvisa accelerazione di attività dietro le quinte, nel retroscena. Era in effetti un'altra lattina di benzina buttata sul fuoco delle speculazioni. Ma, ancora, la stessa cosa si può dire dell'idea stessa che i Nirvana fossero sul punto di sciogliersi, anzi che poteva anche darsi che l'avessero già fatto.

Non era, in fondo, la prima volta che uno scioglimento del gruppo veniva dato come imminente. Già nel 1990 Kurt aveva minacciato di sciogliere la formazione, come disse l'ex batterista dei Nirvana Chad Channing alla giornalista di Seattle Jo-Ann Greene.

«L'ultima volta che eravamo a Roma insieme, nel 1990, ci fu un'animata discussione... e quella volta il gruppo era sul punto di sciogliersi, perché eravamo stufi del modo in cui stavano andando le cose. Kurt mi guardò e disse: "Ehi, ma tu ti stai ancora divertendo?".»

Queste parole si rivelano, a posteriori, un epitaffio che fa venire i brividi: specialmente dopo che una fonte d'informazione non ufficiale ha ammesso che i tentativi di mantenere i contatti con Kurt si erano rivelati un miserabile fallimento. Tre giorni più tardi fu un elettricista, Gary Smith, che alla fine lo trovò. «Ti stai ancora divertendo?»

A un certo momento, durante la giornata di martedì 5 aprile, Kurt ritornò nella casa di Madrona, entrando senza dare nell'occhio nella villa silenziosa e triste. Secondo il «Seattle Post Intelligencer» Kurt era sotto l'effetto delle droghe, un cocktail di eroina e Valium che sembrava riuscire meglio di qualunque altra sostanza nello scopo di alleviare le sue sofferenze emotive. Il «Post Intelligencer» sostiene che il livello di droga nel sangue di Kurt era di 1,52 milligrammi per litro: dosi di un terzo di questa potenza si erano già dimostrate sufficienti a uccidere.

La casa era silenziosa, vuota, buia: era sempre così quando Courtney e Frances non c'erano. Kurt accese la televisione. Poi passò nell'appartamento ricavato sopra il garage, che in passato aveva ospitato Michael DeWitt, l'ex babysitter di Frances Bean.

La penna che aveva in mano Kurt annotò in inchiostro rosso quelli che rimangono i suoi ultimi pensieri conosciuti. «Da troppi anni, ormai, non ho più provato esaltazione ascoltando musica, o creando musica, o scrivendo *davvero* qualcosa.» E per questo si sentiva tremendamente in colpa. Le folle urlanti non lo esaltavano, disse, «come esaltavano Freddie Mercury, al quale sembrava che l'amore e l'adorazione della folla dessero un enorme piacere. E questa è una cosa che io ammiro e invidio tantissimo: ma il fatto è che io non sono capace di imbrogliarvi, di imbrogliare nessuno di voi. Semplicemente non sarebbe onesto, né nei vostri confronti né nei miei...».

«C'è del buono in ognuno di noi, e io sinceramente amo troppo la gente. L'amo così tanto da sentirmi troppo fottutamente triste. Triste, sensibile, incompreso, Pesce, Gesù.»

«Ho avuto un buon matrimonio, e di questo sono riconoscente. Ma fin dall'età di sette anni ho cominciato a detestare tutti gli esseri umani in generale, soltanto perché per la gente sembra così facile andare d'accordo... empatia... Grazie a tutti voi dal fondo del mio infiammato, nauseato stomaco per le vostre lettere e la vostra sollecitudine di questi ultimi anni. Sono una persona troppo strana, malinconica, e non ho più entusiasmi.»

Poi gli venne in mente una frase del testo di una canzone di Neil Young, *Hey Hey, My My*... «è meglio bruciarsi che spegnersi lentamente». La scrisse: «E ricordate: è meglio bruciarsi che spegnersi lentamente».

Ormai, era finita. Mise la firma – «Amore, pace ed empatia, Kurt Cobain» – trafisse il foglio con la penna, la infilzò sul pannello di sughero degli appunti e poi allungò la mano verso il suo fucile.

Capitolo 2

Distante un paio d'ore di macchina da Seattle, in direzione sudovest, Aberdeen ha davvero poco tempo per pensare a quello che succede in città. I chilometri che separano i due centri potrebbero anche essere mondi, persino galassie. Mentre Seattle cresceva, sbocciando orgogliosamente al sole della sua reputazione di «città più vivibile d'America», Aberdeen restava abbarbicata sempre più strettamente a una vita che diventava sempre più misera col passare degli anni.

È una comunità che vive di taglio e trasporto di tronchi d'albero e di pesca, circondata dalle foreste che anni di disboscamento selvaggio hanno ormai ridotto quasi a zero, bagnata da un oceano che la pesca a strascico ha ridotto a un deserto. Parcheggi di roulottes punteggiano la Statale 12 fino all'ingresso in città, sostituiti poco per volta dai fast food, ai quali a loro volta subentrano le cicatrici della recessione: case sbarrate, negozi chiusi, e – dovunque – i segni che ricordano come può essere precaria l'esistenza nell'America rurale.

Casa dopo casa, alle finestre si legge lo stesso cartello: «Questa famiglia campa dei soldi dell'industria del legname»; auto dopo auto, ognuna esibisce sul paraurti un adesivo che maledice il giorno in cui Dio ha creato il gufo maculato. C'è una ripugnante ironia nell'idea che la sopravvivenza di una creatura dipenda dall'estinzione di un'altra, ma questa era la realtà dei fatti ai quali il Governo Federale doveva fare fronte. Quando il gufo ottenne la sua vittoria sul taglio degli alberi, i becchini si avvicinarono un po' di più ad Aberdeen: e ne avevano motivo. Mentre il tasso di occupazione scendeva rapidamente, saliva il numero dei suicidi, fino a quando la contea di Grays Harbor arrivò a vantarne una delle percentuali più alte di tutti gli Stati Uniti.

A loro modo, i Nirvana restituirono un po' di orgoglio a questi resti sbandati di una comunità che un tempo era stata vitale. Non fa nulla se nemmeno il giorno in cui si scoprì che Cobain era morto, in giro non ci fosse un'animazione tale da poter far pensare che quello fosse un giorno diverso dagli altri; e non ha importanza quali fossero i ricordi che la gente del paese conservava del «ragazzo Cobain»; c'era tuttavia la sensazione che i Nirvana avessero riportato Aberdeen su una cartina geografica dalla quale gli ultimi anni sembravano pronti a cancellarla.

Un paio di altri gruppi erano usciti da Aberdeen prima dei Nirvana: i Melvins e i Metal Church; ed entrambi da parte loro non si erano comportati male (i Metal Church erano persino riusciti a mettere insieme vendite di qualche migliaio di copie). Ma né gli uni né gli altri avevano avuto tanto successo quanto i Nirvana, né gli uni né gli altri avevano fatto arrivare in paese non solo giornalisti, ma anche fans – automobili piene, autobus pieni – che curiosavano, ridacchiavano e chiacchieravano. Boston aveva il suo Paul Revere, Stratford-on-Avon aveva il suo Shakespeare: Aberdeen aveva i Nirvana.

Non sembrava avere importanza nemmeno il fatto che per Kurt Cobain e Chris Novoselic gli anni trascorsi ad Aberdeen fossero un periodo che preferivano dimenticare; che loro due si fossero lasciati alle spalle, alla prima occasione che gli era capitata, la clausura del claustrofobico provincialismo di Aberdeen. Nei mesi che seguirono alle prime affermazioni dei Nirvana a livello nazionale, mentre la stampa statunitense si affollava armata di macchine fotografiche sulla strada per Aberdeen, i visitatori venivano accolti a braccia spalancate da persone con la bocca spalancata per la sorpresa.

Quando Patrick McDonald, il critico di musica rock del «Seattle Times», si recò ad Aberdeen all'inizio del 1992, fu accompagnato a compiere un *grand tour* dei luoghi cobainiani: tutti, dal ponte sotto il quale andava a dormire all'amplificatore malridotto che aveva lasciato dietro di sé quando se n'era andato. Queste reliquie avevano un'aura affascinante che era puro rock'n'roll. Ma se vogliamo proprio parlare per luoghi comuni, erano piuttosto il simbolo di un'autentica desolazione adolescenziale. Dal luogo in cui Kurt stava in piedi a guardare lontano, persino le fioche luci di Olympia brillavano come falò in una notte senza fine.

Anche se sarebbe vissuto in quel paese per più di due terzi della sua vita, Kurt Donald Cobain non era originario di Aberdeen: era invece nato nella vicina Hoquiam, un paesino che indiscutibilmente aveva meno ancora motivi di Aberdeen per essere orgoglioso del suo passato.

Almeno Aberdeen aveva una ferrovia, una strada ferrata che attraversava le cupe foreste: e fino alla metà degli anni Cinquanta, quando un giro di vite della polizia mandò in crisi l'attività delle ragazze di vita, aveva anche dei bordelli, più di cinquanta nel solo centro del paese. Dieci anni dopo, il posto era «pulito», ma la nomea gli era rimasta: non come un «ascesso purulento» (così lo hanno definito di recente alcuni giornalisti) ma come la luce di un vecchio lampione, qualcosa di morbido e nostalgico che era ancora capace di riempire una notte solitaria.

Donald Cobain e sua moglie Wendy Fradenburg avevano lasciato Hoquiam con il loro bambino di sei mesi durante l'estate del 1967. Kurt era nato il 20 febbraio: tre anni dopo avrebbe avuto una sorella, Kimberley, ma in quel momento, nella casa d'affitto in cui visse i suoi primi mesi, e nella casa ipotecata nella quale sua madre vive ancora oggi, il bambino era il centro dell'universo della famiglia Cobain: specialmente per Wendy.

Fino alla sua morte, Kurt non dimenticò la sorpresa provata quando si rese conto che non tutti i bambini crescono con una madre che li bacia e li abbraccia ogni volta che escono a giocare. «Non c'è niente come il tuo primogenito, niente» disse Wendy al giornalista Michael Azerrad. «Nessuno degli altri figli ci si avvicina nemmeno. Ero completamente dedita a lui. Ogni ora della mia giornata era tutta per lui.»

La madre di Kurt non era la sola a provare questi sentimenti. In quel bambino c'era qualcosa di irresistibile: un'energia, un dinamismo, una sensazione di esplosiva precocità che né lei, né nessun'altra delle persone di sua conoscenza avevano mai trovato prima di allora in qualcuno così giovane. Almeno in un'occasione, chiacchierando con sua madre, Wendy confessò che l'ipersensibilità di Kurt quasi la spaventava; e che quando il bambino era eccitato – come gli capitava spessissimo – tutto quello che lei e Don potevano fare era cercare di tenerlo sotto controllo. Fu per cercare di smorzare la sua sfrenatezza che al bambino fu prescritta una cura di Ritalin, un anfetaminico che si era dimostrato efficace nei casi di eccessiva vivacità infantile. Nel caso di Kurt, però, le compresse avevano l'effetto contrario: rendevano il suo comportamento ancora più incontrollabile del solito, e spesso lo tenevano sveglio e vispo fino a tarda notte.

La cura fu sospesa, e il medicinale sostituito con dei sedativi. Così adesso Kurt si addormentava sul banco di scuola. Infine, ai suoi genitori fu suggerito di ricorrere al rimedio più drastico di tutti: eliminare lo zucchero dall'alimentazione del bambino. E stavolta, come finalmente sospirarono con sollievo i Cobain, la cura funzionò.

Questa nuova dieta restrittiva rese Kurt più tranquillo, ma non rallentò la sua iperattività. Era dappertutto contemporaneamente, e si ficcava nei guai ovunque e ogni volta che fosse possibile. E se non era lui, era Boda. Boda, come il piccolo Kurt spiegava orgogliosamente, era il suo amico, un invisibile nucleo di irrefrenabile energia. E qualsiasi cosa combinasse di sbagliato in casa, di qualsiasi minima colpa potesse essere ritenuto responsabile, Kurt aveva sempre una risposta pronta sulla punta della lingua: «Non sono stato io, è stato Boda».

«A un certo punto la faccenda diventò assurda» ricordò in seguito Wendy. Boda reclamava persino un posto al desco familiare!

Finalmente uno zio di Kurt trovò per caso una soluzione. Lo zio Clark, che era sotto le armi, chiese a Kurt se poteva portare Boda con sé in Vietnam, per tenergli compagnia. Kurt guardò lo zio con aria perplessa, poi molto seriamente prese da parte sua madre e le disse: «Boda non esiste» le sussurrò. «Lo zio Clark lo sa?»

Uno dei luoghi comuni più frequentati negli annali dell'industria dello spettacolo è definire qualcuno «un artista nato», soprattutto quando l'espressione è riferita retrospettivamente all'artista quand'era bambino. Ma Wendy sostiene che, nel caso di Kurt, la definizione sia assolutamente pertinente, e che lei ha sette tra fratelli e sorelle che possono confermare le sue parole. Arrivavano al punto di offrirsi volontariamente per fargli da babysitter, proprio per potersi divertire alle sue buffonerie.

Kurt aveva appena imparato a camminare e a parlare che già i suoi zii e le sue zie, deliziati, dicevano meraviglie delle sue brillanti doti: e, dopo aver rivaleggiato per potersi assicurare il privilegio di una sua visita, poi litigavano amichevolmente per stabilire a chi di loro assomigliasse di più.

Tenendo per certo che fosse un bambino pieno di qualità, e dando per accettato che il piacere con il quale il piccolo ascoltava la musica fosse il segno distintivo di una predisposizione naturale, si potrebbe dedurne che, quando si trattò di individuare modelli di comportamento fra i componenti della sua famiglia, Kurt avesse solo il problema di scegliere.

Tutti, almeno così sembrava, sapevano suonare un qualche strumento musicale. Chuck, il fratello di Wendy, suonava addirittura in un vero gruppo di rock'n'roll, e fu lui a realizzare la prima registrazione in assoluto di Kurt Cobain: il bambino, che allora aveva quattro anni, cantava una canzone costituita da un ritornello di «poo-poo». Zia Mary era una cantante country, e in una stanza di casa aveva uno studio di registrazione. La stessa Wendy una volta aveva accarezzato il sogno di diventare batterista. E, a sovrastare tutti gli altri come un colosso vestito di lustrini, c'era il prozio Delbert Fradenburg. All'inizio degli anni Quaranta aveva lasciato Aberdeen per le brillanti luci di Los Angeles, aveva cambiato il suo nome in quello – dal suono decisamente più elegante – di Dale Arden, e aveva persino inciso alcuni dischi! Gli altri della famiglia avevano talento, senza dubbio; ma zio Delbert era stato un divo.

Se la musica era stata la prima passione di Kurt, quando compì sette anni la sua seconda passione diventò l'arte figurativa. L'unico problema era che, anche se gli piaceva dipingere e disegnare, sembrava che le sue creazioni non lo soddisfacessero mai. Quando il giornalino scolastico riservò al paffuto alunno di seconda un onore che raramente era toccato a uno scolaro dei primi cinque anni, e pubblicò in copertina un suo disegno, Kurt reagì offeso e disgustato. Il quadro non era abbastanza bello, insisteva: come si permetteva la scuola di fargli fare quella brutta figura?

«Il suo atteggiamento nei confronti degli adulti cambiò a causa di quella faccenda» rimpianse in seguito sua madre. Loro gli stavano dicendo quanto apprezzavano le sue doti artistiche, e Kurt assolutamente non credeva loro;

non poteva credere loro, perché lui per primo «non ne era mai soddisfatto». Anche in così tenera età, Kurt sembrava già assennato come un adulto; e, con quella saggezza, era sensibile più di quanto lo si possa essere a sette anni.

I suoi occhi curiosi e indagatori, già capaci di penetrare nell'anima di chiunque parlasse con lui, scrutavano le persone cercando indizi di finzione, come un radar psichico che individuava la condiscendenza e la ripagava con il disprezzo. Wendy ammette che, fin dal momento in cui si era resa conto per la prima volta del talento artistico di Kurt, tutta la famiglia aveva cominciato a regalargli matite e pastelli e pennelli, finché «quasi glielo ricacciammo in gola, quel talento. Noi... gliel'abbiamo quasi soffocato».

Ma furono questo eccesso di attenzioni e l'eccesso di aspettative per il suo presupposto talento ad allontanarlo dall'arte figurativa? O fu piuttosto la consapevolezza, che ribolliva dentro di lui, che se avesse dovuto assecondare la sua predisposizione creativa in qualche direzione sarebbe stata la musica, e non l'arte figurativa, quella in cui avrebbe dato miglior prova di sé?

Anche per un bambino di sette anni, era impossibile non lasciarsi in qualche modo affascinare dall'eccitazione del rock'n'roll. Per un bambino di sette anni la cui famiglia non faceva che esporlo all'ascolto di quella musica, era ancora più inevitabilmente impossibile.

I primi dischi di cui Kurt entrò in possesso gli furono regalati da sua zia Mary, che, dopo il Grande Zio Delbert, era l'unica superstar della famiglia. Mary suonava la chitarra in un gruppo country, si esibiva regolarmente nei locali di Aberdeen, e una volta aveva persino pubblicato un disco. Durante una delle sue così frequenti visite a casa della zia, Kurt fu elettrizzato ascoltando quel suo disco, guardando il piccolo 45 giri che suonava sul giradischi, e sapendo che era proprio sua zia che si sentiva cantare dai solchi. All'età di sette o otto anni, i dischi da grammofono sono ancora oggetti da sogno, un mistero romantico ai cui segreti solo il più fortunato dei più fortunati può essere introdotto. Anche solo avere una relazione di parentela con una di queste persone sembrava l'avverarsi di un sogno.

Fu Mary che per prima si offrì di dare a Kurt lezioni di chitarra: ma, anche se il ragazzo apprendeva con facilità, e pochi dei suoi giocattoli gli piacevano più della sua chitarrina di plastica, annoiato a morte dalla ripetitività delle lezioni (anche dalle più semplici) era attratto irresistibilmente da qualsiasi distrazione gli capitasse a tiro. Alla fine, Mary rinunciò a provarci, e lasciò che Kurt si divertisse e basta. E questo non era un problema, perché Kurt era davvero un bambino felice.

Lo stesso Kurt, in seguito, confermò queste memorie del passato. Sorridendo fra sé a quello che ora gli sembrava un ricordo semplice e allegro, sottolineava: «Non facevo altro che strillare e cantare. Non capivo quand'era ora di smettere». Gli altri bambini, a scuola, avevano persino cominciato a picchiarlo solo per convincerlo a stare zitto!

Zia Mary studiò un'altra soluzione, ma forse molto spesso il padre e la madre di Kurt avranno desiderato che non ci avesse mai pensato. Qualsiasi cosa sarebbe stata meno peggio del maledetto tamburo che Mary comperò a Kurt.

Infilando i piedini nelle scarpe da tennis di suo padre, calandosi un berretto da caccia sulla testa, Kurt si metteva a tracolla il suo adorato tamburo e cominciava ad andare in giro nel vicinato, battendo e picchiando sullo strumento e accompagnandosi cantando canzoni dei Beatles. Anche questa era una cosa che aveva imparato da sua zia: i Beatles e i Monkees. E anche se Kurt continuava a strimpellare la sua chitarrina, e saltava su e giù nella sua camera da letto come aveva visto fare in televisione alle pop star, adesso era la batteria ad affascinarlo.

Wendy lo incoraggiò a dare sfogo a quest'ultima passione, proprio come l'aveva incoraggiato con le altre. Quando Kurt passò in terza, cominciò a prendere lezioni di batteria; poi, dopo le lezioni, che si tenevano nel doposcuola, tornava a casa e continuava a suonare per conto suo. Anche se non sapeva leggere la musica, e non avrebbe mai imparato, scoprì rapidamente che la sua naturale abilità come musicista era arricchita anche da un bel talento di imitatore. Non appena uno degli allievi suoi compagni di lezione imparava un brano musicale, Kurt immediatamente lo copiava, e lo suonava anche meglio.

Questo mondo ideale – una famiglia amorevole, una casa nella quale niente sembrava provocare troppe preoccupazioni, o essere troppo dispendioso – crollò con un boato che assordò le orecchie di Kurt nel 1975.

Non è facile dire quando le cose tra Don e Wendy Cobain abbiano cominciato ad andare per il verso sbagliato. Dall'esterno, a dispetto delle severe parole dette in seguito da Kurt («poveracci che si atteggiavano a borghesucci»), il loro era il perfetto esempio del decoro della classe operaia di provincia: una casa graziosa ingrandita e sistemata al punto da far sfigurare quelle dei vicini disoccupati, un padre la cui sopravvivenza non aveva radici nell'industria del legno (Don era meccanico d'automobili, e lavorava alla stazione di servizio Chevron del paese), una madre casalinga modello, bambini che andavano in giro sempre lindi e puliti.

Ma dietro la facciata, le fondamenta del matrimonio erano incrinate. Don – si lamentava Wendy – sembrava che a casa non ci stesse più: era sempre fuori, a praticare qualche sport o a insegnarlo da allenatore, poi tornava a casa esausto e dormiva finché la sveglia annunciava l'inizio di un'altra giornata di lavoro. Il quieto rimpianto diventò amaro rancore; a volte, Wendy si domandava se avesse mai davvero amato suo marito, e benché i due si sforzassero di tenere a galla il loro rapporto di coppia, a un certo punto, dopo l'ottavo compleanno di Kurt, i suoi genitori finirono col separarsi.

E nella vita di Kurt una luce si spense definitivamente.

Il divorzio è, tradizionalmente, uno degli avvenimenti

più traumatici che un bambino possa sperimentare; la rottura del principale nucleo di stabilità in una giovane vita, e la sua improvvisa sostituzione con il doppio fardello di colpa e responsabilità che spesso il bambino si trova automaticamente a dover sopportare; il senso che, in qualche maniera, «è stata tutta colpa sua».

Per Kurt, quelle sofferenze furono aggravate non solo dalla sua incapacità, inevitabile per un bambino, di comprendere le vere ragioni della rottura del matrimonio dei genitori, e dalla lunga pratica di divorzio che ne seguì, ma anche dalle sue personali manchevolezze, quelle che lo stesso Kurt dovette aver considerato immensamente gravi.

Suo padre era un accanito appassionato di sport, e, come a tanti altri padri, niente gli sarebbe piaciuto di più che vedere il figlio seguire le sue orme. Ma Kurt non aveva assolutamente alcun interesse per lo sport. Era forse stata la sua incapacità di eccellere... no, non «eccellere»: la sua incapacità di dimostrare persino il minimo barlume di entusiasmo all'idea di prendere a mazzate una palla dura come la pietra su un campo da baseball, ad allontanare suo padre dalla casa di famiglia, e a farlo trasferire in un parcheggio di roulottes a Montesano? Forse che le rabbiose esplosioni d'ira di suo padre, ogni volta che Kurt – facendo parte controvoglia di una squadra impegnata in una partita – come al solito mancava il colpo fin dal primo tentativo, lo avevano convinto di averne abbastanza?

Forse era colpa del rifiuto di Kurt – anche in questo caso in opposizione a uno dei desideri più sentiti del padre – a fare con la mano destra ciò che gli riusciva più facile fare con la sinistra. Nella convinzione, giusta o sbagliata, che l'essere mancino mette un bambino in una posizione di svantaggio, Don si impegnò a fondo per convincere Kurt a cambiare abitudine. Non ci riuscì, come è capitato a tanti altri genitori che ci hanno provato, perché la natura a volte concede a se stessa di rovesciare le sue regole. Ma Kurt non lo sapeva. Sapeva solo che faceva le cose nella maniera sbagliata. Forse era per questo che suo padre se n'era andato da casa?

O era stata forse la sua incapacità di comportarsi, come diceva sua madre, come il «piccolo adulto» che suo padre avrebbe voluto? Se chiudeva gli occhi e pensava molto intensamente, Kurt riusciva facilmente a rievocare le sensazioni di dolore e di disorientamento che gli scorrevano lungo il corpo ogni volta che suo padre lo aveva chiamato «tonto», lo aveva picchiato sulle nocche delle dita o sulla testa. Ma lui si era meritato quel trattamento, perché era stato stupido o goffo, e forse papà se n'era andato anche per questo.

O forse, infine, la goccia che aveva fatto traboccare il vaso era stato quello che era successo a Natale del 1974. Kurt aveva chiesto un fucile-giocattolo, elegantemente confezionato in una scatola con la fotografia di Starsky e Hutch, gli audaci poliziotti in borghese le cui avventure dominavano le classifiche degli ascolti televisivi. Costava cinque dollari, ma valeva il prezzo: o almeno Kurt ne era convinto.

Wendy non era d'accordo, e quando Kurt scese al pianterreno la mattina di Natale, e trovò il pesante, voluminoso pacco posato sotto l'albero, non aveva nessuna idea di cosa potesse essere. Non sembrava proprio un fucile di Starsky e Hutch; e, mentre fece scorrere le mani sulla sua superficie irregolare, anche granulosa... in effetti sembrava... lentamente, Kurt aprì il regalo accuratamente impacchettato. Era un mucchietto di carbone. Quello era il modo con cui sua madre voleva punirlo per essere stato avido. Forse il modo scelto da papà era andarsene di casa.

Tornato nella sua camera, Kurt scrisse quello che probabilmente è il primo esempio della sua arte poetica oggi conosciuto e conservato. Scarabocchiò sul muro:

> Odio la mamma, odio il papà
> il papà odia la mamma, la mamma odia il papà
> e questo ti fa venir voglia di sentirti tanto triste.

Dopo la separazione, per circa un anno Kurt visse ad Aberdeen con sua madre e sua sorella Kimberley. Ma il divorzio l'aveva cambiato: dal bambino sempre vivace, sempre felice che un tempo aveva tanto rallegrato la sua famiglia e gli amici, l'aveva trasformato in un ragazzino riottoso, astioso, scontroso, che sfogava la sua rabbia privata su tutto ciò – persone e cose – che capitava sulla sua strada. Chiudeva le sue babysitter fuori da casa, e litigava in continuazione sia con la madre sia con il nuovo compagno di lei, che Kurt giudicava «un grosso e cattivo picchiatore di donne». Infine, Wendy non riuscì più a sopportarlo. Kurt venne spedito a vivere con suo padre, nel posteggio di roulottes di Montesano.

Lì Kurt e suo padre si sforzarono, apparentemente con qualche successo, di rammendare gli strappi che Kurt aveva percepito nella loro relazione negli anni precedenti. Ogni capriccio del ragazzino veniva accontentato: Don gli comperò una micro-motocicletta, andò con lui in campeggio nel grande parco nazionale che si estende lungo la penisola di Olympia; lo portò sulle lunghe, deserte spiagge che costeggiano il Pacifico. Don cercò persino di portare Kurt a caccia, anche se, in questo caso, l'interesse del ragazzino si smorzò non appena i due ebbero raggiunto la foresta. Per qualche motivo, uccidere animali per divertimento proprio non sembrava essere per niente... divertente. Ancora, disse in seguito Don, «aveva tutto. Bell'e fatto».

Ora Don lavorava per l'industria di legname Mayer Brothers, e controllava il conteggio dei tronchi tagliati. Le sue giornate erano faticose, e spesso gli toccava lavorare nei weekend, ma Kurt era sempre il benvenuto quando voleva unirsi a lui giù al deposito, per divertirsi in magazzino, giocando in mezzo al legname tagliato di fresco, o sedendosi nell'ufficio di Don a fare scherzi telefonici chiamando numeri a caso.

Poi se ne andava sul furgone di Don a suonare nastri Stereo-8 sull'autoradio. Con l'insaziabile entusiasmo di un bambino, riusciva tranquillamente ad ascoltare più e più volte lo stesso album, seduto di fronte al lettore di cartucce col suo continuo brontolio di cinghie e perni, e col suo fragoroso scatto al termine di ogni pista del nastro magnetico, fino a quando gli pareva che anche quei rumori diventassero parte integrante della musica.

Il suo album preferito, sul finire di quel 1977, era *News of the World* dei Queen, con il suo innodico brano-guida, *We Are the Champions*, che già stava spopolando negli stadi americani. Lo ascoltava per ore intere, sul furgone, spesso fino a quando le batterie cominciavano a esaurirsi, limitandosi a starsene seduto lì a schiacciare i tasti dell'autoradio per far tornare ogni volta all'inizio il nastro; e conosceva a memoria ogni parola di tutte le canzoni.

Poco per volta, almeno sembrava, Kurt stava riguadagnandosi la stima di almeno metà della sua famiglia. Le lunghe discussioni tra padre e figlio lo aiutarono a esorcizzare una parte dei sensi di colpa che provava a proposito del divorzio dei suoi genitori: pazientemente Don gli spiegava che a volte la gente semplicemente smette di amarsi, che non è colpa di nessuno e non bisogna darne la colpa a nessuno. Era solo successo che i sentimenti che provavano quand'erano più giovani erano cambiati: cose che capitano.

E qualcos'altro, fra quello che Don gli disse, fece una grande impressione sulla mente di Kurt che gradualmente cominciava a ritrovare la quiete. Non è possibile citare parola per parola la conversazione così come si svolse, ma il succo era che, come Kurt avrebbe ricordato con amarezza per tutto il resto della sua vita, Don disse che non si sarebbe mai più risposato.

Così quando cambiò idea, nel febbraio del 1978, e fece proprio ciò che aveva detto che non avrebbe mai fatto, Kurt ne fu sconvolto. E così due anni in cui era riuscito a venire a patti con la sua nuova vita venivano cancellati in un colpo solo.

Improvvisamente, tutti i vecchi sensi di insicurezza e di incertezza gli ripiombarono addosso; e con essi la lezione, già da tempo appresa, che non ci si può mai, mai fidare di un adulto.

Kurt, Don, la nuova moglie di Don e i due figli di lei si trasferirono dall'altra parte del paese, lontano dal posteggio di roulotte e in una casa vera. Kurt detestava tutta la situazione. Quando la sua matrigna cercò di far funzionare il loro rapporto, prima con gentilezza, ma poi con comprensibile, sempre crescente frustrazione, Kurt le ributtò in faccia la sua sollecitudine. I tre ragazzi – Kurt, il suo fratellastro e la sua sorellastra – avevano ciascuno una camera. Quella di Kurt era, immancabilmente, in totale disordine. Cominciò a saltare le lezioni scolastiche: e quando Don gli trovò un lavoro part-time come aiuto-cameriere in un ristorante dei dintorni, Kurt si limitò bellamente a ignorarlo.

Faceva il prepotente con i suoi fratellastri, più giovani di lui, e quando Don gli chiedeva se voleva andare con loro a fare le spese all'emporio, Kurt spariva di botto scendendo nella cantina che aveva fatto sua, e questo non faceva che peggiorare le cose. Quando gli altri ragazzi rientravano, avevano sempre in mano un giocattolo nuovo. Per Kurt non c'era niente.

Con disperazione, persino con rabbia, Don convinse Kurt a entrare nella squadra scolastica di lotta libera. Se questo non riusciva a mettere il morso, o almeno a sfinire, la continua aggressività del ragazzo, cosa avrebbe potuto farlo?

Kurt odiava la lotta: ma, nonostante ciò, era un lottatore efficace. Robusto, tenace, e assai più forte fisicamente di quanto i suoi lineamenti delicati potessero far pensare, Kurt adottava una tattica personalissima. Faceva in modo che il suo avversario si lasciasse prendere da un falso senso di sicurezza, fino al momento in cui gli balzava addosso: e di colpo tutti provavano simultaneamente la stessa percezione. Il ragazzo sembrava un angelo, ma combatteva come un demonio: quando voleva, almeno.

Larry Smith, lo zio acquisito di Kurt, ricorda di aver sentito raccontare un giorno che Kurt era stato coinvolto in una rissa con «un tipo corpulento, oltre i cento chili di peso, col fisico da boscaiolo». Ma «Kurt non cominciò nemmeno a combattere. Si limitò a rivolgere al bulletto un gesto offensivo col dito ogni volta che veniva atterrato; e continuò fino a che quello si stancò. E per soprammercato, Kurt aveva sempre sulla faccia il suo solito sogghigno».

La lotta libera non tenne a freno il collerico comportamento di Kurt. Il ragazzo cominciò a desiderare ardentemente di ritornare ad Aberdeen, da sua madre e dal suo compagno, e ciò approfondì ancora di più il solco fra lui e suo padre. Solo un paio d'anni prima Kurt si lamentava dicendo che non poteva più sopportare di vivere con lei. Ora, improvvisamente, lei era diventata la cosa più importante del mondo.

Don oppose resistenza ai tentativi di Kurt. Nel furibondo tentativo di riportare il ragazzo sotto il suo tetto, alle sue – di Don – condizioni, Cobain padre fece richiesta di ottenere la custodia legale del figlio, e la ottenne. Ma questo non fu d'aiuto; se ebbe qualche risultato, semmai, fu quello di spingere Kurt a un comportamento ancora più insubordinato.

Eppure, è strano rilevare che, quando l'inevitabile rottura fra padre e figlio finalmente si verificò, fu proprio la lotta libera a provocarla.

Kurt era entrato nelle finali di una competizione scolastica di lotta libera, e Don ne era orgoglioso come lo sarebbe stato qualunque padre. Nella mente di Don, non c'erano dubbi sul fatto che Kurt avrebbe vinto la gara, assicurando la gloria a se stesso e alla famiglia. Anche Kurt sembrava fiducioso. Fu forse soltanto quando i due contendenti si ritrovarono in ginocchio sul materassino, in attesa del fischio d'inizio dell'arbitro, che Don si rese conto che le cose non sarebbero andate secondo le sue aspettative. C'era qualcosa, nel modo in cui lo guardava diritto negli occhi, sorrideva... e continuava a sorridere, anche dopo il fischio, anche dopo che il suo avversario lo aveva schienato. «Avreste dovuto vedere la sua espressione» raccontò in seguito Kurt al giornalista Michael Azerrad. «Si alzò e uscì dalla palestra nel bel mezzo dell'incontro, perché ripetei quella scena... quattro volte di fila.» Immediatamente dopo, Kurt si trasferì per qualche tempo in casa di una coppia di zii.

Ritornò a Montesano dopo quello che si potrebbe definire, con buona approssimazione, un periodo di decantazione, e ricominciò immediatamente quella strana danza di reciproco corteggiamento e sfida col padre, con i due che ricercavano l'approvazione l'uno dell'altro mentre allo stesso tempo rifiutavano reciprocamente le rispettive convinzioni. Quel che era triste era che per la maggior parte del tempo, non si rendevano nemmeno conto che stavano facendo proprio questo!

Un esempio classico è quanto accadde dopo che uno degli amici di Don lo convinse a iscriversi al Columbia House Club, un club di vendita per corrispondenza di dischi e nastri registrati: l'iscrizione dava diritto a ricevere parecchi album o cartucce Stereo-8 pagando un solo penny, e in seguito, impegnava ad acquistarne solo pochi altri, negli anni seguenti, al normale prezzo di vendita. Forse quell'amico era già un iscritto al club, che voleva approfittare dell'offerta di dischi gratis a chi procurava nuove adesioni; Don, comunque, accettò la proposta, e presto fu chiaro che Kurt dava segni di interesse.

Ma, anziché condividere l'entusiasmo del figlio, Don lasciò che il suo iniziale interesse per le proposte del Club si spegnesse. Don continuava a pagare le quote, ma raramente ascoltava i dischi. Erano soltanto qualcosa che teneva tranquillo il ragazzo.

A intervalli regolari, il postino bussava alla porta portando un altro pacchetto: era indirizzato a Don, ma era Kurt che lo apriva, e un po' per volta l'interesse del ragazzo per la musica cominciò a svilupparsi andando ben oltre gli album dei Beatles e dei Monkees che la zia Mary gli aveva fatto ascoltare anni prima. Quelli erano soltanto roba da ragazzini, come... come la musica che ascoltavano i compagni di scuola della classe di Kurt, la quarta. Quando parlava loro dei suoi ultimi acquisti – album dei Led Zeppelin, dei Black Sabbath, o dei Kiss – quelli si limitavano a sbadigliare. Quel ragazzo Cobain era sempre stato un tipo strano: i suoi compagni lo lasciavano parlare senza dargli retta.

Invece, Kurt cominciò a guardare a un altro gruppo di gente completamente diversa: i ragazzi delle scuole medie, con i capelli pettinati a cresta e le magliette lise con le immagini dei gruppi rock, fannulloni che si trascinavano di malavoglia lungo gli anni della scuola dell'obbligo in attesa di trovare un lavoro come benzinai o addetti al bancone nei fast food. Kurt era pazzo di loro, Don – quando andava bene – li tollerava, e faceva finta di non vedere le riviste sempre più bizzarre che improvvisamente si cominciavano a trovare in giro per casa.

Quando Kurt aveva dieci anni, nel 1977, scoprì la stampa americana specializzata in musica, più o meno nello stesso periodo in cui quella stampa scopriva il punk rock: il ringhiante bastardo mutante che era balzato fuori dalle strade britanniche l'anno prima, e ora stava avvolgendo la gioventù americana negli stessi tentacoli bagnati di sputo con i quali aveva catturato i suoi connazionali.

Se Aberdeen non era proprio il perno di un rinnovamento musicale – l'unico negozio di dischi in paese non offriva molto più di quello che ci si potrebbe aspettare di trovare in qualsiasi centro abitato lontano dalle vie di grande comunicazione: i primi quaranta dichi della classifica di «Billboard», e i titoli di maggior successo del passato – Montesano era ancora più lontano dal centro delle cose. Là non c'era nemmeno un negozio di dischi, e l'edicola si riforniva di riviste specializzate solo negli argomenti più richiesti: le armi, la caccia e il baseball. Nello spazio riservato alla musica, «Creem» e «Rolling Stone».

Kurt era più portato per «Creem». Era di formato facile da tenere arrotolato in tasca, non si dilungava in argomenti di politica progressista, e, meglio di tutto, era pieno di fotografie: fotografie strane, fotografie feroci, fotografie di gente con nomi come Johnny Rotten e Sid Vicious, Iggy Pop e Richard Hell.

Era un pezzettino di New York, un saporito boccone di Londra, appiattito dalla rotativa e spedito attraverso la nazione a nutrire la fervida immaginazione di Kurt. Non importava nulla se Kurt non aveva mai nemmeno sentito un disco di punk rock, se non aveva nemmeno la minima idea di che suono avesse quella nuova musica. Anche solo guardando le fotografie riusciva a immaginarsela. Era un urlo di sfida, di rabbia e di dolore, una magia cacofonica capace di curare qualsiasi malattia.

Mentre Kurt entrava nel suo primo decennio, ulteriormente imbaldanzito dalle sue nuove amicizie, cominciò infine quel logorante vagabondaggio la cui minaccia già era stata incombente nel corso degli ultimi anni. Una sequela di parenti lo tenne a pensione a turno, e alcuni di essi sicuramente si chiedevano cosa potessero mai aver trovato di così incantevole nel maleducato piccolo mostro che Kurt era diventato. Mentre si spostava di casa in casa – da tre zii e zie, e poi dai nonni paterni – la presenza più costante nella vita di Kurt sembrava essere diventata la sua valigia. Una volta ricordò di essersi trasferito tra Montesano e Aberdeen almeno un paio di volte all'anno, fino a quando compì tredici anni e rientrò in scena Wendy.

La madre di Kurt aveva finalmente rotto col suo compagno, liberandosi dalla spirale di violenza fisica e psichica che era diventata la sua vita quotidiana. Ma non aveva più un lavoro, e certo non poteva permettersi, proprio in quel momento, di mantenere un ragazzo nell'età della crescita. Suggerì invece che Kurt andasse ad abitare dallo zio Chuck, il musicista rock'n'roll di famiglia. Kurt accettò al volo.

Come Don, Chuck aveva una fantastica collezione di dischi. Diversamente da Don, lui i dischi li usava, li ascoltava e li amava. La voglia di nuove conoscenze nel campo della musica che i perdigiorno di Montesano avevano instillato in Kurt, sebbene in maniera disordinata, aumentò a dismisura.

Chuck era perfettamente cosciente di quanto fosse prodigiosa la predisposizione musicale che ardeva nell'animo del giovane nipote, e fece del suo meglio per incoraggiarla. Ma aveva imparato la lezione degli errori commessi in passato dalla famiglia. I regali a Kurt non erano più fatti cadere dall'alto come qualcosa di già deciso, come la gran quantità di scatole di pastelli e tempere che aveva sommerso il piccolo artista a sei anni, con sua scontrosa sottomissione: venivano invece proposti come scelte. «Ehi, cosa vuoi come regalo per la tua festa?» gli chiese, quando il quattordicesimo compleanno di Kurt ormai si profilava vicinissimo. «Una bicicletta? O una chitarra elettrica?»

Kurt ne fu colpito. Scegliere? Vuoi dire che una cosa o l'altra per te non fa differenza? Arraffò la chitarra: una Sears usata quasi inservibile, e un amplificatore da 10 watt in condizioni altrettanto disperate. Poi, ricominciando da dove zia Mary aveva lasciato perdere, ma sostituendo le sue pazienti spiegazioni di accordi e sequenze con il fragoroso ruggito dell'heavy metal più grezzo, Kurt chiese a uno dei componenti del gruppo di Chuck, Warren Mason, di insegnargli a suonare *Back in Black*, l'ululante omaggio degli AC/DC a Bon Scott, il loro cantante scomparso.

Anche se Kurt se ne rendeva appena conto, c'era nella canzone una primitiva poesia, la sensazione che, se riuscivi a padroneggiarne gli accordi, non avresti mai più avuto bisogno di impararne altri. «Scoprii le pennate. Con le pennate, puoi suonare praticamente tutto.»

Non molto tempo dopo, Kurt già sapeva suonare *Best Friend's Girl* dei Cars e l'heavy funk dei Queen *Another One Bites the Dust*. Stava anche imparando *Louie Louie*, l'inno garage punk che – da un tempo che pareva ormai immemorabile – era un punto fermo del repertorio di qualsiasi gruppo rock.

I suoi orizzonti si erano allargati da quei giorni che aveva trascorso sfogliando il catalogo del Columbia House, sottolineando i nomi dei gruppi che gli sembravano più aggressivi; proprio come si erano ampliate le sue esperienze da quei giorni in cui contemplava le fotografie degli eroi del punk rock, e immaginava come potessero essere le loro canzoni.

Assistendo al «Saturday Night Live», guardava con occhi ammirati gli ospiti musicali che si alternavano negli studi televisivi nei quali si svolgeva la trasmissione. Quando, verso la metà del 1980, comparvero sullo schermo i B52s, il quintetto art-rock di Athens, Georgia, per eseguire *Rock Lobster*, probabilmente Kurt fu messo a disagio dalla loro eccentricità, ma fu incantato dal loro spirito, e andò giù di testa alla vista delle scarpe del cantante Fred Schneider: delle Vans a scacchi bianchi e neri assolutamente deliziose. Il giorno seguente, Kurt con pazienza dipinse le sue scarpe da ginnastica a quadrati bianchi e neri.

Ma i B52s erano soltanto la punta dell'iceberg. In tutta l'America, raggiungendo persino gli angoli più sperduti delle zone più impervie dello Stato di Washington, i gruppi punk, che intanto si erano trasformati in gruppi new wave, cominciavano a spuntare dovunque come funghi. Kurt sentì i Ramones, e gli si spezzò il cuore quando scoprì che una volta avevano suonato proprio ad Aberdeen: quattro newyorkesi vestiti di pelle, le cui canzoni duravano poco più del tempo che il bassista Dee Dee impiegava a scandirne l'un-due-tre-quattro d'attacco, che avevano martellato i loro inni adolescenziali per le orecchie di una sala mezza piena di boscaioli sbronzi sempre più tumultuanti. Kurt si impresse nella memoria la data: il 5 marzo del 1977, il giorno in cui il punk rock era arrivato ad Aberdeen, poi aveva fatto dietrofront e se n'era andato di nuovo. Dentro di sé, fece un giuramento: la prossima volta che il punk rock si sarebbe fatto vedere da quelle parti, lui sarebbe stato là, per fare in modo che non se ne andasse.

I Clash avevano pubblicato un nuovo album, un succoso triplo disco intitolato *Sandinista*. Kurt lo comperò, perché i Clash... c'erano fin dagli inizi, erano stati il gruppo di supporto dei Sex Pistols, e quella prima epica serata al Roxy avevano lanciato napalm e barrito slogan e intonato mantra per un futuro che prima sarebbe stato assolutamente inimmaginabile... «senza Elvis, Beatles o Rolling Stones». Tornato a casa con l'album sottobraccio, emozionato ed eccitato, mise il disco sul piatto... e sarebbero potuti essere lo zio Chuck o zia Mary. Sarebbero potuti essere chiunque o qualsiasi altra cosa: ma non erano punk. O, almeno, non era il punk che Kurt aveva sentito nella sua testa.

A quattordici anni, con una chitarra elettrica, un repertorio che si arricchiva pescando fra i rimasugli dei classici delle radio in modulazione di frequenza, Kurt aveva deciso che, se il punk non fosse andato da lui, lui sarebbe andato a cercarlo. «Tre accordi e tante urla», ecco tutto quello che serviva: e al piano di sopra, nella sua stanza, faceva tremare le pareti con i suoni lancinanti emessi dal piccolo, scassato amplificatore che sembrava doversi spaccare mentre Kurt percuoteva la sua chitarra, ci faceva la lotta, strizzandone come se volesse strozzarlo il manico sottile. «Era proprio una bella liberazione.»

Capitolo 3

Questa era dunque la prima cosa che Kurt Cobain, quand'era bambino, desiderò di diventare da grande: una rock star. Considerò anche la possibilità di diventare Presidente degli Stati Uniti, ma «quella era un'idea stupida». Avrebbe di gran lunga preferito diventare una rock star.

Quell'idea gli durò fino all'età di otto o nove anni, quando vide in televisione un'esibizione dello stuntman Evel Knievel. Quel tipo era davvero uno che non sapeva cosa fosse la paura. Facendo imballare il motore della sua motocicletta, già in precario equilibrio su una passerella di assi di legno, a molti metri di altezza da terra, Knievel si lanciava verso il cielo – uomo e macchina uniti in una caduta libera in senso opposto alla forza di gravità – sopra le file di autobus scolastici, automobili e camion parcheggiati, o qualsiasi altra cosa si trovasse davanti. Poi, senza sforzo, senza il minimo errore, atterrava dall'altra parte dell'abisso, su un'altra pedana di legno, e poi scendeva tranquillamente lungo la passerella fino a raggiungere l'asfalto, sorridendo tranquillamente fra sé come se non riuscisse a capire cosa c'era da agitarsi tanto. E che, non sono cose che la gente qualunque fa tutti i giorni?

Kurt non lo sapeva, ma pensava che avrebbero dovuto... pensava che lui avrebbe dovuto. Nei boschi intorno a casa, costruiva percorsi a ostacoli che avrebbe dovuto superare, ed era tanto caparbio che escoriazioni, tagli, graffi e dolori, per quanti fossero, non riuscivano a farlo desistere. Un giorno, portò la bicicletta su una tettoia non troppo alta, ci saltò sopra e atterrò nel giardino. Un'altra volta ammucchiò materasso e coperte sul marciapiede sotto la finestra della sua camera da letto, poi si buttò giù dal primo piano. Si chiedeva la sensazione che si provasse a esplodere, così fissò col nastro adesivo dei petardi a una piastra di metallo, poi si legò la piastra intorno al torace e accese i petardi. Il botto che ne seguì quasi lo assordò, ma sopravvisse. Già: voleva diventare uno stuntman.

Ora, col punk rock che gli scorreva nelle vene e gli ululava nella testa, era tornato al sogno di diventare una rock star: ma una star del punk rock. E sapeva chi avrebbe potuto aiutarlo.

Tornato a vivere con Don, Kurt si era pazientemente rassegnato alle richieste di suo padre, che voleva farlo entrare nella squadra di baseball della Babe Ruth League. Sembrava che fosse soltanto una gran perdita di tempo – Kurt odiava quel gioco, lo trovava inutile e noioso, e nelle rare occasioni in cui veniva chiamato a impugnare la mazza, era la cosa più facile del mondo manovrarla goffamente e aspettare di essere chiamato fuorigioco. Così poteva tornare in panchina, e aveva più tempo per parlare di musica con Matt Lukin.

Lukin era una rarità a Montesano Alta, una persona con la quale Kurt legò immediatamente, quasi fin dal primo incontro alla lezione di elettronica. A Lukin piacevano i Kiss e i Cheap Trick, gruppi che non avevano niente a che vedere con i gusti punk di Kurt, ma che comunque possedevano una certa quale aggressività. I Kiss, a quei tempi, portavano ancora il trucco e i costumi, erano travestiti sputafuoco magari banali, magari commerciali, ma comunque molto più eccitanti della maggior parte dei gruppi che andavano di moda in quel periodo.

Ma, quel che era ancora più interessante, Lukin faceva parte di un gruppo rock, e non un gruppo di persone adulte che si esibiva nei locali da ballo e nei bar, come Chuck e Warren Mason. Era un gruppo di giovinastri primitivi e impetuosi, che suonavano vecchi pezzi degli Who e di Jimi Hendrix, ma li affrontavano con un entusiasmo che i loro autori originali difficilmente ormai sarebbero stati in grado di ricordare. Si chiamavano The Melvins.

Una sera, Kurt passò per caso ad assistere a una delle loro prove: erano il primo vero gruppo rock che avesse mai visto in carne ed ossa. Successe prima dell'incontro con Lukin: Kurt ci era andato dietro invito dell'amico di un amico del primo batterista dei Melvins, Mike Dillard. Non aveva ancora finito le medie, ma era terribilmente, spaventosamente ubriaco di vino.

Kurt disse mille volte ai ragazzi del gruppo che erano fantastici, e per tutto ringraziamento fu cacciato fuori dalla stanza delle prove. Mentre scendeva le scale del solaio dove i Melvins provavano, mise un piede in fallo e scivolò. Era stato al suo primo concerto rock'n'roll: e se non fosse stato tanto ubriaco, avrebbe sentito un male cane.

Il leader dei Melvins era Buzz Osbourne, un ragazzo di pochi anni più vecchio di Kurt, ma il cui aspetto fisico già imponeva soggezione. Come Kurt, non è proprio che suonasse la chitarra: piuttosto la maneggiava, picchiandone fuori i riff, e modificandoli un po' fino a renderli diversi dagli originali, più personali. E poi, Buzz aveva già girato il mondo: sapeva che il suo universo non finiva a Montesano, che fuori da lì c'era qualcos'altro.

Osbourne era andato qualche volta a Seattle, per vedere gli spettacoli di altri gruppi o per suonarci col suo; agli occhi di Kurt, quello era il massimo dei risultati, e per questo vedeva quel ragazzo più vecchio di lui non come uno studente di Montesano, ma come un guru.

Osbourne accettò l'ammirazione di Cobain con amichevole benevolenza. A parte quella sfortunata serata in solaio, c'era una specie di fascino innato in quel ragazzo indisciplinato con i capelli spettinati e gli occhi penetranti. «La prima volta che incontrai Kurt Cobain, aveva l'aria di un adolescente scappato di casa» ricordò Osbourne in seguito. Poi, riflettendo all'immagine del personaggio che ormai era appesa sui manifesti nelle case di tutta la nazione, aggiunse: «A pensarci bene, ce l'ha ancora».

Tenendo d'occhio Kurt a scuola, Osbourne si era anche accorto delle tracce di devastazione che il ragazzo lasciava dietro di sé, incidendo il logo dei Sex Pistols su ogni superficie liscia disponibile. Un giorno, Buzz arrivò a scuola con l'inserto di un giornale musicale, uno speciale fotografico tutto sui Sex Pistols. «Kurt, te lo presto, se vuoi!» Se Osbourne fosse scomparso dalla vita di Kurt il giorno dopo, Kurt l'avrebbe comunque considerato suo amico per tutta la vita. Ma Osbourne aveva anche altri assi nella manica.

Dal punto di vista dell'educazione musicale, Osbourne non era poi tanto differente da Cobain. Era cresciuto a una dieta di heavy metal degli anni Settanta – «Aerosmith, Ted Nugent, nomi così», poi il punk fece tabula rasa dei suoi gusti precedenti, così come era successo «a qualsiasi ragazzo di 14 o 15 anni ragionevolmente sveglio e ragionevolmente curioso. Comprai l'album dei Sex Pistols (*Never Mind the Bollocks, Here's the Sex Pistols*) per pura curiosità, per sapere come suonasse gente che aveva un aspetto come il loro».

Furono «l'energia e l'aggressività» a impressionarlo più di ogni altra cosa, l'anfetaminico ruggito delle chitarre che apre *Anarchy in the U.K.*, lo zoppicante motivo di derivazione Stooges di *Submission*, le schiamazzanti cantilene idiote di *I'm A Lazy Sod (Seventeen)* e *Pretty Vacant*. Quella musica «sembrava assolutamente disordinata, ma aveva un preciso punto focale. Era assolutamente diversa da qualsiasi cosa avessi mai sentito prima. Poi incontrai uno che aveva una collezione di dischi di gruppi punk inglesi:

i Vibrators, i 999, i Buzzcocks: roba che non avevo mai sentito nemmeno nominare». Fu quella che gli insegnò a scegliere, «con la mia testa, la musica con la quale volevo vivere e quella della quale potevo fare a meno. Quella collezione fu la mia scuola,» e fu quella che avrebbe condiviso con Kurt.

Restando svegli fino a tardi ad ascoltare dischi, Buzz registrava musicassette per darle da ascoltare a Kurt; gruppi hardcore californiani come Flipper, MDC, Black Flag, Circle Jerks, esponenti di una musica la cui fama era così selvaggia, il cui pubblico era così violento, che il dipartimento di polizia di Huntington Beach cominciò a schedare alcuni gruppi punk non come complessi musicali, ma come bande giovanili, e i loro fans come membri di quelle bande. Nel corso delle periodiche retate effettuate durante gli scontri fra bande rivali, si poteva venire fermati e portati in guardina se si indossava la T-shirt di un gruppo punk rock con la stessa facilità con cui si veniva blindati se si esibiva un giubbotto di pelle con il logo dei Bloods o dei Crips.

Buzz e Kurt cominciarono ad andare insieme ai concerti: il primo che Kurt ricordava era quello dei D.O.A. di Vancouver, l'anello mancante – come prevedeva la loro personalissima geografia – tra i gruppi hardcore rock di Los Angeles e quelli della East Coast. Il secondo concerto fu quello dei Black Flag. I biglietti dello spettacolo, che si tenne al Mountaineers Club, nella 3rd Avenue di Seattle, costavano dodici dollari; e Kurt vendette tutta la sua collezione di dischi – fino all'ultimo album dei Foreigner, dei Kiss e di Pat Benatar – soltanto per poter vivere quella serata di frenetico rumore e di violenti spintoni sotto il palco.

Ma ne era valsa la pena. Dopo aver ascoltato i Black Flag in tutta la loro malvagia grandezza, col cantante Henry Rollins che sbatteva in faccia ai ragazzi del suo pubblico le peggiori paure che potessero tener svegli di notte i loro genitori, chi avrebbe mai potuto tornare ad accontentarsi degli asettici belati di Journey e compagnia bella? Il giorno dopo, più o meno verso la metà di agosto del 1984, Kurt si tagliò i capelli a creste «e cominciai a spruzzare di vernice le macchine della gente. Dichiarai che sarei stato un punk per sempre!».

«Punk rock significa rifiuto totale» dice Steve Turner dei Mudhoney. «Se vedi sul palco un gruppo di persone che hanno l'aria di gente "rock", dici "oh, un gruppo rock". È molto più impressionante vedere dei pazzi scatenati che stanno lassù e gridano AAAAARRRRUUUGGGHHH!»

E fu quell'AAAAARRRRUUUGGGHHH! che più di ogni altra cosa attirò Kurt: la terapia primale dei reietti della società che vomitano fuori la loro angoscia con un grido che lacera le corde vocali. Kurt aveva già imparato le pennate; ora stava cominciando a scoprire le urla. Un giorno che era andato a pesca con suo zio Larry, Kurt non mise in acqua la canna nemmeno una volta, per tutto il tempo che restò sulla riva del fiume. Se ne stette sdraiato sull'argine, a urlare. Quando Larry lo raggiunse e gli chiese cosa c'era che non andava, Kurt si limitò a sorridere. «Niente. Sto solo facendo esercizi per rafforzare le corde vocali.»

E adesso Kurt stava già dicendo a Osbourne che stava pensando di mettere su un gruppo di punk rock, che sarebbe diventato il miglior fottuto gruppo di punk rock del mondo. Osbourne non aveva dubbi sul fatto che Kurt potesse farlo. Il punto era: voleva davvero farlo?

«Non riuscivo assolutamente a comunicare con la gente» rivelò Kurt in seguito. «Così, sostanzialmente me ne stavo per conto mio per tutto il tempo, e suonavo la chitarra.»

A Kurt piaceva quell'isolamento che si era autoimposto, in particolare quando il parente in casa del quale abitava – qualunque fosse in quel periodo – rispettava, o almeno tollerava, l'idea che lo strano ragazzo del piano di sopra non venisse mai fuori dalla stanza e non cominciasse mai a comportarsi normalmente. Quando Kurt si faceva vedere al pianterreno, era di solito o per prendere qualcosa da mangiare dal frigorifero, o perché stava uscendo per andare dai suoi amici. Evidentemente non era felice, ma cosa potevano farci, loro? E cosa poteva farci lui?

Il maggio precedente, la madre di Kurt si era risposata. Pat O'Connor era uno scaricatore di porto e gran bevitore; e quando Kurt chiese per la prima volta se poteva ritornare a vivere nella casa in cui era cresciuto, la prima risposta di sua madre fu che non c'era assolutamente alcuna possibilità che questo succedesse. Kurt impiegò «mesi» per farle cambiare idea: la teneva al telefono il più possibile, piangendo, implorando, pregando. Finalmente Wendy si arrese, ma sia per Kurt sia per sua madre quel loro ritrovarsi sarebbe stato sempre un'arma a doppio taglio.

Per Kurt, la cosa più difficile era vedere il modo in cui Pat trattava sua madre. In un'occasione, spesso raccontata, O'Connor era rimasto fuori casa tutta la notte, per tornare finalmente a casa alle sette del mattino, ubriaco e strepitante, dopo essere stato con un'altra donna. Wendy si morse la lingua e uscì come al solito per andare a lavorare, ma non aveva scampo. «Ehi! Dov'era Pat stanotte?» Un paio dei compagni di bevute di O'Connor entrando allo spaccio cominciarono a girellare fra gli scaffali, e la malignità nelle loro voci faceva capire chiaramente che loro conoscevano bene la risposta, così come la conosceva lei.

Wendy chiamò un amico, e i due se ne andarono a ubriacarsi. Poi lei si precipitò a casa.

Pat era al pianterreno con Kurt e Kimberley quando Wendy entrò di corsa in casa, andò alla credenza e ne tirò fuori uno dei fucili di suo marito, minacciandolo di spargli. Armeggiò con l'arma, cercando di scoprire come fare a caricarla: quando si rese conto che non ne era capace, prese tutti i fucili che c'erano in casa (e ce n'erano parecchi, perché Pat era un appassionato cacciatore e collezionista d'armi), disse a Kim di mettere insieme tutte le munizioni che riusciva a trovare, e poi le due donne andarono a buttare tutto quanto nel fiume Wishkah.

Mentre assisteva alla scena dalla finestra della sua camera da letto, Kurt nella sua mente già stava studiando come fare a rivolgere a suo vantaggio questa nuova crisi domestica. Qualcuno ritiene che qui la storia cominci a diventare apocrifa, ma in fondo non importa. Kurt la raccontò come se fosse stata vera.

Appena ebbe campo libero, Kurt arruolò un paio di ragazzini del vicinato, mise loro in mano qualche dollaro e ordinò loro di dragare il fiume per cercare i fucili. Poi, dopo che quelli ne ebbero recuperati quanti potevano, Kurt portò il bottino giù in città e lo vendette.

Un ragazzo, ad Aberdeen, aveva un amplificatore da vendere. Kurt comperò l'amplificatore, poi propose all'altro di andare con lui a procurarsi un po' di erba. Solo che Kurt non aveva più un soldo, dopo aver comprato l'amplificatore; però l'altro si sentiva particolarmente ben fornito, e gli disse di non stare a preoccuparsi. Per come Kurt raccontò la storia, quell'altro ragazzo spese in erba tutti i soldi che aveva in tasca; e finì che Kurt non solo si ritrovò con un amplificatore nuovo per le mani, ma ebbe anche l'opportunità di farsi una bella fumata.

Per molto tempo Kurt aveva stupito gli amici perché non si concedeva nessuno dei vizi che riuscivano a far sembrare Aberdeen almeno sopportabile. Già soffriva di molti dei disturbi che poi avrebbero contribuito a rendere così dolorosa la sua vita di adulto: la bronchite che lo perseguitava fin da poppante, i misteriosi spasmi gastrici che a volte gli facevano tossire sangue e pensare al suicidio come a una liberazione, il mal di schiena che lo tormentava di continuo. E già doveva stare molto attento a quello che mangiava, che stava anche più attento a quant'altro introduceva nel suo organismo. «Kurt... era il solo ragazzo di mia conoscenza che non fumava, non beveva birra e non usava marijuana» raccontò uno dei suoi compagni di scuola, Dana James Bong, al giornalista del «Seattle Times» Patrick MacDonald.

Ma col passare del tempo la determinazione di Kurt si fece meno forte, o forse Kurt semplicemente si adattò a vivere con la compagnia costante del dolore; e Bong aggiunse, come MacDonald puntualmente riportò, che in seguito Kurt avrebbe cominciato a fare tutte quelle cose... «anche troppo», secondo Bong; «alla nona potenza», secondo Kurt.

Il nuovo amplificatore faceva sembrare quello vecchio ciò che era sempre stato: un vero catorcio. Kurt non aveva mai sognato di poter fare tanto rumore, su nella sua camera da letto, ora dopo ora, sparando note finché i muri vibravano, le finestre tremavano, e dal piano di sotto sua madre picchiava freneticamente col manico della scopa sul soffitto del salotto.

Wendy confessa che, quando lei e Pat uscivano per fare spese, temevano – e in parte si aspettavano – di trovare tutti i vetri della casa sbriciolati dall'attacco sonoro che Kurt scatenava quando rimaneva solo; o da quello, o da qualche mattone lanciato dall'esterno. I vicini odiavano la chitarra di Kurt quasi quanto la odiava Wendy; ma non, apparentemente, quanto la odiava Don, in occasione delle visite che il ragazzo faceva a casa del padre.

Un giorno, uno dei bibliotecari della scuola vide Kurt che camminava per strada con un'aria ancora più depressa del solito. Suo padre, gli disse il ragazzo, aveva appena fatto a pezzi la sua chitarra, perché la stava suonando a volume troppo alto.

«Tutto quello che doveva fare era chiedermi di abbassarlo» disse Kurt; e aveva un tono così sincero, così totalmente addolorato e turbato, che è possibile che il bibliotecario abbia davvero creduto che sarebbe bastato quello, un semplice colpetto alla porta e un «senti, figliolo, per favore...», e Kurt avrebbe obbediente abbassato il volume al minimo e si sarebbe scusato per aver disturbato il papà.

Ma chi voleva prendere in giro? Non c'era un solo insegnante, al liceo di Weatherwax, che non fosse perfettamente a conoscenza della caparbietà di Kurt, del modo in cui si diceva disposto a fare una cosa quando aveva in mente di farne un'altra, e dell'assoluta scaltrezza con la quale riusciva a farti sentire in colpa per averlo scoperto quando la faceva.

Eppure, c'erano alcuni insegnanti che provavano un po' di comprensione per Kurt. Era un ragazzo intelligente: se durante le lezioni si annoiava, era in parte perché conosceva già le cose che gli avrebbero chiesto di studiare. Era un divoratore di libri, e quando in classe si tenne una discussione su *Rumblefish*,[1] era prevedibile che sarebbe stato Kurt a fare le domande più acute, per poi alzare gli occhi al soffitto ascoltando le banali risposte dell'insegnante.

Scriveva poesie, anche, benché questa sia una cosa che lui non raccontò mai in giro. Ci volle una visita di Patrick MacDonald del «Times», che aveva racimolato quell'informazione da Kurt durante un'intervista, per rendere edotto del fatto il capo-bibliotecario della scuola; e John Eko, come riferì MacDonald, ne fu sinceramente sorpreso. «È fantastico! Non l'avevo mai saputo! Chissà che adesso non riesca a convincere qualche studente a leggere poesie.»

La vita ad Aberdeen, con Wendy e Pat, era sostanzialmente una replica della vita a Montesano: ma con una fondamentale differenza. A Montesano c'erano i Melvins; il meglio che Aberdeen potesse offrire erano i Metal Church... e dopo aver sentito i Melvins, chi potrebbe ascoltare quella robaccia? Kurt scivolò sempre più a fondo nel suo silenzio privato, passando buona parte del suo tempo nella baracca dei fumatori sul retro della scuola, fissando un impenetrabile sguardo davanti a sé e, con il suo stesso si-

[1] Il romanzo di S. E. Hinton dal quale Francis Ford Coppola nel 1983 ha tratto il film omonimo (il cui titolo italiano è *Rusty il selvaggio*) interpretato da Matt Dillon, Diane Lane, Nicolas Cage, Dennis Hopper e Mickey Rourke. (*N.d.T.*)

lenzio, sfidando chiunque a interromperlo. Furono pochissimi a farlo.

Un ragazzo che entrò nell'orbita di Cobain era Dale Crover: e chissà se fu il caso, o una ragione più profonda, a decidere che – senza che Kurt avesse fatto niente per favorire l'evento – quando Mike Dillard lasciò i Melvins fosse proprio Crover a rimpiazzarlo? Da qualche mese Kurt non aveva nemmeno più visto i Melvins, non più da quando si era ritrasferito in casa di sua madre e di Pat, ma ora era come se non se ne fosse mai andato... tranne che non gli toccò di andare a Montesano per vederli. Furono loro a venire ad Aberdeen, trasferendosi in una stanza disponibile nella casa dei genitori di Dale; e subito invitarono tutti i loro amici alle prove.

Solo che il gruppo provava raramente, e comunque mai quando c'era pubblico. Invece, venivano tutti condotti fuori da Buzz, e aspettavano sotto il portico mentre i Melvins se la prendevano comoda. Poi, ogni tanto, la musica smetteva e qualcuno metteva fuori il naso per chiedere una birra: così era una totale perdita di tempo.

Kurt non era più intimo del gruppo rispetto a chiunque altro: era un ammiratore sfegatato che si prestava volentieri ad aiutarli a trasportare i loro strumenti e l'attrezzatura quando avevano uno spettacolo, spesso non chiedendo in cambio altro che il suo nome sull'elenco degli invitati con ingresso omaggio. Erano gli spettacoli fuori città quelli che gli piacevano di più: quelli a Olympia, a Tacoma o a Seattle. Da bambino, Kurt aveva ingenuamente immaginato che gli Stati Uniti non fossero molto più grandi del cortile di casa sua, e che tutto quello che avrebbe dovuto fare per cercare di diventare famoso sarebbe stato suonare qualche canzone e avere la sua fotografia sulla copertina delle riviste. Era così facile... e, come effettivamente accadde, fu davvero così facile. Ma furono quei viaggi nel raggio di trecento chilometri intorno a Seattle che consolidarono la sua intuizione, e le diedero la solidità alla quale Kurt poteva appoggiarsi.

Tuttavia, il tentativo di Kurt di diventare membro a tutti gli effetti dei Melvins si risolse in un disastro completo. Da qualche tempo aveva cominciato a scrivere canzoni, prendendo brani di sue poesie e adattandoli a semplici motivi musicali; e questo suggerì a Matt Lukin – uno dei pochi ad avere ascoltato le registrazioni realizzate da Kurt – la convinzione di avere già scoperto in lui una specie di prodigio di talento. Era strano, disse, «che qualche ragazzo scrivesse canzoni sue, e preferisse suonare quelle piuttosto che ascoltare i Motley Crue!».

Però, quando Kurt si sottopose a un provino in presenza di Buzz, Matt e Dale, restò come paralizzato dall'emozione. Dimenticò le canzoni, dimenticò gli accordi, sembrava persino che non sapesse di preciso cosa fosse quel pezzo di legno che portava a tracolla. Se ne restò lì in piedi, con lo strumento che emetteva gemiti fastidiosamente sibilanti, con il gruppo che attendeva paziente che riuscisse a far loro sentire qualcosa. Alla fine, Kurt restò loro amico: ma non sarebbe diventato uno dei Melvins.

Del resto, non sarebbe mai stato davvero completamente accettato, almeno al di fuori di quel ristretto circolo. Fra gli amici di nuova data di Kurt c'era un ragazzo gay di nome Myer Loftin. La loro amicizia, per quanto intima, restò platonica, ma questo non risparmiò a Kurt i fischi di scherno che cominciarono a salutarlo quando gli altri ragazzi vennero a conoscenza delle inclinazioni sessuali di Loftin.

In breve, Kurt quasi si rassegnò a essere chiamato «checca» a scuola, e a sopportare stancamente le prese in giro sempre più perfide che sentiva risuonare nello spogliatoio alla fine dell'ora di ginnastica, frasi del tipo «copritevi il culo e non chinatevi in avanti», come se essere gay implicasse automaticamente un'aggressiva promiscuità, e come se Kurt provasse attrazione per chiunque indossasse un sospensorio. In realtà, Kurt arrivò alla fine delle medie superiori in condizioni di celibato pressoché assoluto – la volta che andò più vicino alla perdita delle verginità fu quando, all'ultimo anno, fece entrare di nascosto nella sua stanza una ragazza di nome Jackie. Stavano proprio per celebrare finalmente l'atto supremo quando... la luce si accese di colpo, e Wendy si affacciò alla porta della camera sibilando: «Butta fuori di qui quella puttanella!». E il romanticismo del momento magico andò per sempre perduto.

Per qualche tempo Kurt si crogiolò nella sua presunta omosessualità, ricavando il massimo dei vantaggi dalla notorietà che da essa gli derivava, anche se passava gran parte del suo tempo a essere rincorso dallo scherno dei «veri maschi» o a essere maltrattato dai bulletti del paese. «Cominciai a sentirmi orgoglioso del fatto di essere gay, anche se non lo ero.»

Tuttavia, a volte la fatica di mantenere fede a quell'immagine si faceva troppo pesante per Kurt; anche se egli sapeva che quella era una delle poche cose della sua vita scolastica che davvero lo distinguesse dai secchioni e dagli sportivi accaniti, che lui detestava di tutto cuore. La sua amicizia con Loftin finì, senza rancori ma di punto in bianco, perché Kurt non riusciva più a sopportare gli insulti che quella gli procurava.

Negli anni seguenti, le persone che furono vicine a Kurt rimanevano sorprese quando venivano a conoscenza del modo in cui aveva troncato volontariamente un'amicizia che evidentemente teneva in grande considerazione; e osservavano come fosse lontana dal suo comportamento abituale questa supina accettazione a quella che potrebbe essere definita solo come opinione pubblica. E forse Kurt era d'accordo con loro, e non riuscì mai a perdonarsi completamente il fatto di aver scelto la via d'uscita più facile.

Ancora oggi, l'omosessualità conserva un'assurda capacità di spaventare e imbarazzare la gente, e non sono solo gli sciocchi a reagire in questo modo brusco: basta solo considerare l'agitazione e lo spavento che apparvero evidenti quando il presidente Clinton propose di ammettere i gay al servizio militare. Per Kurt, alla costante ricerca di nuove maniere per tenere lontani da sé gli altri, l'accusa di essere gay era un'opportunità mandata dal cielo... e lui la gettò al vento.

Ma lo fece a causa del modo in cui lo trattava la gente? O perché l'apparenza di cui essa lo rivestiva era soltanto questo, appunto un'apparenza? Quasi esattamente dieci anni dopo, Kurt si sarebbe di nuovo ritrovato a vivere un ruolo falso, e nelle ultime parole che scrisse giurò: «Il peggior delitto che riesco a immaginare sarebbe prendere in giro la gente fingendo, simulando». Nel 1984, riuscì a interrompere il gioco prima che fosse troppo tardi. Nel 1994, non pensava che ci fosse alcun modo di fermarlo, tranne uno. Per Kurt Cobain, il conformismo era disgustoso. Ma il finto anticonformismo era ancora peggio.

Kurt continuò sempre a essere affascinato dall'omosessualità, anche se non fece mai capire chiaramente se essa costituisse davvero una componente della sua vita o soltanto un'arma da poter utilizzare contro gli altri. Resta comunque il fatto che, a parte la sua stessa confessione secondo la quale in passato aveva avuto storie omosessuali – e a parte l'ampiamente pubblicizzata dichiarazione di sua moglie, Courtney Love, secondo cui Kurt «se l'era fatta con la metà dei ragazzi di Seattle» – Kurt non aveva alcuna remora nell'indossare abiti da donna in scena, né a spingere il gioco anche oltre.

«Mi sento senza dubbio più vicino al lato femminile dell'essere umano che a quello maschile, o almeno all'idea americana di come ci si aspetta che debba essere un uomo» è una delle sue osservazioni tipiche; il video di *In Bloom*, che Kurt girò travestito con vistosi abiti da donna, è una delle sue tipiche prese di posizione. Kurt rilasciò parecchie disinvolte interviste ai giornali gay, e chiaramente incoraggiò sua moglie Courtney a fare altrettanto.

La prima volta che i Nirvana presero parte allo spettacolo televisivo «Saturday Night Live», nel gennaio del 1992 (un evento che chiuse una sorta di ciclo fatale che si era aperto nel 1980 quando Kurt aveva assistito all'esibizione, nel corso della stessa trasmissione, dei B52s), lui e il bassista dei Nirvana, Chris Novoselic, si baciarono davanti alle telecamere. Pochi mesi prima, Kurt si presentò all'intervista per «Headbangers Ball», la trasmissione di MTV dedicata all'heavy metal, indossando un vestito da donna giallo brillante. «Be', è la festa degli sballati, no?» sussurrò sorridendo affettatamente, prima di rimproverare Chris per non avergli portato un corpetto.

Entrambe queste provocazioni erano indirizzate diritte al cuore della spocchiosa Aberdeen, alle stesse persone che Kurt aveva deliberatamente insultato quando si presentò sul palco, per uno dei primi spettacoli dei Nirvana, con la nuca dipinta di rosso.[2]

In questo momento, comunque, una sfida così sfacciata era ancora abbastanza lontana nel futuro. Per ora, Kurt doveva semplicemente venire a patti con la sua vita.

Nel giugno del 1985 si diplomò alla Weatherwax, entrando negli annuari scolastici senza che restasse di lui altro che una macchia sul muro a testimoniarne il passaggio fra i banchi dell'aula. Non era mai comparso sul «libro dell'anno» della scuola, e aveva resistito ai tentativi, anche i meglio intenzionati, di convincerlo a collaborare a

[2] *Redneck*, «nuca rossa», è una tipica espressione che allude ai contadini e a chi svolge lavori manuali e di fatica all'aperto, e per questo ha la nuca ruvida e arrossata, specialmente se porta i capelli *shortback* (tagliati corti dietro, spesso rasati con la macchinetta). L'espressione potrebbe anche derivare dal fatto che la pellagra, una malattia provocata da carenze vitaminiche che fu particolarmente diffusa tra i contadini del Sud degli Stati Uniti, causa una dermatite che fa arrossare la nuca (Robert L. Chapman). Per traslato, significa «persona bigotta e conservatrice» (*N.d.T.*)

«Ocean Breeze», il giornale scolastico. C'erano interi corsi scolastici, del resto, che Kurt aveva allegramente saltato del tutto, troppo sballato o troppo annoiato per ricavarne altro che una secca bocciatura. Sei mesi prima dell'esame, si era reso conto di essere in arretrato di almeno due anni rispetto ai compagni.

Per qualche settimana si gettò in un'attività frenetica. Quando il suo insegnante d'arte, il signor Hunter, gli propose di partecipare a qualche concorso scolastico, Kurt accettò, e ne vinse due. Ma non ci metteva vero entusiasmo.

Ormai trascorreva il suo tempo in deliziose meditazioni, segnando il modo in cui avrebbe potuto uccidere certi insegnanti, preferibilmente mentre quei pecoroni dei loro allievi assistevano terrorizzati alla scena. Aveva anche deciso che voleva fare carriera nella musica; tutto quello che gli restava da fare, adesso, era convincere la sua famiglia che avrebbe fatto meglio a non mettersi in mezzo.

Non sarebbe stato facile, comunque. Una violenta lite con Wendy, causata dall'intervento della madre quella volta che Kurt stava (o forse no) per perdere la verginità, lo spinse a cercare rifugio presso un amico che abitava vicino a casa sua; un soggiorno che finì solo quando la madre del suo ospite, sconcertata, chiamò Wendy e le disse: «Scusami, ma credo che abbia traslocato da noi!».

Da lì Kurt ritornò a stare a Montesano, su invito della sua matrigna. Don era meno convinto che quella fosse la scelta più giusta: orgoglioso, preoccupato, convinto di sapere bene quale fosse il meglio per suo figlio, Cobain senior non approvò del tutto la generosità della moglie. Ma non poteva respingere il proprio figlio; né, ora che Kurt si avvicinava al compimento del diciottesimo anno di età, poteva dettargli legge nel modo in cui avrebbe potuto farlo in passato.

Però stabilì una sola, inviolabile regola. Kurt era il benvenuto, e poteva restare a vivere con lui per tutto il tempo che gli sarebbe piaciuto: ma solo se rinunciava alla musica. Forse Don pensava che la minaccia avrebbe potuto spaventare il ragazzo e allontanarlo, senza più nemmeno farlo riavvicinare alla sua porta di casa. Ma, più probabilmente, sperava che Kurt finalmente mettesse la testa a posto; e quando arrivò la risposta (un timido, sorridente «sì»), quando Kurt obbediente corse al banco dei pegni con la sua preziosa chitarra, e ne ritornò ancora sorridente con un piccolo gruzzolo in contanti, per un attimo Don pensò di avere vinto.

Per più di un attimo, in effetti. Un paio di giorni dopo essere tornato a Montesano, Kurt sostenne l'esame per essere ammesso in Marina, e lo superò a vele spiegate. Don era semplicemente radioso d'orgoglio quando, quella sera, un incaricato del reclutamento si presentò a casa, con la valigetta zeppa di prospetti dei corsi, e un atteggiamento che tradiva l'entusiasmo. Quel signore non disse molto in proposito, ma Don aveva la netta sensazione che il punteggio ottenuto da Kurt fosse uno dei più alti mai registrati a Montesano; forse uno dei più alti in tutto lo Stato. Se era mai esistito un ragazzo tagliato per la vita sulle onde dell'oceano, quello era il giovane signorino Cobain. E Kurt se ne stette lì seduto educatamente, sorridendo e annuendo. Sì, la Marina sembrava sicuramente interessargli.

L'addetto al reclutamento ritornò la sera seguente. Aveva lasciato qualche opuscolo, e aveva piantato qualche seme; ora voleva verificare quanti frutti ne erano nati.

Kurt era al piano di sotto, in cantina, quando quello arrivò. La sua mente stava vagabondando un po', pensando alle esotiche terre straniere in cui la Marina aveva giurato che l'avrebbe condotto... al cameratismo dei suoi futuri commilitoni marinai... a come fosse fottutamente forte e meravigliosa, splendidamente capace di fargli liquefare il cervello, la canna che stava fumando in quel momento... e alla lotta libera. I campionati di lotta libera. I campionati scolastici... Si alzò in piedi stiracchiandosi: sapeva cosa avrebbe fatto.

Di sopra, Don e l'addetto al reclutamento stavano ancora chiacchierando animatamente. Sì, Kurt era perfetto... be', ha avuto qualche problema, ma abbiamo divorziato, sua madre e io, e lui l'ha presa male... le cattive compagnie... eh sì, il rock'n'roll... tutte le solite cose di cui parlano sempre i genitori e i datori di lavoro, ma è un buon ragazzo, in fondo, capace di lavorare duro, e intelligente, ma questo lo può capire anche dai voti che ha preso all'esame, no? Poi una pausa, mentre Kurt entrava nella stanza.

«Ah, Kurt, stavamo proprio...» Le parole restarono sospese a mezz'aria, poi Kurt li annichilì entrambi. «No, grazie.» Si voltò e uscì dalla stanza.

Tornato in cantina, Kurt sentì l'addetto al reclutamento chiudersi alle spalle la porta d'ingresso, e l'esasperato sospiro di rabbia e delusione di Don. Continuò a fare i bagagli, con un sorriso che gli danzava negli occhi. Quando uscì dalla porta, giurò che non l'avrebbe mai più riattraversata per tornare. Ma una cosa continuava a tornargli in mente: «Meno male che non gli ho mai detto che i miei compagni di scuola mi chiamano checca!».

Capitolo 4

Kurt era ancora a scuola, nel 1978, quando sentì per la prima volta fare il nome di Frances Farmer. Era stato appena pubblicato *Shadowland*, un libro sulla sua vita firmato da un autore residente a Seattle che aveva scritto la biografia di un'attrice nata a Seattle. Ma c'era qualcosa di più in quel libro: qualcosa negli occhi della donna fotografata sulla sovraccopertina, forse, o anche solo nel soffietto editoriale, che spinse Kurt a prendere in prestito il volume di William Arnold dalla libreria del liceo e a cominciare a leggerlo.

Oggi, Arnold non nega il fatto che la Farmer rappresentasse per lui «un'ossessione», al punto che il suo stesso sommario del libro dice che esso «racconta la storia di un giornalista che si innamora di una donna morta, che cerca e trova le prove del suo martirio, ma che alla fine si rende conto che la "verità" della vita di lei... è probabilmente inconoscibile».

La stessa cosa – scrisse Arnold nell'aprile del 1994 – valeva per quella di Kurt Cobain. Eppure Arnold si sentiva stranamente coinvolto dalla tragica morte di un giovane che non aveva mai incontrato, col quale non aveva mai parlato, e le cui telefonate al numero interno di Arnold, nella redazione del «Post Intelligencer» di Seattle, non avevano ottenuto una chiamata di risposta per più di un anno.

Il giorno in cui fu scoperto il suicidio di Kurt, Arnold disse che la prima voce della sua lista di cose da fare era: «Richiamare KC, quello dei Nirvana», come aveva scritto. L'appunto era rimasto lì «per settimane, forse per mesi», e Arnold ancora non sapeva spiegarsi perché non avesse mai richiamato Kurt; a parte il fatto che la sua ossessione per la Farmer era svanita quando la sfera privata nella quale egli l'aveva racchiusa era improvvisamente esplosa in una polemica pubblica, quando aveva cominciato a essere bersagliato non solo da querele, ma anche dalle «veementi» telefonate che ancora continuava a ricevere dai fans.

Arnold e Cobain non erano soli nei loro tentativi di venire a patti con le circostanze drammatiche che avevano segnato la tragica vita della Farmer; per usare le parole di Arnold, parecchie altre persone, molte delle quali psicologicamente disturbate, vedevano nella storia dell'attrice qualche «giustificazione per la convinzione di essere, a loro volta, perseguitati a causa delle loro grandi doti».

L'interesse di Kurt, però, era più profondo di quello della maggior parte di quelle persone. Oltre a tutto il resto c'era la convinzione – e con quella, forse, un senso di colpa di lunga data di origine familiare – di avere qualche legame di parentela con il giudice che all'inizio degli anni Quaranta aveva fatto rinchiudere la Farmer in manicomio, nel Western State Hospital di Tacoma.

La vicenda di Frances Farmer resta una delle più tremende che Hollywood possa mai raccontare. Nata nel 1914, era una bambina prodigio la cui ideologia personale aveva abbracciato molte cause, dal nascente femminismo al comunismo dichiarato, e che aveva sconcertato la società grigia e conservatrice di Seattle prima ancora di finire la scuola: prima con un tema nel quale sostanzialmente demoliva l'intero concetto di religione organizzata, poi compiendo un viaggio in Unione Sovietica, organizzato dalla sezione locale del Partito comunista.

Tornata negli Stati Uniti, la Farmer si trasferì a Los Angeles e, nel 1936, debuttò nel cinema con un film poco conosciuto intitolato *Too Many Parents*. Prima del 1942 avrebbe recitato in quattordici pellicole, lavorando a fianco di attori come Bing Crosby e Martha Raye (*Rhythm on the Range*, 1936), Walter Brennan (*Come and Get It*, 1936), Cary Grant (*The Toast of New York*, 1937, in versione italiana *Alla conquista dei dollari*), Ray Milland (*The Ebb Tide*, una versione cinematografica di *L'isola delle perle* di Robert Louis Stevenson, 1937), Patrick O'Brien (*Flowing Gold*, 1940) e Tyrone Power (*Son of Fury*, ovvero *Il figlio di Furia*, 1942).

Ma anche se la sua stella d'attrice stava sorgendo, la Farmer era occupata a farsi dei potenti nemici. Esplicita fino all'eccesso, e con la lista dei suoi presunti peccati arricchita da accuse di lesbismo, la Farmer divenne una spina nel fianco per tanti ambienti sociali e professionali a tal punto che, verso la fine della seconda guerra mondiale – come scrive Arnold – «il sistema conservatore di destra di Seattle prese a pretesto i diversi problemi personali in cui era invischiata per cogliere l'opportunità di farla ricoverare nel Western State Hospital... che in quel periodo era una vera e propria fossa dei serpenti».

La Farmer fu poi finalmente dimessa all'inizio del 1950, ma era ormai ridotta l'ombra di quel che era stata: a questo aveva provveduto la lobotomia frontale, che la scienza medica di quegli anni riteneva la cura più efficace per le malattie mentali. Nel 1958 la Farmer girò un ultimo film, comparendo brevemente in *The Party Crashers*: ma la sua carriera era finita. Morì di cancro nel 1970: aveva 56 anni.

William Arnold non ebbe mai il minimo dubbio del fatto che l'ossessione di Kurt per la Farmer fosse qualcosa di molto più profondo che una semplice curiosità, morbosa o no. «Dal suo modo di fare da punk fermamente intenzionato a stupire, alle sue esplosioni di violenza,» disse Arnold, che ne era convinto «il comportamento di Cobain può essere interpretato come la serie di azioni di un uomo assolutamente deciso a incarnare lo spirito di Frances Farmer».

Questa convinzione si rafforzò quando Arnold ascoltò la canzone che Kurt scrisse dedicandola alla Farmer (e, forse, a se stesso) pubblicandola nell'album *In Utero*. Secondo molti recensori, critici e ammiratori, *Frances Farmer Will Have Her Revenge on Seattle* era soltanto l'omaggio a un'attrice di cui la maggior parte di loro non aveva mai sentito parlare. Ma Arnold intuiva che ci fosse qualcosa di più profondo, e molto, molto più oscuro, nascosto dietro le otto righe del testo che Kurt le dedicò.[1] «La canzone mi parve il biglietto d'addio di un suicida, la dichiarazione che Kurt intendeva fare di sé un martire per vendicare la Farmer.»

Anche col senno di poi, questa sembra un'ipotesi tirata per i capelli; per uno scrittore che aveva scarsa familiarità con la musica di Kurt, aver tratto questa conclusione ben sei mesi prima della morte di Kurt equivale a una premonizione da brividi. Nel biglietto d'addio di Kurt non c'erano riferimenti a Frances Farmer, ma ce n'era bisogno? Forse davvero lui quel che aveva da dire l'aveva già detto.

L'interesse adolescenziale di Kurt per Frances Farmer non dovrebbe essere eccessivamente caricato di significati. La morte è un potente stimolatore mentale, specialmente per persone il cui legame con la persona scomparsa è, tutt'al più, intellettuale; non è mai venuto a galla niente che confermasse la supposta convinzione di Kurt di avere qualche legame con la nemesi della Farmer, indipendentemente da quanto questa convinzione possa averlo tormentato; e nel dizionario degli eroi, degli idoli e dei po-

[1] Nella seconda strofa si dice: «Lei ritornerà come il fuoco, per bruciare tutti i bugiardi, e lascerà un manto di cenere sul terreno». (*N.d.T.*)

tenziali modelli di riferimento di Kurt, i cui nomi andavano lentamente aumentando, la Farmer occupava all'incirca lo stesso posto che Jim Morrison, Marilyn Monroe, Marc Bolan eccetera occupano nell'elenco di qualsiasi altro adolescente. Il modo tragico in cui un talento artistico così irrealizzato era stato imbrigliato e domato ha giocato sicuramente un ruolo, come pure lo ha lo stesso potenziale ultraromantico della Morte. Ci sarà pure un motivo per il quale Sylvia Plath è stata un'eroina per milioni di adolescenti!

Eppure, è innegabile che, mentre si avvicinava al termine della sua carriera scolastica, e stava per cominciare i primi anni della sua attività con i Nirvana, Kurt diede ai suoi interessi personali una decisa sterzata verso il tragico, il grottesco, persino il ripugnante.

Era morbosamente affascinato dalle bambole. Molti anni dopo, durante un giro di negozi a caccia di dischi che lo aveva portato in una piccola bottega d'antiquariato nella zona Ovest di Londra, si imbatté «in qualcos'altro che mi ero sentito sempre costretto a cercare: vecchie bambole di legno scolpito, come le marionette, in pessime condizioni. Ce n'erano tantissime».

Kurt confessava di avere spesso coltivato la fantasia di «trovarne una nave piena» – sulla costa rocciosa del Pacifico, in fondo, il ritrovamento di simili resti di naufragio non era poi così improbabile, e inoltre c'è qualcosa, nelle bambole, che fa venire in mente la mano artritica di un vecchio negoziante – forse l'eco della leggenda secondo la quale i marinai imbarcati per i lunghi viaggi spesso ingannavano il tempo nelle lunghe ore di inattività intagliando col coltello dei pupazzetti da portare a casa ai loro bambini, e del gran numero di racconti del terrore nei quali quelle bambole prendono vita...

Era questa la sensazione che comunicava l'alloggio che Kurt e il suo amico Jesse Reed condivisero per qualche tempo (già da un po' Kurt non era più precisamente il benvenuto nella casa dei Reed, i suoi parenti devoti alla religione dei Cristiani Rinati; ed era passato attraverso una lunga serie di lavoretti sottopagati e per nulla gratificanti, nel tentativo di sbarcare il lunario).

A parte il tipico squallore delle stanze abitate da due ragazzi che vivono da soli per la prima volta e non hanno la minima idea di cosa significhi «fare le pulizie», ciò che davvero colpiva il visitatore occasionale erano la macabra parata di bambole impiccate, squartate e sventrate appese ai muri e alle finestre e sospese al soffitto, i sempre più spaventosi disegni raffiguranti corpi deformi e cadaveri con i quali Kurt decorava le pareti, e un tanfo così disgustoso che spingeva quasi automaticamente (anche se provando un senso di nausea) a controllare le bambole, per vedere caso mai fosse una di quelle che si stava lentamente putrefacendo.

Uno di quei visitatori era Chris Novoselic, un californiano acquisito che nel 1979 era arrivato ad Aberdeen con i suoi genitori, nati in Croazia, e un fratello minore.

Non passava certo inosservato: era un ragazzo di corporatura eccezionale, più alto di tutti i suoi compagni di scuola, e quando Kurt fu presentato a Chris e alla sua ragazza (e futura moglie) Shelli in occasione di una delle prove dei Melvins – l'unico posto dove si potesse andare in tutta Aberdeen! – i due cominciarono subito ad andare molto d'accordo. Quando Kurt veniva sfrattato di casa per non aver pagato la pigione, il furgone di Chris era uno dei posti dove poteva trovare ospitalità. Un altro dei suoi rifugi preferiti era sotto il North Aberdeen Bridge, a un tiro di schioppo dalla casa della madre.

Wendy era informata dello stato pietoso in cui viveva suo figlio, ma sembrava essersi convinta che non ci fosse niente che lei potesse fare per lui. Lei giustifica il suo evidente disinteresse invocando le regole di una nuova terapia psicologica che proprio in quel periodo stava cominciando a diffondersi in America: quella cosiddetta «del Duro Amore».

Comprendendo cure che andavano anche molto al di là delle implicazioni suggerite dal suo nome, il «Duro Amore» è un programma terapeutico assai faticoso da portare avanti: consiste nel tagliare completamente i ponti – economici oltre che affettivi – con una persona amata che si comporti in maniera negativa o violenta, nella speranza che questo possa provocare qualche mutamento nel comportamento del soggetto. Per quanto possa suonare banale, il messaggio contenuto è «impara a nuotare o annega, ma fallo per conto tuo».

Kurt nuotò... o almeno entrò in acqua. In realtà, l'impressione è che l'esperienza gli piacesse abbastanza, e che Kurt traesse qualche motivo d'orgoglio dalla consapevolezza di riuscire a sopravvivere senza nemmeno una madre che lo aiutasse, e considerasse il suo allontanamento da tutti i valori della sua educazione da «classe operaia specializzata» come un vero e proprio risultato positivo.

Senza casa, senza lavoro, spesso affamato, sempre al freddo, Kurt tuttavia sopravvisse; e sopravvisse, secondo i suoi standard da punk, alla grande. E poi, Wendy non aveva tagliato del tutto i ponti con lui; ogni tanto lo invitava a cena, e probabilmente sapeva che Kurt, quando lei era a lavorare, entrava di nascosto in casa e si rifugiava in solaio.

Kurt trascorreva le giornate alla Biblioteca Pubblica di Aberdeen, dormendo, leggendo e prendendo appunti sul suo taccuino. La sera, con Dale Crover al basso e Greg Hokanson alla batteria, provava quegli appunti trasformati in canzoni. Quasi senza nemmeno rendersene conto Kurt aveva fondato il suo primo gruppo, e inoltre aveva trovato un posto in cui vivere. Si trasferì nella casa della famiglia Hokanson: la madre di Greg descrisse poi quel periodo dicendo che era stato «come vivere col demonio». Ma ammise anche che l'intelligenza di Kurt la lasciò ammirata; e suo figlio aggiunse: «Kurt leggeva più libri di chiunque altro io abbia mai conosciuto».

Ricorda di aver noleggiato la videocassetta di *Arancia Meccanica*, il film di Stanley Kubrick, per guardarlo una sera con Kurt. «Il giorno dopo lui andò in biblioteca e prese in prestito il libro... lo lesse tutto, e poi lo rilesse un paio di volte, poi lesse tutte le opere di Anthony Burgess.»[2] E questo fu forse l'inizio di quella che Kurt in seguito definì come una fissazione per gli scrittori il cui cognome inizia con la lettera «B»: Burgess, Beckett, Bukowski, li lesse tutti!

I Fecal Matter («Materia Fecale»), come Kurt aveva battezzato il suo gruppo, diedero solo pochissimi concerti, fra i quali un'esibizione come gruppo di supporto per i Melvins alla Spot Tavern della vicina Moclips, prima che Hokanson venisse estromesso, e fosse cooptato Matt Lukin per aiutare il gruppo a registrare un provino a casa di zia Mary. Molte delle canzoni di quel primo provino, o almeno parti di esse, Kurt se le sarebbe portate dietro quando i Nirvana cominciarono a lavorare al loro album di debutto; una di esse, una nenia strumentale intitolata *Downer*, ricomparve persino con lo stesso titolo originale.[3]

Nel corso dell'anno seguente, all'incirca, le ambizioni musicali di Kurt continuarono a tenere il passo con tutto il resto della sua vita: ben organizzate ma confuse. Sapeva quale obiettivo voleva raggiungere, proprio come sapeva quali erano i suoni che cercava di tirar fuori dalla sua chitarra accordata da mancino, ma fu la sua caparbietà a tenerlo in carreggiata, avendo la meglio persino sulla gran quantità di stupefacenti che Kurt consumò avidamente in quella prima estate dopo la fine della scuola.

Un secondo gruppo d'occasione, i Brown Towel (o Brown Cow, come era scritto erroneamente sulle locandi-

[2] L'autore di *A Clockwork Orange – Un'arancia a orologeria* – il romanzo dal quale Kubrick trasse il film *Arancia Meccanica*. (*N.d.T.*)
[3] È reperibile nell'album *Incesticide*. (*N.d.T.*)

ne che annunciavano il loro primo spettacolo), mise insieme Kurt con Dale e Buzz Osbourne; tuttavia doveva passare più di un anno prima che l'unica persona con la quale Kurt voleva davvero suonare, Chris Novoselic, finalmente si mettesse in contatto con lui per parlare del nastro registrato dai Fecal Matter che Kurt gli aveva dato da ascoltare molto tempo prima. Era «davvero buono»: loro due avrebbero dovuto mettere su un gruppo.

L'intervento di Chris fu tempestivo, a dir poco. Anche se Kurt continuava a scrivere canzoni e a fare prove, il suo costante fallimento nello sforzo di trasformare la sua musica nel genere di cosa che lui voleva sentire lo... non «frustrava», ma come minimo lo spingeva a cercare altre forme di divertimento. Insieme a un gruppo di amici, Kurt diventò una specie di eroe underground locale, grazie alla sfacciata esibizione di graffiti offensivi con i quali decorava i muri di Aberdeen: frasi come «Dio è gay», «Nixon ha ucciso Hendrix», «Abortite Cristo» e «Omosessualità al potere», scritte a lettere di scatola sulla facciata di una banca del centro.

Fu questa la bravata che procurò a Kurt la prima apparizione del suo nome in un verbale di polizia. I suoi complici, Chris e Buzz Osbourne, riuscirono a filarsela, ma Kurt fu portato alla stazione di polizia e gli fu ordinato di vuotare le tasche. Ci si può domandare cosa può essersene fatto il sergente dell'accettazione di tutta quella merce, i detriti della delinquenza giovanile venuti fuori dai pantaloni e dal giubbotto di Kurt – una lattina di birra, un plettro, una chiave, un capotasto e la musicassetta di un gruppo di nome Millions of Dead Cops («milioni di poliziotti uccisi»). Quella dev'essere stata accolta con particolare favore.

A Kurt furono comminate una multa di 180 dollari – che naturalmente non sarebbe stato in grado di pagare – e una detenzione di trenta giorni, pena sospesa, per il reato di vandalismo... fu questa esperienza a spingerlo a cominciare a rimettere in sesto la sua vita... almeno un po'. Trovò un posto da custode presso la sede di Aberdeen della YMCA,[4] poi un altro come istruttore scolastico di nuoto. Larry Smith racconta la deliziosa storiella di quando vide Kurt che giocava con un gruppo di bambini, guidandoli in un allegro girotondo sull'aiuola di un giardinetto. Nove anni più tardi, ricordando il suo nipote acquisito nel corso della cerimonia funebre, Smith lo definì «il Pifferaio Magico della Compassione».

Compassione che non era particolarmente evidente quando Kurt si occupava delle sue faccende giornaliere (o piuttosto notturne). I graffiti e altri atti saltuari di vandalismo erano abbinati a una recrudescenza piuttosto grave di uso di stupefacenti, che lo vide passare dall'LSD al Percodan, un medicinale a base di codeina, all'eroina. Però non gli piaceva la cocaina. Lo rendeva troppo socievole.

Le condizioni emotive di Kurt sembravano peggiorare: anche i suoi amici non potevano fare a meno di rendersi conto di come andasse sviluppando tic nervosi sempre nuovi e diversi: faceva crocchiare le nocche, aveva contrazioni convulse dei muscoli facciali, insomma esibiva tutto il repertorio. A parte la sua musica, che restava forzatamente trascurata, l'unica cosa di cui sembrava davvero importargli era la vaschetta delle tartarughe che aveva collocato nella sua ultima abitazione: un tugurio di quattro locali che sua madre – dopo aver finalmente abbandonato del tutto il suo programma «del Duro Amore», che del resto già non seguiva più troppo rigorosamente – aveva preso in affitto per lui sulla East Second Street.

La qualità della vita delle tartarughe non era tanto migliore di quella di Kurt, anche se pure loro, come lui, crescevano. Le nutriva con carne di hamburger, cambiava loro l'acqua quando diventava troppo sporca, e quand'era

[4] Young Male Christians Association, una sorta di ostello della gioventù per giovani maschi bianchi. (*N.d.T.*)

da solo o non riusciva a dormire o era annoiato, si sedeva di fronte alla loro vaschetta e ci restava per ore, a guardarle che lo guardavano, e meditando fra sé: lui e le tartarughe avevano proprio molte cose in comune. Sia loro che lui si ritiravano nel guscio quando si sentivano minacciati, ma né lui né loro erano veramente al sicuro, una volta ritirati nel guscio. Come il guscio delle tartarughe, che è in effetti molto sensibile, il bozzolo protettivo di Kurt non era meno vulnerabile di ciò che avrebbe dovuto proteggere.

La musica era la sua terapia. Non appena lui e Chris cominciarono a provare insieme, qualcosa scattò. Kurt cominciò ad ampliare le sue relazioni sociali, e a scendere nel capoluogo dello stato, Olympia, per ascoltare nuovi gruppi e conoscere gente nuova.

Non erano molti quelli che gli piacevano, e si annoiava a starsene seduto ad ascoltare quelli che si erano autonominati i portavoce cittadini del rock'n'roll mentre progettavano la rivoluzione che presto avrebbe fatto irruzione a Olympia su un carro trainato da gruppi di fama internazionale come i Sonic Youth e i Thee Mighty Caesars, i Vaselines e gli Young Marble Giants, e da formazioni locali come i Beat Happening.

Ma Kurt ascoltava con attenzione i nomi che quelli lasciavano cadere, ne acquistava i dischi quando li trovava nei negozi, comperava la fanzine «Op» (ora intitolata «Option») e la leggeva dalla prima all'ultima pagina, ascoltava la stazione radio KAOS dell'Evergreen State College, forse persino fantasticava sulla possibilità che un suo disco venisse pubblicato dalla più alla moda delle etichette discografiche locali di moda, la K. E poco per volta la sua dichiarazione d'intenti cominciava a prendere forma.

La prima formazione che Kurt e Chris cercarono di mettere insieme si chiamava The Sell-outs, ed era un gruppo che aveva per repertorio solo canzoni dei Creedence Clearwater Revival; l'idea era che così avrebbero potuto avere degli introiti abbastanza regolari mentre lavoravano su progetti musicali più seri e impegnativi. Invece il gruppo – in cui Chris cantava e suonava la chitarra, e Kurt suonava la batteria – si sciolse quando il bassista Steve Newman e Kurt ebbero una discussione che degenerò in rissa.

Riprovarono di nuovo; stavolta Kurt passò alla chitarra e alla voce, e un altro amico, Aaron Burkhard, entrò in formazione come bassista. Anche stavolta non funzionò, anche se comunque Burkhard era presente quando Chris e Kurt cominciarono per la prima volta a lavorare sull'arrangiamento del brano che poi sarebbe diventato il primo singolo dei Nirvana, una versione di *Love Buzz* degli Shocking Blue.[5] La partecipazione di Burkhard era annunciata anche in occasione del previsto primo spettacolo insieme: una festa a Olympia che la polizia interruppe prima ancora che i tre musicisti arrivassero sul posto.

In breve prese forma un repertorio, sviluppatosi dalle pagine dello stropicciato taccuino d'appunti di Kurt: pezzi che in futuro sarebbero diventati fra i più richiesti dei Nirvana, come *Spank Thru* e *Floyd the Barber*;[6] strani, formativi brani come *Aero Zeppelin*;[7] bizzarre versioni di brani altrui, come *Gypsies, Tramps and Thieves*.

Anche i nomi scelti per il gruppo provenivano da un qualche luogo fertile di suggestioni. Il trio tenne qualche spettacolo facendosi chiamare Skid Row; senza avere alcun collegamento con l'omonimo gruppo heavy metal, dato che «Skid Row» era il nome con cui gli indigeni definivano l'area di Seattle in cui i boscaioli che avevano fondato la città facevano rotolare fino in acqua i tronchi tagliati.

Tennero altri concerti col nome di Ted Ed Fred, altri ancora con quello di Throat Oyster, di Pen Cap Chew (che era anche il titolo di una delle loro prime canzoni), di Win-

[5] È reperibile nell'album *Bleach*. (*N.d.T.*)
[6] È reperibile nell'album *Bleach*. (*N.d.T.*)
[7] È reperibile nell'album *Incesticide*. (*N.d.T.*)

dowframe e di Bliss. Quest'ultimo sarebbe ricomparso sulla scena di Seattle più o meno sei anni più tardi, solo per esserne poi di nuovo cancellato quando venne a galla, da Toronto, un altro gruppo chiamato Bliss, che minacciò terribili rappresaglie se i loro rivali non avessero cambiato nome. Ma finalmente arrivarono al nome definitivo: Nirvana. Quando gli fu chiesto, anni dopo, di spiegare quale fosse la sua interpretazione della parola, Kurt rispose semplicemente: «La pace completa dopo la morte».

Kurt a questo punto era stato di nuovo sfrattato dal suo alloggio, anche stavolta perché non aveva pagato l'affitto; ma stavolta aveva un posto dove andare, e si trasferì a casa della sua ragazza Tracy Marander, in un appartamento di Olympia, in North Pear Street.

Come gli era accaduto in quel periodo per molte altre cose e persone della sua vita, Kurt aveva incontrato Tracy durante uno dei suoi viaggi fuori di Aberdeen. I due condividevano una passione per il kitsch, e il loro piccolo appartamento ben presto si riempì di una congerie di residuati di rigattiere, modellini anatomici di plastica trasparente che Kurt costruiva con paziente attenzione e poi riempiva di miniature di organi interni bizzarramente colorate,[8] e delle opere grafiche di Kurt: collage surreali nei quali sovrapponeva ritagli di articoli tratti dai giornali popolari, immagini religiose sfigurate, bambole artificialmente invecchiate cuocendole nell'argilla, fotografie di vagine malate ritagliate da un testo di medicina, e insetti morti.

C'è un fumetto inglese intitolato *The Perishers*; è pubblicato da parecchi anni, e i suoi personaggi sono popolarissimi nella loro patria di origine.[9] Fra questi, Dirty McSquirty è forse il più famoso di tutti: è quello che – nei tre

[8] Vedere la copertina dell'album *In Utero*. (*N.d.T.*)
[9] Pubblicata brevemente anche in Italia, sulle pagine della rivista «Eureka», col titolo *Wellington degli Inquinati*. (*N.d.T.*)

o quattro quadri pubblicati quotidianamente sulle pagine del «Daily Mirror» – se ne va in giro con un nugolo di mosche che gli ronza eternamente intorno alla testa.

Probabilmente Kurt non aveva mai visto Dirty McSquirty, ma andava curiosamente orgoglioso di condividere con quel personaggio la stessa capacità di attirare gli insetti; in special modo dopo che scoprì di poter appendere strisce di carta moschicida ai soffitti dell'appartamento, con le quali catturare e uccidere i suoi visitatori a sei zampe.

A sorvegliare l'intera situazione c'erano Chim-Chim, la scimmietta di plastica di Kurt (così chiamata dal nome di un personaggio del comic book *Speed Racer*), e un assortimento di creature viventi: topi, gatti, conigli e, naturalmente, le tartarughe.

I Nirvana, a questo punto, suonavano con una certa regolarità nei locali del Nord Ovest, dopo aver rimediato all'uscita dal gruppo di Burkhard ingaggiando Dale Crover perché entrasse con loro in studio per registrare il loro primo provino discografico, con l'assistenza di un produttore del posto, Jack Endino. Delle canzoni che registrarono, tre – *Paper Cuts, Floyd the Barber* e una nuova versione di *Downer* (con un testo) – finirono con l'essere incluse nell'albumdi debutto del gruppo, *Bleach*. Altre quattro apparvero in *Incesticide*, l'album di rarità e inediti dei Nirvana pubblicato nel 1992. Fu Kurt a pagare le spese di registrazione: intanto aveva ripreso a lavorare come custode e uomo delle pulizie in laboratori odontoiatrici, e – di nascosto dai dentisti – prelevava degli extra di stipendio in protossido d'azoto.

A Endino piacque lavorare con i Nirvana, e sarebbe rimasto in rapporti amichevoli con Chris e Kurt. «Sostanzialmente,» disse di Cobain, «era proprio un ragazzo simpatico al quale la celebrità non piaceva. Non era certo la tipica rock star esibizionista... era contento di far musica e di potersene andare via dalla fottuta Aberdeen!»

Copie di quel provino furono spedite – o comunque furono fatte pervenire più o meno clandestinamente – a ogni etichetta discografica indipendente che potesse venire in mente a Kurt; il che significa che la Sub Pop, le cui uniche pubblicazioni a quel momento erano due extended play dei Green River e dei Soundgarden, non ne venne in possesso. Kurt era a malapena al corrente dell'esistenza della Sub Pop! Invece, Jack Endino diede una copia della cassetta a Bruce Pavitt; nel frattempo, da qualche parte a Seattle, Daniel House, responsabile dell'etichetta C/Z, decise di offrire ai Nirvana uno spazio in *Teriyaki Asthma*, primo di una serie di dieci extended play in formato 15 centimetri contenenti ciascuno quattro brani (uno per ogni gruppo rappresentato) che progettava di pubblicare nel giro di nove anni.

I Nirvana contribuirono all'extended play con *Mexican Seafood*, assicurando così alla C/Z un posto nella storia per essere stata la prima etichetta discografica a pubblicare un disco dei Nirvana, e dando il via a una singolare curiosità archivistica che qualche anno più tardi sarebbe riapparsa a infastidire Kurt.

Preparando la copertina dell'extended play *Asthma*, il grafico Art Chantry e il compositore di tipografia Grant Alden all'ultimo momento si resero conto di non conoscere l'esatta grafia del nome di Kurt. Chiamarono Daniel House, e scoprirono che anche lui non ne era sicuro. «Allora,» sorride Alden, «ci inventammo la grafia più assurda che si potesse immaginare.» Ovviamente il risultato piacque a Kurt, visto che ricomparve sulla copertina del primo «vero» singolo dei Nirvana, *Love Buzz*. Eppure, è ironico rilevare che, qualche anno più tardi, i giornalisti avrebbero ripescato dagli archivi dei dischi in vinile la grafia di quel nome – «Kurdt Kobain» – come un'ulteriore testimonianza dello spirito di contraddizione di Kurt.[10]

[10] Anche sulla fascetta del compact disc *Bleach* (1989), su etichetta Sub Pop distribuita dalla Geffen (in Italia dalla MCA), il nome compare con la grafia

Sfortunatamente, la C/Z non ebbe mai la possibilità di essere ripagata completamente della sua preveggenza. Lavorando solo sulla parola e sulla fiducia, House – come pure, del resto, molte altre etichette indipendenti di quel periodo – non si preoccupava di contratti e cose del genere; il che significa che quando *Mexican Seafood* fu inclusa nell'album di rarità *Incesticide*, la C/Z non ebbe diritto ad alcuna percentuale sulle vendite. House, comunque, ne guadagnò la benevolenza dei Nirvana; e molti anni più tardi, quando stava preparando un album-tributo ai Kiss, i Nirvana contribuirono al progetto con quello che è probabilmente il miglior brano del disco, una travolgente esecuzione di *Do You Love Me?*.

All'inizio del 1988, Crover lasciò la zona di Seattle per stabilirsi a San Francisco con il suo compagno nei Melvins, Buzz Osbourne; fu rimpiazzato, nel ruolo di batterista dei Nirvana, da Dave Foster; ma la permanenza di quest'ultimo nel gruppo non fu lunga. Una sera, Foster scoprì che la sua ragazza aveva una relazione con un tizio della vicina Cosmopolis; affrontò il rivale e gliele suonò di santa ragione, poi scoprì che quello era il figlio del sindaco. Foster si fece due settimane di prigione, fu sostituito da Burkhard fino a quando anche lui a sua volta fu arrestato dalla polizia; finalmente, nel maggio del 1988, i Nirvana reclutarono Chad Channing, il batterista dei Tick-Dolly-Row, un gruppo per il quale, quando si chiamavano Bliss, avevano suonato come gruppo di supporto.

Chad debuttò con i suoi nuovi colleghi al Vogue, un ex bordello del centro che, correva voce, nelle stanze del piano di sopra ancora faceva rivivere le vestigia dei suoi putaneschi trascorsi, e che era anche il primo locale di Seattle

«Kurdt Kobain». E – ancor più curiosamente – sulla busta interna di *Nevermind*, mentre nella formazione del gruppo il nome è scritto correttamente, «Kurt Kobain», poche righe sotto la fotografia della scimmietta che compare sul retro della busta è accreditata a «Kurdt Kobain». (*N.d.T.*)

aperto sia ai gay che agli eterosessuali. Anche se era aperto solo due sere la settimana – il martedì e il venerdì – il Vogue era all'epoca uno dei pochi locali in città in cui si facesse ancora musica dal vivo.

Non molto tempo dopo Dawn Anderson – direttore della rivista locale «Backlash» – fece assaggiare per la prima volta ai Nirvana il sapore della carta stampata pubblicando una breve intervista in cui profetizzava: «Con un po' di esercizio, i Nirvana potrebbero diventare meglio dei Melvins!».

Quel complimento elettrizzò Kurt più di quanto avesse mai sognato: ma solo finché arrivarono le prossime emozioni. E non erano troppo lontane.

Nelle settimane trascorse dopo aver ricevuto il provino dei Nirvana da Jack Endino, Bruce Pavitt era andato a sentire il gruppo un paio di volte. Ora voleva sapere sei Nirvana potessero essere interessati a incidere un singolo per la Sub Pop, consigliando gentilmente, ma con fermezza, che scegliessero allo scopo la loro versione di *Love Buzz.*

Il gruppo non era granché incline ad accettare il suggerimento: se dovevano fare un disco, avrebbero preferito farlo con una delle canzoni di loro composizione, non con una canzoncina commerciale che suonavano solo perché Chris era un ammiratore degli Shocking Blue. Ma vennero a più miti consigli: era un'opportunità troppo grande per sprecarla soltanto per una questione di principio, e, oltretutto, nessun'altra etichetta discografica aveva dimostrato alcun interesse per il loro provino.

E poi, la Sub Pop sembrava ansiosa di lavorare col gruppo. L'etichetta offrì ai Nirvana cinque ore di studio d'incisione, durante le quali i Nirvana registrarono quattro brani. Erano *Love Buzz, Big Cheese* (che poi finì sul lato B del singolo di *Love Buzz*), un altro brano intitolato *Blandest* (quello che nelle intenzioni sarebbe dovuto diventare la facciata B) e *Spank Thru,* che poi sarebbe apparso, in versione rimissata, nell'album *Sub Pop 200*, un'antologia di gruppi dell'etichetta.[11]

Fu più o meno in questo periodo, mentre i loro impegni di lavoro improvvisamente aumentavano, che i Nirvana decisero di ampliare la propria formazione introducendovi un secondo chitarrista, Hunter «Ben» Shepherd, uno degli ex colleghi di gruppo di Chad nei Tick-Dolly-Row. L'idea aveva attraversato le loro teste già in precedenza; e parecchi musicisti di Seattle possono rivendicare, con qualche ragione, di avere almeno suonato in qualche prova con i Nirvana quando il gruppo era ancora in gestazione, anche se non erano effettivamente entrati a far parte del gruppo.

Per Shepherd, si trattava di un rovesciamento di situazione praticamente radicale. Il gruppo stava per partire in tournée, raccontò il chitarrista al giornalista Grant Alden, «e mi invitarono ad andare con loro. Stavo cercando, in quel periodo, di farmi prendere in considerazione da loro, e conoscevo tutte le loro nuove canzoni, ma loro non mi insegnarono nessuno dei pezzi di prima, e quando suonai con loro la prima volta non provammo nemmeno il vecchio materiale».

Shepherd non riuscì mai a spiegarsi il perché gli avessero chiesto di andare in tournée con loro: per tutto il tempo del tour non suonò nemmeno una nota! «Non suonai mai, assolutamente. Funzionavo piuttosto come un equilibratore di rapporti personali, o qualcosa del genere. Il fatto era piuttosto che andavo d'accordo con i ragazzi, e avermi con loro serviva a alleggerire le tensioni personali all'interno del gruppo. Abbastanza strano, suppongo: ancora oggi non sono riuscito a rendermi bene conto del perché abbiano voluto che andassi con loro.» Per tutto il tempo che rimase con i Nirvana, dopo tutto, la sua occupazione

[11] *Love Buzz* e *Big Cheese* sono reperibili nell'album *Bleach*. (*N.d.T.*)

principale fu quella di riuscire a liberarsi dall'impegno. «Per tutto il tempo non facevo che dire: è inutile, voi ragazzi non avete bisogno di un elemento in più.»

Shepherd lasciò i Nirvana per entrare nei Soundgarden, rimpiazzando il bassista Jason Everman alla fine del tour *Louder Than Love*. È interessante, fra l'altro, notare che anche Everman ha avuto una breve esperienza di lavoro con i Nirvana, subito dopo l'uscita di Shepherd. Ma la sua permanenza nella formazione fu abbastanza più lunga: durò per un periodo di nove mesi nel 1989, comprendente non solo quella serie crescente di impegni di concerti, ma anche la registrazione dell'album di debutto dei Nirvana, *Bleach*. Anche se sulla copertina del disco Shepherd è accreditato come chitarrista – un ruolo che in effetti non svolse: il gruppo glielo attribuì per semplice cortesia – il contributo di Everman a *Bleach* fu in realtà ben più importante: fu lui a finanziare la registrazione.[12]

Le cose si stavano muovendo velocemente, più in fretta di quanto chiunque avrebbe potuto prevedere. E le persone che conoscevano Kurt sufficientemente bene da salutarlo, ma magari non lo vedevano per più di qualche ora a settimana, si accorsero che in lui c'era qualcosa di cui non si erano mai accorti prima... non, almeno, finché qualcuno gliel'avesse fatto notare: Kurt Cobain aveva un'aria davvero soddisfatta.

[12] Che costò – come dettaglia, curiosamente, la copertina dell'album – seicento dollari. (*N.d.T.*)

Capitolo 5

Il segreto era che non c'era nessun segreto. Nessun trucco, nessun espediente promozionale, nessun annuncio pubblicitario che potesse far schizzare in alto il barometro delle vendite nel momento in cui l'album fosse arrivato nei negozi. Guardando indietro agli ultimi tre anni, da quando *Nevermind* accelerò bruscamente i battiti cardiaci di un'intera generazione, un dipendente della Geffen ha ricordato: «Pensavamo che saremmo stati fortunati a venderne 250.000 copie». E questa cifra, dopo tutto, era quella alla quale erano riusciti ad arrivare altri best-sellers del rock «alternativo»: e chi erano, in ogni modo, i Nirvana, se non un altro gruppo rock alternativo, un'altra fiammata di rumorosa furia proveniente da Seattle, il nome più recente nell'elenco delle città «da vendere» alla curiosità del pubblico?

Anche gli ammiratori più convinti dei Nirvana – i Sonic Youth – ammettono: «Ci aspettavamo che quell'album fosse un altro ultraelitario capolavoro underground, come *Bleach*, come i Dinosaur Jr., che con un po' di fortuna sarebbe riuscito a ottenere almeno la stessa notorietà dei Sonic Youth.

«Noi e la Geffen pensavamo che *Nevermind* avrebbe facilitato le vendite di *Dirt*, il nostro album di imminente pubblicazione, prodotto da Butch Vig» ricorda Thurston Moore. «Tutti, nell'ambiente discografico, dicevano che il nostro album avrebbe ottenuto il disco d'oro per le copie vendute; ma il nostro materiale non è così fresco, così personale, e non c'è arma segreta così universalmente efficace come la voce di Cobain. Eravamo considerati priorità assoluta nei piani di lavoro della casa discografica, ma non successe granché. Oh, be'... sarà per la prossima volta.»

Il primo quantitativo di copie stampate di *Nevermind* ammontava a soli 50.000 pezzi: solo 10.000 in più di quelle che erano state prodotte per essere destinate alla vendita in Gran Bretagna! Ma quel quantitativo sarebbe dovuto comunque bastare a soddisfare le richieste almeno fin dopo Natale. Quando cominciò la follia, a pochi giorni dall'arrivo nei negozi della prima tiratura del disco, la Geffen fu costretta a rinviare la produzione di nuovi album in via di pubblicazione, soltanto per cercare di tenersi al passo con le richieste al magazzino di copie di *Nevermind*.

Prima di allora, comunque, se si era avvertita qualche sensazione di curiosità o di entusiasmo, quella era arrivata dalla Gran Bretagna... per tutta la storia della musica in America dopo l'avvento dei Beatles, queste cose arrivavano sempre dalla Gran Bretagna. Ma, di solito, la cosa funzionava in maniera leggermente diversa: di solito gli inglesi prendevano qualcosa che era stato inventato in America, lo ripulivano e gli davano rilievo e caratterizzazione, e poi lo rivendevano negli Stati Uniti prendendosene tutti i meriti.

Così avevano fatto col blues, e i Rolling Stones ne stavano ancora raccogliendo i benefici. Così avevano fatto con la psichedelia, e quel che si è detto per i Rolling Stones vale in questo caso per i Pink Floyd. L'avevano fatto con i cantautori soporifici, e fu così che ci venne dato Elton John; e, naturalmente, l'avevano fatto col punk rock. O, almeno, questo è quanto gli americani amano credere.

Il grunge, però, proprio non poteva essere ridotto a termini che i musicisti britannici potessero riconfezionare con tanta abilità. Certo, il suono in se stesso – distorsione e confusione, note sfocate e rotonde frasi di basso – era abbastanza familiare alle orecchie degli appassionati del rock; e anche se la stessa parola «grunge» era apparsa in alcune fanzine di tendenza, sicuramente non era d'impiego comune e diffuso negli Stati Uniti.

Ma fin dal momento in cui i primi singoli con l'etichetta Sub Pop cominciarono a circolare al di fuori di Seattle, per approdare sulla scrivania del recensore di un giornale musicale inglese; fin dal momento in cui un giornalista di «Melody Maker» mise piede all'aeroporto Sea-Tac, per un viaggio in nota spese attraverso il ventre della Bestia, e poi pubblicò sul suo giornale un delirante resoconto dell'intera «scena grunge», ci fu qualcosa di così puro, di così assolutamente genuino in quel movimento, che forse gli inglesi non furono capaci di migliorarlo, e così lo lasciarono com'era. E anche questo fatto ha un precedente, musicale e geografico.

Jimi Hendrix veniva da Seattle, e aveva fatto fortuna in America. Ma nel frattempo gli era toccato di andare a Londra per farsi un nome; e quando suonò a Monterey, nel giugno del 1967, non era una star, non era nemmeno un granello di fredda polvere di stelle. Era semplicemente un ragazzo che aveva azzeccato un paio di successi in terra d'Albione, che bruciava la chitarra sul palco e suonava in maniera davvero sensuale.

Una cosa simile avvenne col grunge, anche se in meno parole. Pochi hanno definito sensuale *Superfuzz Bigmuff* dei Mudhoney, anche se le due parole possono diventare notevolmente oscene alle orecchie di chi conosca un po' il gergo degli adolescenti inglesi. (Fu quasi una delusione venire a sapere, poi, che sia Superfuzz sia Big Muff sono i nomi di pedali distorsori per chitarre!)

Ma già ben prima dell'arrivo dei Nirvana e dei Pearl

Jam, la musica grunge, la moda grunge, qualsiasi altra cosa grunge che vi possa venire in mente, stavano già percorrendo a grandi passi le strade di Londra: come orgogliosamente sottolinea Bruce Pavitt, fondatore della Sub Pop.

«Furono proprio i Mudhoney ad aprire la strada... Se *Superfuzz Bigmuff* non fosse rimasta nelle classifiche "alternative" inglesi per un anno intero, e i Mudhoney non fossero stati un grande fenomeno, chi sa cosa sarebbe successo ai Nirvana?... Sono stati i Mudhoney ad aprire le porte ai Nirvana...»

Non che i Nirvana non si siano dati da fare per guadagnarsi la loro fettina d'Inghilterra. Nel marzo del 1989, fu «Melody Maker» a dettare la linea descrivendo il gruppo come «sostanzialmente... genuino. Nessun artificio da rock star, nessuna prospettiva intellettuale, nessun progetto per la dominazione del mondo. Stiamo parlando di quattro ragazzi che vengono dalle campagne di Washington che vogliono fare del rock, che se non stessero facendo questo sarebbero a lavorare come commessi di supermarket, o come taglialegna, o come meccanici».

In realtà probabilmente non era esattamente così: ma la benevola degnazione di «Melody Maker» non poteva tener nascosto il fatto che Seattle era sulla cresta dell'onda, la Sub Pop era sulla cresta dell'onda, e i Nirvana – che stavano almeno pensando di trasferirsi a Seattle, e già stavano registrando per la Sub Pop – erano sul punto di arrivarci. *Bleach* – il loro album di debutto, che in Inghilterra stava allora per essere pubblicato – avrebbe venduto più di 40.000 copie già prima che il clamoroso successo di *Nevermind* spingesse tutti ad andarlo a ricercare nei negozi.

I Nirvana tennero il loro primo spettacolo in Inghilterra il 20 ottobre del 1989, a Newcastle, suonando come gruppo di supporto per i TAD. Fu al tempo stesso un'esperienza magica (i Nirvana proprio non sapevano che ci fosse tanta gente in Gran Bretagna a conoscerli e apprezzarli) e un viaggio orribile: entrambi i gruppi furono costretti ad accalcarsi in un furgoncino Fiat. Ma, per ogni titolo di giornale guadagnato in una nazione, trovavano il modo di giocarsene un altro in un'altra.

A Berlino, Kurt abbandonò il palcoscenico quando lo spettacolo era iniziato solo da sei canzoni, lasciando dietro di sé, a terra, la sua chitarra fracassata che emetteva sibili lamentosi. In Svizzera, i Nirvana furono costretti ad annullare uno spettacolo perché Kurt si era sentito male; e a Roma tutta la faccenda sembrò sul punto di andare definitivamente a monte, quando Kurt finalmente crollò sotto il peso e la tensione di trentasei spettacoli in quarantadue giorni, trascorsi viaggiando in undici su un solo furgone, e tormentati da problemi tecnici di suono dovunque si esibissero.

I Nirvana erano a malapena arrivati a un terzo del loro spettacolo quando Kurt sfasciò la chitarra per terra mentre il gruppo suonava *Spank Thru*, e fece per andarsene (eccoci di nuovo!). Ma stavolta non lasciò il palcoscenico: invece si arrampicò sopra una colonna di altoparlanti, rimase lì in equilibrio per qualche attimo come se stesse per tuffarsi, poi cominciò a farsi strada attraversando la sala camminando sulle file di sedili.

Quando Kurt raggiunse la galleria, la sala era completamente silenziosa, la gente immobile. Quella scena non era prevista nello spettacolo: lo testimoniava l'espressione stupefatta dipinta sul viso dei compagni di gruppo di Kurt. Quella era una persona vicino al limite, forse anche un po' oltre il limite dell'abisso, che si agitava follemente nel cielo; e ora stava sulla galleria, tenendo una sedia sospesa sopra la testa, e minacciava di lanciarla sull'affollata pista da ballo sottostante.

Qualcuno distrasse la sua attenzione, qualcun altro afferrò la sedia, e Kurt già se ne stava andando, dirigendosi nel retropalco proprio nel momento più sbagliato. C'era un litigio in corso: uno dei tecnici diceva che Kurt aveva rotto dei microfoni, un altro diceva che non era vero.

Kurt afferrò i microfoni e li gettò a terra, li calpestò, li ridusse in frantumi sul duro pavimento di cemento. «Adesso, sono rotti.» Poi annunciò che lasciava il gruppo, e scoppiò a piangere.

«Ecco com'era Kurt» spiegò Chad Channing alla giornalista Jo-Ann Greene. «Sembrava assolutamente capace di fare qualsiasi cosa volesse, buona o cattiva.» Anche lasciare il gruppo che aveva creato lavorando tanto duramente.

Non lo lasciò, naturalmente: e per l'inizio di dicembre era di ritorno a Londra, sano e salvo e pronto a suonare. C'erano anche i Mudhoney, e l'Astoria ospitava un evento il cui titolo era già entrato a far parte del retaggio proprio di Seattle: la Lamefest, una truppa di gruppi locali che cercano di riempire di gente la sala più grande che riescono a trovare.

Anche il cartellone – Mudhoney, TAD e Nirvana – era lo stesso della Lamefest di Seattle del 1989, che si era tenuta al Moore Theater il 9 giugno. In quell'occasione, come aveva lamentato la rivista cittadina «Backlash», la qualità del suono aveva rovinato l'esibizione del gruppo. A Londra, Kurt aveva già rovinato la sua collezione di chitarre: ormai gli era rimasto un solo strumento funzionante, anche se definirlo «funzionante» era già fargli un complimento. Kurt era continuamente costretto a smettere di suonare a metà dei brani per scrollare il pick-up, dare strappi alla manetta, fare qualsiasi cosa per riuscire a cavar fuori qualche suono dalla riluttante chitarra. Ma quello era solo l'inizio.

«Tutto è andato a rotoli,» sottolineava la recensione dello spettacolo pubblicata da «Melody Maker» «quando l'allampanato, molleggiato, brutto come un rospo bassista ha cominciato a comportarsi da idiota.» Chris Novoselic stava facendo roteare il suo strumento tenendolo per la tracolla quando improvvisamente qualcosa cedette e il basso volò via dal palco come un missile. «Doveva uscire un attimo» commentava con ironia «Melody Maker».

Chris recuperò il suo strumento e lo spettacolo continuò. Ma la commedia non era ancora finita.

Sono stati gli Who a fare una virtù della rottura degli strumenti («autodistruzione», come la chiamavano ai loro tempi). Da allora, è diventata una religione, o – perlomeno – un rito contagioso, finché ogni nuova generazione ha dato vita a un gruppo i cui concerti si chiudevano col ruggito del legno scheggiato e del metallo stridente, e ogni volta la generazione precedente ha sbadigliato annoiata: «Oh, di nuovo quel vecchio trucco?».

I Nirvana, però, erano qualcosa di diverso. Non lo facevano per lo spettacolo. La prima volta che accadde, naturalmente, fu per scherzo. La seconda volta anche. Ma da qualche parte, prima o poi, lo scherzo aveva smesso di essere divertente, e Kurt cominciò invece a esprimere in quel modo la sua insoddisfazione.

Quella sera all'Astoria, Kurt era insoddisfatto di quell'esibizione continuamente interrotta, insoddisfatto del modo in cui il pubblico si era riversato sotto il palco, benché lo spettacolo fosse assolutamente scadente, e insoddisfatto, soprattutto, della sua chitarra. Alla fine dell'ultimo pezzo, non fece altro che gettarla lontano da sé, facendole descrivere una traiettoria curva in direzione di Chris. E Chris non fece altro che impugnare il suo basso per il manico e usarlo come una mazza da baseball: e quella chitarra esplose in un milione di pezzi urlanti. Prova a fare di meglio, Townshend!

Se il grande pubblico americano si stava in qualche modo accorgendo di queste stravaganze, lo faceva tenendosi a distanza di sicurezza dalle linee laterali del campo di gioco. Quando i Nirvana andarono in tour negli Stati Uniti, lo fecero toccando locali che avrebbero potuto ospitare qualunque altro dei mille gruppi che aspiravano alla celebrità senza speranze di ottenerla, quel tipo di gruppi che possono diventare pesci molto grandi nel loro piccolo stagno locale, ma che vengono rapidamente inghiottiti quando riescono ad arrivare all'oceano.

E nemmeno la Sub Pop era particolarmente in vista, a casa sua. Il Sub Pop Singles Club, il servizio di abbonamento a un disco al mese che era stato lanciato nell'ottobre del 1988 come metodo per far spendere in anticipo all'acquirente il prezzo di un anno di dischi di gruppi sconosciuti (dischi che, al momento della sottoscrizione dell'abbonamento, di solito non erano ancora nemmeno stati registrati!), ancora stampava soltanto un paio di migliaia di copie di ogni nuovo titolo, e molte di quelle copie venivano vendute oltreoceano.

Per coincidenza, erano stati proprio i Nirvana a inaugurare il Club con il loro singolo di debutto, *Love Buzz*, e questo in un certo senso la dice lunga sulla loro statura nella città d'origine. Erano sconosciuti come qualunque altro degli altri gruppi che facevano parte di quel particolare piccolo circolo (Afghan Whigs, L7, gli Headcoats di Billy Childish); e se Seattle significava qualcosa nel mondo del rock, significava Soundgarden, la prima delle nuove sentinelle della città a ottenere un contratto con una grande casa discografica.

Quella loro scarsa notorietà tuttavia si confaceva ai Nirvana, che cavalcarono il loro ruolo di gruppo di culto nella maniera più funzionale, facendosi nuovi ammiratori e nuovi amici non perché si parlava tanto di loro, ma perché se li guadagnavano con merito. Quando i Nirvana suonarono al Pyramid Club di New York, al principio del 1990, fra il pubblico c'erano Iggy Pop, Thurston Moore e Kim Gordon dei Sonic Youth e uno dei responsabili artistici della loro etichetta, Gary Gersh.

L'ingaggio dei Sonic Youth da parte della Geffen Records, poco prima della pubblicazione del loro album del 1990 *Goo*, resta un momento fondamentale nella storia del rock americano alternativo non in quanto costituì la rottura di una specie di tradizione – anche l'approdo dei Jane's Addiction alla Warner Bros., due anni prima, poteva vantare questo merito – ma in quanto i Sonic Youth come gruppo sono stati fondamentali, rivoluzionari.

Per tutta la durata degli anni Ottanta, per tutto il periodo in cui si andarono imponendo la musica elettronica e i campionamenti e le tecniche di registrazione digitale, un grido di battaglia che dicesse «torniamo all'origine» avrebbe probabilmente suscitato l'ostilità di tutti, non solo perché sarebbe stato regressivo, dal punto di vista della musica, ma perché prima di tutto quelle origini non erano poi considerate tanto interessanti. E poi, a quali origini ci si riferiva, per esempio? La fiammella palpitante del rock'n'roll primigenio? La splendida volontà di martirio del punk? L'assordante ruggito del garage rock che Billy Childish aveva già tanto perfezionato che lui stesso aveva difficoltà a farsi conoscere fuori di Cult Hollow?

In qualche maniera, però, i Sonic Youth non incapparono in questo problema. Tanto per cominciare, anche se una linea retta tracciata fra Dowliners Sect e Sex Pistols potrebbe, stiracchiandola a sufficienza, intersecare qualche episodio del loro repertorio, era quel che ne rimaneva fuori ad avere affascinato il loro pubblico fin dal primo giorno.

I Sonic Youth tiravano fuori i toni, le dissonanze, le distorsioni, la distruzione. A volte pareva che non si preoccupassero nemmeno di suonare i loro strumenti; si limitavano a lasciarli entrare in risonanza, poi si lanciavano grida l'un l'altro cercando di sovrastare il frastuono. Ma ascoltando più attentamente, si aveva la sensazione non tanto che da qualche parte in quel marasma ci fossero un motivo o una melodia, quanto che ci sarebbe potuto essere qualcosa capace di attirare l'attenzione della gente, e in quantità bastevole perché la Geffen – che fino ad allora era considerata soprattutto l'etichetta che distribuiva i Guns n'Roses – non solo li facesse entrare nella sua scuderia, ma garantisse loro anche una totale libertà creativa. E questo sì, che era rivoluzionario.

Adesso i Sonic Youth cercavano compagnia; anche se, guardando le cose dal di fuori, non pareva proprio che i Nirvana fossero una compagnia con la quale i Sonic Youth potessero fare molta strada insieme.

Il concerto al Pyramid fu disastroso, tanto disastroso che quando il gruppo fece ritorno al motel, Chris si rase completamente la testa in segno di disgusto. E nemmeno l'album di debutto del gruppo, *Bleach*, registrato prima che i Nirvana lasciassero gli Stati Uniti per andare in Europa, indicava l'esistenza di un interesse superiore alla sufficienza nei confronti della formazione: non più insomma di quello che ci si poteva aspettare per un gruppo capace di entusiasmare una sera e deludere completamente la sera successiva.

I guai finanziari della Sub Pop non fecero che aggravare il problema. A questo stadio, l'etichetta stava conducendo intensi negoziati con varie grandi case discografiche, nel tentativo di ottenere un contratto di distribuzione che potesse assicurarle che i dischi di sua produzione riuscissero ad arrivare sugli scaffali di tutti i negozi della nazione, e non solo di quelli abbastanza all'avanguardia da rivolgersi direttamente a Seattle per le ordinazioni.

Improvvisamente, in città si cominciò a parlare di somme di denaro stratosferiche: cifre che avevano ben poco a che vedere con quelle effettivamente in gioco nei negoziati della Sub Pop, e che, in ogni modo, sarebbero state severamente decurtate dall'importo delle parcelle degli avvocati e dei consulenti che l'etichetta si era trovata di colpo a dover assoldare.

E tuttavia, c'era la convinzione che la Sub Pop stesse già facendo soldi a palate, prima ancora di aver concluso l'accordo su un contratto; e a quella convinzione ne venne dietro un'altra, cioè che l'etichetta finalmente potesse permettersi di stanziare per le registrazioni budget superiori a quelli che aveva offerto fino a quel momento. E se non l'avessero fatto, allora il gruppo, ritenendosi offeso nei suoi diritti, avrebbe potuto prender su e andarsene da qualche altra etichetta disposta a spendere. Era il classico serpente che si morde la coda: la Sub Pop aveva bisogno dei suoi nomi più importanti per poter conservare su di sé l'interesse delle grandi case discografiche, così non c'erano dubbi sulla necessità di pagarli quanto quelli pensavano di meritare. Ma in questo modo l'etichetta correva il rischio di seppellirsi da sola, finanziariamente parlando.

«Quando qualcuno scriverà la storia della Sub Pop,» profetizzò Bruce Pavitt a Grant Alden del «Rocket» nel 1992, «sono certo che ci metterà una frase del tipo "la Sub Pop era quasi sul lastrico, e *Nevermind* dei Nirvana la risollevò"» (la Sub Pop ricevette percentuali sulle vendite sia di *Nevermind* sia di *In Utero*). «Be', voglio precisare con molta fermezza che quel merito va a *Every Good Boy Deserves Fudge* dei Mudhoney. Il fatto che il gruppo ci abbia permesso di pubblicare quel disco» (nonostante l'accanita concorrenza di molte grandi case discografiche) «ci permise di tirare avanti. E, con o senza *Nevermind*, credo che saremmo ugualmente ancora sulla piazza.»

E tuttavia, *Every Good Boy Deserves Fudge* – l'album che consolidò la posizione di Seattle sulla scena musicale inglese, quando raggiunse il numero 34 nella classifica dei dischi più venduti in Gran Bretagna – era ancora lontano più di un anno quando uscì *Bleach*; e Kurt rimase convinto almeno del fatto che i problemi della Sub Pop avessero avuto gravi conseguenze sulle potenzialità di vendita dell'album. Era la solita vecchia storia: arrivare ai concerti e trovare ragazzi che ti chiedono dove possono comperare il tuo disco, perché non lo trovano nei negozi.

«Sentivamo di meritare un po' di più di quello che ci stavano dando» ricordò Kurt nel 1992, prima di aggiungere quella che si sarebbe dimostrata come una delle osservazioni più cruciali della sua vita. «Io mi sarei sentito perfettamente a mio agio suonando davanti a mille persone. Sostanzialmente il nostro traguardo era diventare un gruppo da club di questo calibro, essere uno dei gruppi di rock alternativo più popolari, come i Sonic Youth.»

Fu questa ambizione, come pure l'insoddisfazione per il modo in cui la Sub Pop gestiva la loro carriera, a spingere i Nirvana a cominciare un attivo corteggiamento nei confronti delle grandi case discografiche. Ed era per questo che Gersh era al Pyramid Club quella sera: per esaminare il gruppo.

«Abbiamo dato il via libera ai Nirvana sia con la nostra agenzia di concerti sia con la nostra casa discografica» sottolineò in seguito Thurston Moore. «Dicemmo a quelli della Geffen che, in tutta coscienza, credevamo di avere qualche influenza sui Nirvana.»

Anche altre case discografiche – la MCA e la Island, per esempio – dimostrarono qualche interesse nei confronti del gruppo, e naturalmente la Sub Pop era ancora ben decisa a tenere il gruppo nella sua scuderia. Bruce Pavitt e Jonathan Poneman erano venuti a sapere delle intenzioni dei Nirvana solo per sentito dire, anche se il fatto che Kurt rifiutasse di rispondere alle loro chiamate telefoniche «per settimane e settimane ogni volta» (come disse poi lo stesso Kurt) non poteva certo far dubitare l'etichetta – ancora per usare le parole di Kurt – del fatto che ci fosse «qualche dubbio sulla solidità dei reciproci rapporti».

Alla fine fu Chris a comunicare la notizia alla casa discografica. Sarebbe dovuto toccare a Kurt, ma quando si arrivò al dunque... Per cinque ore, Pavitt e Kurt sedettero insieme nell'appartamento di Kurt, a Olympia, con le bambole decapitate che incombevano sulle loro teste, e le tartarughe che battevano colpetti alle pareti della vaschetta, discutendo di qualsiasi cosa tranne che dell'unica cosa che importasse davvero: l'immediato futuro dei Nirvana.

Quando Pavitt tornò a casa, a Seattle, quella sera, magari non aveva più alcun dubbio su quello che sarebbe successo, eppure ancora non se l'era sentito dire direttamente e a chiare lettere. Quello in cui Chris finalmente ammise che i Nirvana intendevano lasciare la Sub Pop, disse poi Pavitt, fu uno dei momenti più tremendi della sua vita. «Mi vengono in mente pochissime cose, fra quelle che mi sono successe... che abbiano ferito i miei sentimenti più di quella.»

Per parte sua, anche Kurt si sentiva malissimo. Sapeva che il cambiamento era diventato indispensabile, che il gruppo sarebbe potuto rimanere con la Sub Pop per sempre senza mai riuscire a venir fuori dal solco nel quale ormai era incanalato, o che avrebbe potuto cercare di cogliere le sue opportunità con una casa discografica che avesse un'organizzazione commerciale sufficientemente robusta da poterlo far crescere ulteriormente. Ma questo non gli impediva di provar dispiacere per il fatto che le cose fossero andate in quella maniera, che l'etichetta che con tanta pazienza aveva condiviso i suoi processi mentali non potesse stare al passo anche con la sua ambizione.

Il lavoro sul secondo album dei Nirvana per la Sub Pop, iniziato a Madison sotto la guida del produttore Butch Vig, praticamente si fermò mentre erano in corso quei negoziati. Nel corso di una sola settimana dell'aprile 1990 il gruppo registrò ben sette canzoni – *Pay to Play*, *In Bloom*, *Dive*, *Lithium*, *Sappy*, *Polly* e *Imodium* (intitolata così, come avrebbe spiegato ghignando Kurt, dal nome del medicinale contro la diarrea con il quale Tad si era curato in Europa). Ri-registrate, e con *Pay to Play* che cambiò titolo in *Stay Away* e *Imodium* ribattezzata *Breed*, quelle canzoni divennero la base di *Nevermind* (o *Sheep*, come l'album era intitolato in origine). Comunque, una volta che i Nirvana si furono chiariti le idee sull'abbandono della Sub Pop, quelle registrazioni diventarono soltanto provini.

La Sub Pop non fu la sola vittima di quei nervosi, ma sempre più eccitanti pochi mesi. Anche Chad Channing era in uscita; e anche se nessuna delle due parti in causa riesce a mettersi d'accordo se fu lui ad andarsene o se fu spinto fuori, Chad confessa che, dal punto di vista musicale, semplicemente non condivideva più le opinioni dei suoi colleghi. Le canzoni che aveva scritto per il gruppo venivano regolarmente rifiutate: era evidente che la passione di Chad per il rock progressivo – «musica da folletti», come Kurt una volta la definì – proprio non legava con i gusti di Kurt e Chris, amanti di una musica più spigolosa e aggressiva.

Non fu d'aiuto nemmeno il fatto che Kurt avesse passato tanti anni a suonare la batteria: di certo non lesinava consigli non richiesti.

Una tournée inglese fissata per il marzo del 1990 fu annullata, ma i Nirvana continuarono a far parlare di sé. Dale Crover sedette sul seggiolino della batteria lasciato libero da Chad per sostituirlo nel tour di una settimana sulla Costa Occidentale per il quale i Sonic Youth avevano invitato i Nirvana a far loro da gruppo di supporto.

Poi subentrò Dan Peters dei Mudhoney, e il gruppo tornò in sala d'incisione per registrare quella che sarebbe diventata la facciata B del suo penultimo singolo per la Sub Pop, la furente *Sliver*, e per uno spettacolo al Motor Sports International and Garage, il 22 settembre; uno spettacolo, detto per inciso, durante il quale furono scattate alcune delle più note immagini fotografiche dei Nirvana che siano state pubblicate. Una di queste, del fotografo abituale della Sub Pop – Charles Peterson – finì persino sulla copertina del primo numero del «Rocket» di Seattle pubblicato dopo la morte di Kurt Cobain.

L'ultima variazione nella fin qui irrequieta formazione dei Nirvana fu attuata più tardi quella stessa sera. Dave Grohl conosceva Buzz e i Melvins ormai da qualche tempo, fin da quando il gruppo di Aberdeen aveva toccato Washington durante uno dei suoi periodici tour. Aveva fatto conoscenza anche con Kurt e Chris, benché né lui né loro, fortunatamente, conservassero un ricordo preciso di quell'incontro quando Buzz li ripresentò l'uno agli altri.

Il gruppo di hardcore rock col quale Grohl suonava allora, gli Scream, era a Olympia per uno spettacolo, e dopo di quello si era unito alla folla di un party che, a quanto aveva sentito dire, era il posto in città dove quella sera ci si sarebbe potuti divertire di più.

Magari era davvero così, ma gli Scream non ne furono granché impressionati: specialmente quando una ragazza infilò nell'amplificatore lo spinotto del cavo della sua chitarra elettrica e cominciò a cantare e suonare le sue canzoni («roba schifosa, musica da suicidi adolescenti», come Dave la descrisse in seguito). Dave reagì correndo fuori nella sua automobile a prendere una musicassetta dei Primus. Quel che non sapeva, e che non seppe fin quando poi non raccontò la storiella a Kurt e Chris, era che la ragazza in questione fosse Tobi, la fidanzata del momento di Kurt.

Dave arrivò a Seattle per incontrarsi con Kurt e Chris la sera del concerto al Motor Sports. Secondo la leggenda, arrivò all'aeroporto di Sea-Tac con la batteria in uno scatolone di cartone, i vestiti ficcati in un sacchetto di plastica, e una mela, che subito offrì a Kurt.

Il cantante guardò il frutto con occhio costernato. «No, grazie. Mi farebbe sanguinare i denti.» Dentro di sé, Dave gemette. Aveva parlato non più di due volte con Kurt, e tutte e due le volte aveva detto qualcosa di sbagliato.

Tuttavia, a dispetto dei suoi passati trascorsi – ormai in un certo senso rodati – con i componenti del gruppo, Dave era un elemento ideale per i Nirvana: trovò immediatamente il suo ruolo all'interno dell'ormai consolidata egemonia di Kurt e Chris, e persino – nel corso delle registrazioni di *In Utero* – riuscendo a far registrare una delle sue composizioni! *Marigold* alla fine comparve soltanto sulla facciata B del singolo *Heart-Shaped Box*, ma il produttore Steve Albini interpretò il pensiero di molti quando osservò: «Di tutte le canzoni "pop" che abbiamo registrato, *Marigold* era indubbiamente la migliore».

Kurt appose pubblicamente il suo sigillo di approvazione al reclutamento di Dave definendolo «il batterista dei nostri sogni». In privato andò anche oltre, invitando Dave ad andare ad abitare da lui, e offrendo al batterista il suo divano come giaciglio. Cosa importava che il divano fosse di buoni trenta centimetri più corto di Dave, e che gli sarebbe toccato condividere la stanza con le tartarughine di Kurt? Per Kurt, almeno, abitare con Dave sarebbe stata una lezione di socializzazione; e, come i suoi amici convennero all'unanimità – il cantante stava proprio uscendo dal suo guscio. Forse la simbiosi, che certo non vedevano con favore, fra Kurt e i suoi amatissimi anfibi non era così inscindibile come pensavano che sarebbe stata?

L'arrivo di Dave nell'alloggio di Olympia coincise fortuitamente anche con un altro evento, e forse ebbe esiti francamente terapeutici. Kurt e Tobi – quella della «schifosa musica da suicidi adolescenti» – si lasciarono poco dopo l'arrivo di Dave a Seattle, e per un po' il cantante sprofondò in un mutismo totale, diventando egocentrico fino alla morbosità.

«Ce ne stavamo seduti nel suo piccolo appartamento, grande come una scatola di scarpe, anche per otto ore consecutive, senza dire una parola» ricordò in seguito Dave ridacchiando. «La cosa durò settimane e settimane.» Finalmente, una sera che i due stavano tornando a casa insieme in automobile, dopo una prova, Kurt improvvisamente disse con voce stridula: «Sai, non sono mica sempre così!». «E io pensai: meno male!»

La situazione ebbe una rapida evoluzione nei pochi mesi seguenti. Il primo spettacolo di Dave con i Nirvana, a Olympia, poche settimane dopo il suo ingresso nel gruppo, andò tutto esaurito entro pochi giorni dall'inizio della prevendita dei biglietti: un'esperienza che Grohl non aveva mai provato prima di allora. C'era in vista un contratto con una agenzia di impresariato, che avrebbe messo insieme i Nirvana con i loro amici Sonic Youth sotto gli auspici della Gold Mountain di Los Angeles. Anche la ricerca di una nuova casa discografica era a buon punto, da una parte e dall'altra. I Nirvana erano ansiosi di proseguire il lavoro per il loro secondo album, e metà dell'industria discografica sembrava ansiosa di poterlo pubblicare.

Ciò che stava accadendo ai Nirvana, naturalmente, non era diverso da quanto avevano già sperimentato molti altri gruppi del rock alternativo e – sulla loro scia – del rock pseudo-alternativo. La MTV aveva cominciato a investire in quello che ormai era un movimento che stava consolidandosi, dedicando ogni settimana due ore di programmazione della tarda serata a «120 Minutes», una vetrina televisiva di filmati musicali di gruppi del rock alternativo.

I Red Hot Chili Peppers – un provocatorio gruppo di funk rock di Los Angeles – avevano appena sfornato un singolo di grande successo di classifica, dopo cinque anni spesi a darsi da fare nei piccoli club. I Faith No More e i Jane's Addiction erano sul punto di ricevere il loro primo disco d'oro. I Depeche Mode, i New Order e i Cure erano ormai entrati nel novero dei gruppi da stadio. Non c'era ancora una conferma sicura, ma di colpo pareva che l'America si fosse profondamente stancata della vecchia, orecchiabile musica pop che aveva fatto prosperare l'industria della musica per tutti gli anni Ottanta, e finalmente stesse ritornando a qualcosa di un po' più... puro? Significativo? Energico? Viscerale? La parola esatta non aveva importanza: i Nirvana, e gli altri innumerevoli gruppi rock che animavano lo stesso circuito musicale, là fuori, erano così. Ora tutto quello che restava loro da fare era assicurarsi di utilizzare quelle doti nella maniera giusta.

E questa era una faccia della medaglia. L'altra faccia – e pareva proprio che Kurt avesse meditato per un'intera settimana molto seriamente sulla faccenda, considerandola da ogni punto di vista – era che una semplice firma sulla linea tratteggiata avrebbe potuto fare di lui e dei suoi compagni di gruppo degli uomini molto, molto ricchi. Dopo aver firmato, avrebbero potuto fare tutto ciò che sarebbe loro piaciuto... anche sciogliere il gruppo.

Era un'idea audace, anche se non particolarmente innovativa. Quindici anni prima, i Sex Pistols avevano temerariamente imboccato la via dell'ignominia proprio firmando un contratto, poi venendo cacciati via dalla casa discografica... poi firmandone un secondo, e poi facendosi di nuovo licenziare. Ne uscirono con una cifra dell'ordine di un quarto di milione di dollari.

Ora, ecco qui i Nirvana che si vedevano offrire il quadruplo di quella somma semplicemente perché firmassero un solo contratto con una sola casa discografica! E se si fossero sciolti dopo aver incassato gli assegni, rifletteva Kurt, chi avrebbe potuto impedirglielo? Oh, certo, gli avvocati avrebbero potuto opporsi e torcersi le mani per la disperazione, ma dopo tutto... era un'idea allettante.

Ma lo era anche quella di vedere quanto lontano i Nirvana sarebbero potuti arrivare con le loro forze; e benché il contratto che finirono col firmare, con la Geffen, fosse meno remunerativo di quello che altri avevano loro offerto – 287.000 dollari, rispetto al milione di dollari tondo tondo che la Capitol aveva sventolato sotto i loro occhi – tutto sommato, i Nirvana ne uscivano comunque vincitori.

«Abbiamo uno dei migliori contratti che qualsiasi gruppo abbia mai ottenuto» si vantò Kurt. «Abbiamo il controllo completo su quello che facciamo» (un'eredità delle richieste avanzate dai Sonic Youth quando furono loro a firmare con la Geffen) «e su quello che pubblichiamo; e questo significa, alla lettera, che se gli portassimo una registrazione di sessanta minuti con i rumori delle nostre defecazioni, loro dovrebbero comunque pubblicarla e pubblicizzarla.»

Per il momento, comunque, Kurt si sarebbe accontentato semplicemente di rimettere in pista *Nevermind*. Resistendo ai tentativi della Geffen di accoppiare il gruppo con un produttore di gran nome – la casa discografica aveva proposto Scott Litt, il produttore dei R.E.M., e David Briggs, il produttore di Neil Young – i Nirvana preferirono continuare a lavorare con Butch Vig, anche se lui non aveva mai prodotto, prima di allora, un album per una grande casa discografica. Quanto a questo, nemmeno loro, ribattevano i Nirvana.

Il lavoro sull'album, che comprendeva il rifacimento di molti dei brani previsti per l'inclusione nel secondo album per la Sub Pop, prese il via nel maggio del 1991 a Van Nuys, in California. Il budget stanziato – 650.000 dollari – era quasi precisamente mille volte superiore alla somma che la Sub Pop aveva loro assegnato per il loro primo disco; e anche se quello era stato solo un singolo... cos'è un album, a ogni modo, se non una mezza dozzina di singoli?

Quando Kurt ragionava in questi termini, tuttavia, non pensava soltanto in termini di musica e di soldi. Come per molte altre persone che erano cresciute negli anni Settanta, e che avevano osservato, benché da lontano, l'esplosione del punk alla fine del decennio, per lui il singolo era ancora il formato espressivo più adatto al rock'n'roll, un ruggito isolato che catturava un'essenza: il suono di un gruppo, ma anche il suo messaggio, il suo autentico spirito.

Never Mind the Bollocks dei Sex Pistols era un grande album, ma non riusciva a esprimere la stessa magia di *Anarchy in the U.K.*. I Clash avevano esordito alla grande, ma *White Riot* diceva in poco più di tre minuti ciò che l'album *The Clash* diceva in oltre trenta minuti. E questa era stata anche la convinzione che aveva sostenuto il progetto del Sub Pop Singles Club: nuovi gruppi, nuovi suoni, e nessuno di quei dischi richiedeva più di quattro minuti di ascolto. Mentre Kurt collaborava con Vig e il gruppo alla scelta delle canzoni che sarebbero state incluse nel disco, aveva questa idea in un angolo della sua mente. Se sentissi questa canzone alla radio, cosa potrebbe dirmi della gente che l'ha scritta e suonata?

Territorial Pissings, In Bloom, Lithium, Breed, On A Plain, Come As You Are, Something in the Way... mentre le sedute di registrazione si susseguivano, e l'album prendeva forma, in qualche maniera l'intera opera sembrava essere assolutamente impeccabile. C'era qualche momento debole, all'ascolto? «Album così buoni non solo sono rari da trovare,» si entusiasmò il recensore di «Alternative Press» «...fanno quasi paura!»; e questo era un'espressione impulsiva per spiegare qualcosa che proprio allora furono in molti a pensare: il fatto che, ogni tanto, viene alla luce un album che semplicemente sorpassa tutte le aspettative, che è proprio così buono, così perfetto, che pare impossibile credere che lo stesso studio di registrazione non fosse pervaso dalla sua magia, e che i tecnici del suono nella sala di regia, i visitatori occasionali, la gente che passava fuori da quelle parti per la strada, non fossero tutti magicamente attirati nella sua orbita, così che quando fosse finito e la musica si fosse fermata, se ne sarebbero andati via storditi, incantati, ma stupefatti dalla maestosità dell'evento del quale erano appena stati testimoni.

Nevermind era uno di quegli album: e no, la sua magia non era immediatamente evidente. Anche Chris confessò che le prime volte che aveva ascoltato *Smells Like Teen Spirit*, persino mentre la stava registrando, la canzone non lo aveva mai colpito particolarmente come qualcosa di straordinario.

Solo quando sentì il pezzo finito ammise che, ehi, quella canzone era «proprio forte»; e anche allora non aveva proprio idea di cosa aveva contribuito a creare. Nessuno ce l'aveva, né il gruppo né la casa discografica né gli addetti alle presse che stampavano il disco, che giravano un interruttore e poi guardavano con occhio vacuo il nero 45 giri o l'argenteo compact disc che usciva fuori dalla pressa e andava a farsi imbustare.

Ma fin dal momento in cui le prime copie della canzone furono inviate alle stazioni radiofoniche americane, il 27 agosto del 1991, apparve chiaro che stava per succedere qualcosa. A Seattle, la sua pubblicazione avvenne quasi precisamente in coincidenza con l'inizio dell'attività di una nuova emittente radiofonica alternativa, la KNDD, soprannominata affettuosamente «The End» non solo per le lettere della sua sigla di identificazione, ma anche perché la sua sintonia era collocata verso l'estrema destra del cursore della sintonia, a 107,7 Megahertz in modulazione di frequenza; e, praticamente fin dal principio, la KNDD cominciò a trasmettere *Teen Spirit*, una canzone nuova per una radio nuova.

La WOZQ, che trasmetteva dalla sede dello Smith College, nel New England, programmò il brano 67 volte in una sola settimana (una volta persino in un programma di reggae!).

La MTV prontamente si unì alla partita, mandando in onda per la prima volta il video di *Teen Spirit* con una pubblicizzatissima «prima mondiale» nel corso di «120 Minutes», poi, in ottobre, inserendolo fra i video ad alta rotazione, quelli che venivano trasmessi con la maggiore frequenza.

Alcune fonti alla Geffen sostengono che *Nevermind*, che a quel punto era uscito già da un mese, stava già per ottenere il disco d'oro ancor prima che la MTV cominciasse a trasmettere il video con regolarità, e che la MTV funzionò semplicemente da «moltiplicatore», incrementando le cifre di vendita di un album che già era partito in quarta per conto suo.

Ciò che questa fredda analisi dimentica di considerare è il potente impatto della MTV sul territorio nazionale, il fatto che raggiungesse anche gruppi di persone probabilmente non servite da una emittente radiofonica alternativa, e che sicuramente non avevano a portata di mano un negozio che disponesse di dischi alternativi. *Smells Like*

Teen Spirit, fu stabilito in seguito, fu importante perché attraversò le barriere di genere che il rock'n'roll negli anni Novanta aveva eretto al suo stesso interno.

Questo è vero, ma il motivo per il quale ci riuscì non fu perché tutti senza saperlo fossero in attesa del nuovo album dei Nirvana: la maggior parte della gente non aveva mai nemmeno sentito nominare il gruppo quando sentì la canzone per la prima volta. Ci riuscì perché gli fu permesso di attraversare quelle barriere, e, attraversandole, di abbatterle. Si poteva ascoltare *Teen Spirit* sulle radio alternative, ma anche sulle emittenti specializzate in metal e su quelle specializzate in hard rock e su tutte quelle altre che si erano rese conto di ciò di cui lo stesso Kurt si era reso conto sei mesi prima.

Non sono i grandi album a fare la differenza: sono i grandi singoli. E lassù, nell'empireo di *Anarchy in the U.K.* e di *Hound Dog*, di *Metal Guru* e di *Rock and Roll parts one and two*, sta anche quel grande singolo che è *Smells Like Teen Spirit*.

«Quando esce sibilando dalle frequenze della radio locale, non c'è altro che suoni così giusto in ogni momento del giorno» scrisse «Alternative Press», e la frase in qualche modo centrava esattamente il punto: «Musica pop selvaggia spinta così avanti oltre il limite che la più piccola spinta potrebbe proiettarla nella leggenda».

La canzone si prestava a tante diverse utilizzazioni che era difficile stabilire da quale cominciare! All'inizio della parabola del singolo, la MTV mandò le sue telecamere a chiedere alla gente per strada se avesse qualche idea sul significato del testo. Alcuni ne avevano colto alcune parti, altri altre, ma sostanzialmente nessuno aveva un'idea precisa. Il parodista Weird Al Yankovic registrò persino un disco a proposito di questa confusione, riprendendo la linea melodica che ormai era già impressa profondamente nella cultura pop, ma chiedendosi: «Lo spartito con le parole del testo è così difficile da trovare, cosa dicono le parole, oh non importa..».[1]

Non erano solo gli ammiratori a essere perplessi, peraltro. Nel suo libro *Route 666 On The Road to Nirvana*, Gina Arnold – che già da tempo era nel giro dei Nirvana – scrisse: «Quando seppi che *Nevermind*, un album la cui prima frase» (da *Teen Spirit*) «dice "Càricati di droga e uccidi i tuoi amici",[2] era arrivato al numero uno... il mio primo pensiero fu: "Il presidente Bush non sarà rieletto"». Ci si chiede cosa avrebbe potuto pensare se avesse saputo quale era il testo, in realtà: «Càricati di armi e porta i tuoi amici».[3] In effetti sembra piuttosto un'esortazione a votare per i Repubblicani.

Nevermind raggiunse il vertice della classifica di vendita sul finire del dicembre del 1991, spodestando della sua posizione *Dangerous* di Michael Jackson; quella stessa settimana i Nirvana entrarono, come secondo nome, nel cartellone dell'ultimo tour dei Red Hot Chili Peppers. Erano stati ingaggiati solo per una manciata di spettacoli, che si sarebbe conclusa con un concerto di Capodanno al Cow Palace di San Francisco. Da lì in avanti, i Nirvana avrebbero continuato da soli, nella regione del Pacific Northwest, per essere protagonisti in proprio dei loro spettacoli.

Ma il periodo nel quale condivisero il palco con i Peppers, collocati nel programma della serata tra la compattezza dell'hard rock dei Pearl Jam, che aprivano lo spettacolo, e il funk stravolto dei protagonisti principali dello show, fu sufficiente non solo per consolidare l'improvvisa notorietà dei Nirvana, ma anche quella della Musica Al-

[1] «The lyric sheet's so hard to find, what are the words, oh never mind...», con un gioco di parole col titolo dell'album, e riprendendo l'ultima frase delle note riportate sulla busta interna dell'album: «... and for this gift I feel blessed, I found it hard, it was hard to find, oh well, whatever, nevermind.» (*N.d.T.*)

[2] «Load up on drugs and kill your friends». (*N.d.T.*)

[3] «Load up on *guns* and *bring* your friends». (*N.d.T.*)

ternativa più in generale. Nella patria dei Grateful Dead, in una città nella quale il concerto del veglione di Capodanno tradizionalmente era affollato solo da fans accaniti dei Dead, più di 15.000 ragazzi, liberandosi delle pastoie di un passato che la maggior parte di loro era comunque troppo giovane anche solo per ricordare, ma a perpetuare il quale erano stati comunque quasi vincolati, celebrarono la loro musica alla loro maniera.

Fu quella la sera in cui l'esibizione, metodicamente autodistruttiva, dei Nirvana si concluse con il gruppo che deliberatamente allentava ogni vite dei suoi strumenti per affrettarne l'imminente annientamento. Alcuni recensori, e forse anche alcuni fans, in seguito si sentirono presi in giro, e forse fu proprio questo il motivo per cui i Nirvana si comportarono in quel modo. Non perché temevano di sembrare stupidi scaraventando chitarre poco arrendevoli contro amplificatori sbullonati, ma perché, semplicemente, non era quello il modo in cui ci si aspettava che quella cosa venisse fatta. Nei tre mesi trascorsi da *Teen Spirit*, niente di ciò che riguardava i Nirvana era stato fatto nel modo in cui avrebbe dovuto essere fatto.

E nei tre anni che seguiranno, sarà ancora così.

Capitolo 6

Kurt aveva sempre pensato in grande. Un ex dipendente della Sub Pop ricorda benissimo di averlo sentito chiedere quando l'etichetta avrebbe fatto di lui una star, e verso la fine del 1990 il cantante diceva al giornale musicale inglese «Sounds»: «Per tutta la vita, il mio sogno è stato di essere una grande star del rock». Aveva anche fatto progetti su come avrebbe potuto realizzare il suo sogno.

Le sue nuove canzoni, sosteneva, quelle che poi avrebbero visto la luce su *Nevermind*, erano molto più orientate verso il pop rispetto a quelle incluse in *Bleach*; Kurt aveva persino coniato una frase che presto sarebbe stata stampata a grandi lettere come intestazione del nuovo comunicato stampa dei Nirvana: «... i Bay City Rollers molestati dai Black Flag...». «Noi supponiamo...» continuava Kurt «che potremmo anche essere trasmessi per radio, e cercare di cavarne un po' di soldi.»

Ora, improvvisamente, quasi non riuscivano a fare in modo che le radio smettessero di trasmettere le loro canzoni, e di soldi ne avevano fatti molto più che «un po'». Gli investimenti della Geffen sul gruppo, al momento della pubblicazione dell'album, ammontavano a poco più di 550.000 dollari. Entro quattro mesi dall'uscita, *Nevermind* aveva già venduto più di tre milioni di copie nei soli Stati

Uniti. Un funzionario della Geffen fu persino sentito vantarsi di non avere ancora dovuto spendere il suo budget promozionale. «Adesso vengono a cercarmi, invece di essere io a cercare loro!»

Gli storici della musica pop furono svelti a scavare negli archivi e disseppellire altre occasioni in cui un fulmine aveva messo alla luce una vena d'oro: Bruce Springsteen nel 1975, Peter Frampton lo stesso anno... La differenza stava nel fatto che sia Bruce che Frampton avevano alle spalle carriere già abbastanza lunghe, ed avevano già fatto la gavetta che in un mondo perfetto (come sembrava essere il loro) avrebbe pagato dividendi multimiliardari. Si erano fatti un mazzo così in tournée, e si erano costruiti le amicizie giuste.

La storia dei Nirvana era diversa. Vero, erano stati continuamente in tournée: dopo aver finito di registrare *Nevermind*, praticamente non avevano mai smesso di andare in giro per concerti, dai club americani ai festival europei e poi di nuovo ai club americani, e solo quando le vendite del disco ebbero cominciato a decollare cominciarono a vedere le avvisaglie di qualcosa di più grande.

Ma nel 1975 l'America stava cercando disperatamente un nuovo profeta del rock, qualcuno che avesse la forza d'urto di un Dylan, il fascino di un Beatle, la credibilità di un Rolling Stone. Sia Springsteen sia Frampton, ragionevolmente, possedevano due requisiti su tre, e alla fine fu l'andamento del seguito delle loro carriere a decidere quali criteri fossero i più importanti. Springsteen fu assurto al rango di divinità, Frampton pubblicò un album così-così e sparì da un giorno all'altro.

I primi anni Novanta, comunque, non avanzavano nei confronti dei propri idoli le pretese che le precedenti generazioni erano state costrette a sopportare. Di punto in bianco, quello della superstar era diventato semplicemente un lavoro, con tutti gli alti e i bassi di un qualunque altro lavoro; e così come non si rincorrerebbe l'idraulico per chiedergli un autografo solo perché ha fatto un buon lavoro disintasando il lavandino, per quale motivo si dovrebbe correr dietro a un musicista per congratularsi con lui solo perché ha fatto un buon concerto?

«Quando ho cominciato ad appassionarmi di punk rock, la parola d'ordine era "uccidi tutte le rock star"» disse Dave Grohl a «Alternative Press». «E gli autografi sono qualcosa che l'intero movimento punk vedeva con grande ostilità.» Ormai i Nirvana ne firmavano tanti che Kurt, scherzando, diceva che si sarebbe fatto fabbricare un timbro di gomma con la parola «Autografo». Lui, quando era un ragazzo, non aveva mai sognato di riuscire ad avere l'autografo di Evel Knievel; perché mai qualcuno avrebbe dovuto desiderare il suo? Ancora una volta: erano gli anni Novanta!

Ma in realtà la Macchina Fabbrica-Star che un tempo aveva fatto tanto rumore a proposito delle sue produzioni non era spenta; invece, era lì come in riposo forzato, affamata di attenzione, affamata di nuovi prodotti, perché la star – la vera superstar – non è mai semplicemente il ragazzo della porta accanto, la ragazza del banco vicino a scuola, qualche normalissimo Tizio con una T-shirt e una chitarra: per quanto gli addetti alle pubbliche relazioni cerchino, imbrogliando, di convincere i ragazzi del contrario.

Ma le superstar, tuttavia, non si fabbricano a piacimento, e lo possono dimostrare milioni di carriere rovinate, giacenti a pancia in su sul ciglio della strada con i loro sogni spezzati e fatti a brandelli sparsi tutt'intorno. «Avrei potuto farcela...» Ho pensato di potercela fare: questa è una bella stronzata, come quella di Kurt che entra alla Sub Pop e chiede che lo facciano diventare una star.

Perché lui non voleva essere una star, voleva solo riuscire a vivere del proprio lavoro, che è poi ciò che davvero vuole sempre la maggior parte della gente. Sognano di essere Dio e di potersi ficcare su per il naso ogni sera tanta cocaina quanta se ne potrebbe comprare col debito pubblico; e se questo fosse tutto quanto sognano, allora tutto andrebbe per il meglio. Ma, in realtà, questo è solo l'inizio; perché in un certo modo, essere una vera star è proprio come essere Dio, e questo è un onere che pochissime persone potrebbero mai – vorrebbero mai – desiderare di sopportare. No davvero. E Kurt Cobain meno di chiunque altro.

«Alternative Press» lo disse benissimo. «Nel settembre del 1991 i Nirvana erano solo un gruppo di culto a livello locale, il più recente boccone alternativo da mandare giù nel gargarozzo della Geffen. Da ottobre, i Nirvana erano diventati gli U2 e Springsteen, Presley e i Pistols, tutti messi insieme in una sola ingarbugliata matassa.» E se quello era stato il loro libretto d'istruzioni musicale, se era quello il livello qualitativo che i loro ammiratori si aspettavano che essi mantenessero e magari innalzassero, allora forse tutto sarebbe andato bene.

Non lo erano, però. Perché di colpo i Nirvana non erano più solo Bono e Bruce, erano anche Roseanne e Oprah;[1] erano il bambino con tre teste trovato sulla luna, e Elvis che lavora in un emporio del Kansas; erano la cura per il cancro e la causa del raffreddore comune, erano qualsiasi cosa che strilla COMPRAMI dagli scaffali del supermercato.

«C'è molta gente che ci guarda e si chiede cos'abbiamo da lamentarci» osservò Dave nel giugno del 1993, mentre i Nirvana si stavano apprestando al lancio promozionale del loro terzo album. «Pensano: "Soldi, celebrità, ammiratrici disponibili, il mondo ai tuoi piedi... Non avrei problemi, con tutte queste cose!". Quello che non capiscono, quello che non capiranno mai finché con capiterà a loro, è la maniera in cui queste cose cambiano completamente

[1] Roseanne Barr e Oprah Winfrey, note conduttrici di talk show della televisione americana. (*N.d.T.*)

tutto dal giorno alla notte.» Più avanti, nel corso della stessa intervista, scherzando avrebbe detto che i Nirvana erano sostanzialmente la fine della sua vita. «Potrò avere 43 anni ed essere un insegnante d'inglese, e resterei sempre il batterista dei Nirvana.»

Kurt fece eco a queste riflessioni, riandando con la memoria ai giorni prima e dopo *Nevermind* e dicendo: «È stato come andare a letto una sera mentre tutto andava bene, ma risvegliarsi l'indomani mattina e sentir dire al giornale radio che ero un nazista ammazzabambini». E prima ancora di avere acceso la radio sentire le bombe incendiarie che cominciano ad atterrare sul copriletto.

«Per forza abbiamo reagito malamente!»

La sua risposta era in netto contrasto con le osservazioni che aveva espresso nell'aprile precedente, quando i Nirvana erano apparsi per la prima volta sulla copertina di «Rolling Stone». Rispondendo a una domanda che lo interrogava su come riuscisse a convivere con la sua notorietà ottenuta da poco, ma non particolarmente inseguita, Kurt replicò: «In realtà non mi tocca così tanto quanto può sembrare... dalle interviste, e dal modo in cui molti giornalisti hanno descritto il mio modo di essere. Mi ci sento abbastanza a mio agio».

Però la gente che lo conosceva la pensava in maniera diversa; ed erano le cose che questa gente raccontava quelle che ottenevano la più ampia diffusione. Nils Bernstein, oggi addetto all'ufficio stampa della Sub Pop, la pensava così: «La gente lo tratta come se fosse un dio, e questo lo indispone. Stanno conferendo a Kurt quest'aura di grandissima importanza che lui ritiene di non... meritare. Kurt è pronto a prendere per il collo il prossimo che gli scatterà una fotografia».

Kurt continuava a non essere d'accordo. Ammetteva: «Credo che siamo diventati quasi troppo grossi...», ma il perno di quella dichiarazione sembra essere la parola «quasi», come se in fondo non gli dispiacesse l'idea di salire ancora qualche gradino della scala. «Ormai ogni minuto della giornata in cui sono sveglio è solo Nirvana...»

E mentre era vero che stava provando più difficoltà che in passato «a trovare in me stesso l'energia di andare fra il pubblico per ascoltare il gruppo che apre il concerto, perché tutti quanti chiedono autografi», anche quella fatica stava poco per volta diventando meno gravosa. «Adesso sto imparando ad abituarmici.»

Ma era davvero così? Per usare ancora le parole di «Alternative Press»: «Todd Rundgren ha inventato la frase "il sempre efficace effetto speciale dell'Artista Tormentato", ma Kurt Cobain l'ha fatta sua. Ha corteggiato la celebrità non a parole, ma col suo modo di essere, e solo quando era troppo tardi si è reso conto di quante vecchissime equazioni aveva soddisfatto».

Il profilo giornalistico dei Nirvana pubblicato da «Alternative Press» nel numero di ottobre 1993 fu molto criticato in alcuni ambienti per essere troppo tenero nei confronti di Cobain, come se proprio la reputazione di scontrosità e di inavvicinabilità del gruppo fosse di per se stessa sufficiente a dare origine a un lavoro giornalistico grezzo e inaccurato. In realtà, quell'articolo era un tentativo di descrivere il gruppo senza il contorno di quel bagaglio di cattiva reputazione, di metterlo a sedere nell'angolo di un ristorante della Broadway di Seattle e lasciare che fossero i suoi componenti a guidare la conversazione. E sembrò anche funzionare.

«Personalmente,» scrisse il giornalista «ho trovato Cobain estremamente piacevole; ma le qualità che trovo gradevoli in una persona non sono necessariamente quelle che sarebbero adatte alla prima superstar punk d'America. Non almeno finché esse possano in qualche maniera essere "rivisitate". Così la sua naturale timidezza è stata tradotta in indifferenza; la sua modestia in paranoia; la sua sincerità in arroganza; la sua intelligenza in presunzione. E quando un giornalista di San Francisco notò quelle pupille a capocchia di spillo e quella pelle così indescrivibilmente pallida... oh guarda, mamma, abbiamo un'altra pop star drogata con cui giocare.»

Il primo pubblico riferimento al fatto che Kurt faceva uso di droga apparve a San Francisco, nel numero della rivista «BAM» del gennaio del 1992. Nell'articolo si diceva che il cantante «si appisolava a metà di una frase», e i suoi sintomi fisici facevano pensare «a qualcosa di più grave che semplice fatica».

Un paio di mesi più tardi, la rivista «Hits» riferiva che Kurt era stato visto «ballare con mister Brownstone»[2] («"farsi di eroina", nel gergo dei Guns n'Roses», come la rivista «Rolling Stone» spiegava servizievolmente poco tempo dopo).

Kurt insorse a sua propria difesa, dichiarando a «Rolling Stone» che lui non si faceva di eroina, e non solo: «Non bevo nemmeno più, perché mi rovina lo stomaco. Il mio corpo non mi permetterebbe di assumere droga nemmeno se lo volessi, perché sono sempre troppo debole». E poi, continuava, «le droghe sono una perdita di tempo. Distruggono la tua memoria e il tuo amor proprio e qualsiasi altra cosa che abbia a che vedere con la tua autostima. Non servono proprio a niente». Non negò di averne provate, naturalmente, ma aggiunse: «Secondo la mia esperienza, ne ho dedotto che sono una totale perdita di tempo».

E se questo era vero, allora Kurt stava perdendo una enorme quantità di tempo. Secondo Michael Azerrad, l'autore di *Come As You Are*, Kurt ricominciò a fare uso di eroina per la prima volta, dopo il periodo precedente all'inizio di attività dei Nirvana, nel novembre del 1990. La cosa non lo impressionò più di tanto. «È una stronzata,

[2] «Slam dancing with Mr Brownstone»: «slam dancing» sta a indicare «un ballo rock'n'roll atletico, con intenso contatto fisico, specialmente su musica punk rock» (Robert L. Chapman). (*N.d.T.*)

è stupida. Ti fa sentire schifosamente male. Volevo soltanto provarla.» Forse fu l'espressione che si dipinse sul volto di Dave Grohl a farglielo dire, ma Kurt pareva sinceramente dispiaciuto quando continuò: «Non preoccuparti, non lo farò più».

In realtà, lo faceva circa una volta la settimana: come chiunque altro giusto per il gusto di farlo, ma anche, come disse alla sua ex ragazza Tracy, perché lo faceva sentire socievole. Un tempo, con la cocaina, quello era stato un problema. Ora, con la celebrità, era una necessità.

Kurt fece del suo meglio per tenere nascosto il fatto che usava droga: e per un bel po' di tempo ci riuscì. Fu solo quando Chris cominciò a notare che insieme a Kurt c'era sempre la stessa gente, o sempre quello stesso tipo di gente, che si rese conto che le cose stavano ormai andando oltre il solo stadio sperimentale.

Kurt confessò: «A volte, durante un concerto, incontravo Chris nel retropalco, e lui faceva finta di non riconoscermi, o non voleva riconoscermi. Era come se pensasse: "Oh, merda, il drogato... se non guardiamo dalla sua parte, magari è troppo stordito per badare a noi"». Il fatto che Kurt stesse chiacchierando a ruota libera in presenza di un addetto stampa della Geffen forse ammorbidiva un po' i termini della sua lagnanza; ma non c'era dubbio sul fatto che Chris, come Dave, disapprovasse fermamente il sempre più frequente uso di droga da parte di Kurt.

Per un po', sembrò persino che quella faccenda potesse provocare un'irreparabile frattura all'interno del gruppo. Chris è il primo a riconoscere che per un certo periodo anche lui stesso aveva avuto un problema analogo: con l'alcol, invece che con la droga. Ma era riuscito a venirne fuori, e per lui che ce l'aveva fatta era difficile capire perché Kurt non potesse fare lo stesso col suo problema personale.

Dopo tutto, non era come se Kurt si fosse fatto di eroina per tutta la vita: solo dopo che *Nevermind* aveva completamente rivoluzionato la vita dei componenti del gruppo Kurt aveva cominciato a cercare conforto in qualcosa che non era compreso nell'elenco dei soliti divertimenti della postadolescenza. Ma il gruppo, un po' alla volta, stava cominciando ad adattarsi alla nuova situazione, e mentre questo accadeva le tensioni esterne si allentavano... o, almeno, si sarebbero allentate, se soltanto Kurt avesse smesso di crearne sempre di nuove che prendevano il posto delle altre.

Contemporaneamente, però, Kurt stava scrivendo alcuni dei testi migliori di tutta la sua vita; e benché né lui né, grazie a Dio, nessuno degli psicologi-pop-da-manuale-tascabile in circolazione, abbiano mai dato all'eroina il merito di aver favorito questa rinascita del suo talento di autore (paragonabile a quella vissuta da John Lennon nel periodo in cui aveva fatto grande uso di Lsd), l'interrogativo effettivamente può sorgere.

A che punto Kurt smise di scrivere cose come *Floyd the Barber* e se ne uscì invece con *Teen Spirit*? Fra i momenti più alti di *Nevermind*, sia *Teen Spirit* sia *Come As You Are* sono posteriori cronologicamente al primo incontro di Kurt con l'eroina; e se, come unanimemente ritengono i più accaniti oppositori della droga, non c'è niente come l'eroina per ottundere i sensi, come Kurt aveva sperimentato, l'eroina attutiva anche le inibizioni e la timidezza.

Per sua stessa ammissione, per la prima volta Kurt si trovava a scrivere canzoni che parlavano davvero delle sue sensazioni – *Bleach*, disse, non aveva niente a che vedere con le sue emozioni personali, e «anche adesso, molto di rado scrivo su un solo tema o su un solo argomento. Finisco con l'annoiarmi di quel tema e arrivato a metà comincio a scrivere di qualcos'altro per il resto della canzone, e finisco il brano con un'idea ancora diversa».

Ma almeno *Teen Spirit* aveva toccato un nervo scoperto in molta gente, che fosse stato per merito della confusione intrinseca nel testo che non si può cantare insieme alla voce dell'interprete (o, almeno, non si poteva: nove mesi dopo l'uscita dell'album le parole di *Teen Spirit* furono stampate sulla copertina del CD singolo *Lithium*), o della passionalità dei toni; o semplicemente perché, come disse in seguito Butch Vig, «non so di preciso quale sia il significato di *Teen Spirit*, ma si capisce che ha un significato, e che questo significato è dannatamente profondo».

Questa intensità e questa profondità erano ciò che l'eroina aveva risvegliato in Kurt; questo, e un grato sollievo dall'agonia quasi ininterrotta del gran numero di disturbi dai quali Kurt era ormai continuamente martoriato: le fitte allo stomaco che ancora lo lasciavano piegato in due dal dolore, e delle quali una sequela di medici aveva attribuito la causa a una sequela di malattie diverse; i problemi alla schiena che lo perseguitavano, a fasi alterne, da molti anni, e che, come una leggera scoliosi, gli avevano causato una curvatura della spina dorsale; la debolezza polmonare che gli aveva sempre fatto ricordare quanto fosse facile ad ammalarsi di bronchite; e una quantità di effetti collaterali da farmaco che sarebbero stati il sogno di un farmacista, la maggior parte dei quali erano causati dai tentativi di Kurt di porre rimedio agli altri problemi precedenti.

«C'era in lui una sorta di vena autodistruttiva» disse Chad Channing alla giornalista Jo-Ann Greene. «In un certo senso si maltrattava in maniera bizzarra, era capace di farsi del male con molta facilità, specialmente ai primi tempi.» Ma la maggior parte delle scene di cui Chad fu testimone, disse lo stesso Channing, erano la conseguenza delle cattive condizioni di salute di Kurt. «Che fossimo in tournée o in studio o da qualsiasi altra parte, Kurt stava continuamente combattendo contro il suo problema di stomaco, qualsiasi cosa fosse, e contro la bronchite e mille altre cose, e ne era terribilmente disturbato. A volte afferrava una bacchetta e cominciava letteralmente a picchiarsela sul torace, nella speranza di riuscire a smuovere un po' il catarro... "ah, ragazzi, che si fotta!"»

I medici, disse una volta Kurt, «vogliono solo prendersi i miei soldi e ficcarmi le dita su per il culo». Anche gli spacciatori di eroina volevano soltanto i suoi soldi, tanto quanto i medici; ma almeno gli offrivano un po' di sollievo. Verso la fine di novembre del 1991, solo un paio di mesi dopo che avevano cominciato a uscire insieme, Kurt ad Amsterdam fece partecipe Courtney Love del suo hobby... e non viceversa, come in seguito qualcuno riferì perfidamente. «Sono stato io che l'ho convinta» confermò Kurt. «È stata un'idea mia.»

Più tardi, dopo che la coppia fu rientrata dall'Europa, i due – che condividevano un appartamento con Eric Erlandson, il chitarrista degli Hole – restarono senza casa (la prima casa nella quale avevano abitato insieme), perché Eric non intendeva sopportare la loro abitudine all'eroina; e per qualche mese, poi, la casa dei Cobain fu una sequela di stanze in alberghi a quattro stelle.

Il tour con i Red Hot Chili Peppers, sul finire del 1991, segnò probabilmente per i Nirvana il momento più basso della battaglia combattuta dal resto del gruppo per venire a patti con il fatto che Kurt si drogava: anche se la qualità delle sue esibizioni non sembrava essere menomata dal suo vizio, il fisico di Kurt evidentemente invece lo era. Certe sere Kurt pareva come morto, certe altre sembrava che avesse oltrepassato persino quello stadio, e ormai procedesse in folle come un ripugnante zombi; e le persone a conoscenza del suo segreto erano sorprese non tanto che riuscisse ancora a funzionare così bene, quanto che non fosse ormai completamente incapace di farlo.

Fu per questo, più che per ogni altro motivo, che i seminatori di dicerie se ne stettero così tranquilli: certo Kurt aveva un aspetto orrendo, ma – finché «BAM» alla fine non spezzò il silenzio cominciando a dire le cose come stavano – non c'era niente che potesse dimostrare che Kurt si bucava.

In seguito, ovviamente, fu come se tutti avessero sempre saputo quello che stava succedendo, e gli aneddoti cominciarono ad ammonticchiarsi come cumuli di neve a Natale; la leggenda secondo la quale Kurt si era bucato subito prima dell'apparizione dei Nirvana al *Saturday Night Live*, l'11 gennaio del 1992, e subito dopo aveva vomitato anche l'anima, circolò diffusamente per molto tempo. Come pure i resoconti di numerosi investigatori dilettanti, che frugavano nella spazzatura dei Cobain, dopo che essi si erano trasferiti in un appartamento di Spaulding Avenue, nel quartiere di Fairfax, Los Angeles, e ne tiravano fuori nient'altro che lenzuola con bruciature di sigarette: un indizio indiscutibile che qualcuno, di notte, si era assopito sotto l'effetto della droga. E così anche la presunta storia secondo la quale Kurt si era presentato strafatto anche alla cerimonia del suo matrimonio.

È sorprendentemente facile divinizzare l'uso della droga, non solo a se stessi (o alle persone che si amano) ma anche più in generale al pubblico. L'argomento è uno di quelli che stanno nel profondo di quella battaglia, apparentemente eterna (e faticosa), fra il sistema della musica rock/pop e quei movimenti morali e religiosi che vorrebbero – per parafrasare le immortali parole del gruppo inglese Carter USM – bruciarci tutti sul rogo «perché suoniamo il punk rock». Nel 1984, i fratelli Dan e Steve Peters, appartenenti allo Zion Christian Center, un'organizzazione di ferventi denigratori del rock, riassunsero i loro sentimenti sull'argomento nella frase: «Al demonio riesce più facile giocare con le nostre menti quando esse sono molto rilassate»; e, naturalmente, non ci si può sentire più rilassati che quando si è completamente storditi dalla droga! «Il rock, la droga e la morte: in qualche modo sembrano eternamente intrecciati.»

Gary Hermann, autore di *Rock & Roll Babylon*, si schierava sotto insegne simili, anche se meno religiose, quando sosteneva: «Una volta, le droghe erano considerate il mezzo che portava a una nuova forma di espressione musicale. Oggi... l'assunzione di droghe in grandi quantità è troppo spesso considerata come la ricompensa e la testimonianza del raggiungimento della celebrità nel mondo del rock. E tra prendere droga per fare musica, e fare musica per prendere droga, gli artisti, la musica e i fans hanno perduto molto più di quanto la legge potesse mai portargli via.»

Persino Kurt riconosceva che il suo vizio non era proprio così romantico come poteva sembrare, visto dall'esterno. I continui riferimenti dei giornali alla sua tossicodipendenza, per quanto molti di essi potessero sembrare mascherati, lo colpivano. Passava sempre più tempo a preoccuparsi che la polizia fosse sul punto di sfondare la porta di casa sua (o la porta di qualsiasi posto che in quel momento considerasse casa sua: gli alberghi erano ancora per lui la cosa più vicina a un focolare domestico), sbatterlo contro il muro per cercare sul suo corpo i segni distintivi che stavano diventando sempre più evidenti, e caricarlo in macchina per portarlo in galera. Dove, ne era certo, sarebbe semplicemente stato lasciato a marcire senza possibilità di uscirne, e probabilmente avrebbe finito col morirci. «Questo mi faceva abbastanza paura.»

Eppure i cronisti del rock continuano senza sensi di colpa a recitare la litania dei santificati martiri del rock, e attribuiscono tanto la loro grandezza quanto la loro morte alla loro abitudine di assumere droga.

Jimi Hendrix era solito inghiottire 300 microgrammi di acido lisergico prima di ogni spettacolo: e se con la chitarra faceva cose che altri musicisti non avevano mai fatto prima d'allora, era perché stava sperimentando cose che nessuno di loro aveva mai sperimentato prima. La voce popolare sostiene che Johnny Thunders non abbia mai fatto un concerto senza essersi prima drogato. Dennis

Wilson dei Beach Boys ammise apertamente di aver fatto uso di droga per tutto il periodo in cui il gruppo stava registrando il suo album più importante, il leggendario *Smile.*[3] E Janis Joplin una volta riassunse le sue ambizioni ammettendo: «Per tutta la vita ho solo desiderato... sballare, ubriacarmi, divertirmi». Ovvero: vivere ad alta velocità, morire giovani, e lasciare un cadavere di bell'aspetto.

Kurt non era stupido. Era ben conscio del fatto che stava camminando su una corda tesa molto traballante; che, se le autorità non avessero legalizzato l'uso della droga, regolamentandone l'approvvigionamento e togliendone il commercio dalle mani della malavita, ogni siringa sarebbe potuta essere quella che l'avrebbe spedito a grande velocità nell'oblio. Era un fan dei Sex Pistols, aveva letto quello che era accaduto a Sid Vicious, che aveva festeggiato il suo rilascio dal carcere di Rykers Island con la sua prima siringa di droga dopo due mesi, assolutamente ignaro del fatto che l'eroina che si stava iniettando era pura al 90 per cento. Lui conosceva i pericoli, e sapeva che erano molto più importanti e numerosi dei vantaggi.

Ma era anche diventato molto bravo a mentire: non nel senso psicologico di cui tanti si riempirono la bocca dopo la sua morte, dicendo che Kurt in realtà era rimasto vittima dell'illusione di invulnerabilità del drogato, ma nel senso che riusciva a mantenere un'apparenza di salute e efficienza. «Non mi sono mai presentato fatto di droga davanti a un giornalista!» disse ad «Alternative Press» nel 1993, giusto un anno dopo aver assicurato ai lettori di «Rolling Stone» che la droga era solo una gran perdita di tempo.

Il giornalista, quella volta, era Michael Azerrad; e benché fosse convinto che «era del tutto evidente che il ragazzo

[3] Album di canzoni su testi di Van Dyke Parks i cui nastri andarono distrutti, e che non vide mai la luce. Da non confondere con *Smiley Smile*, un album del 1967 che dell'altro conservava solo qualche spunto. (*N.d.T.*)

(AP/Wide World Photos)

In alto: La silenziosa visita funebre dei fans di Cobain, nel parco vicino alla sua casa. (Foto di Curt Doughty)

In basso: Il garage, adattato a foresteria, della casa di proprietà del leader dei Nirvana, dove il suo cadavere fu rinvenuto da un elettricista l'8 aprile del 1994. La polizia di Seattle, nel suo rapporto, scrisse che la causa della morte era la ferita provocata da un colpo d'arma da fuoco, apparentemente sparato dallo stesso Cobain. (Foto di Curt Doughty)

Gli amici attraversano la linea di rispetto collocata dalla polizia per rendere visita alla famiglia di Cobain, il giorno seguente alla diffusione della notizia della tragedia. (Foto di Curt Doughty)

Pagina successiva: venerdì mattina, il cadavere di Cobain fu portato fuori dalla casa e trasportato sul furgone di un ispettore della polizia scientifica. (AP/Wide World Photos)

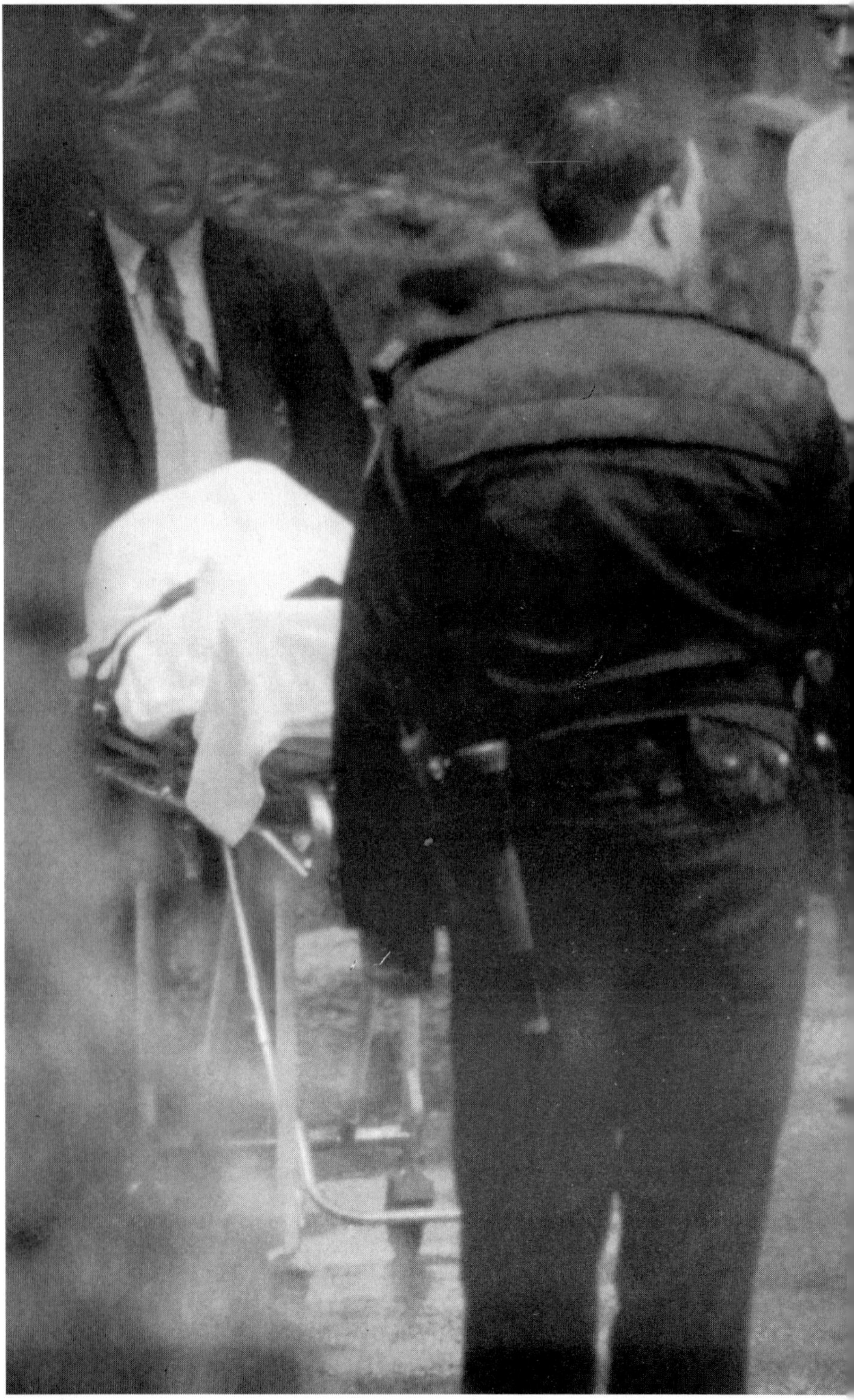

Per tutta la giornata,
gli ammiratori deposero
mazzi di fiori e accesero
candele al di fuori della casa.
Un servizio d'ordine
proteggeva la famiglia
e la proprietà.
(Foto di Curt Doughty)

Ancora fiori in memoria di Cobain all'ingresso di casa sua, il sabato mattina. Il biglietto dice: «Ti amiamo, ci mancherai. Meg, Elisa e Shira». (AP/Wide World Photos)

All'annuncio della notizia, la MTV sospese le sue trasmissioni, solitamente preregistrate, e per tutto il weekend mandò in onda reportages dal vivo in diretta, interviste e tributi. A Tabitha Soren fu affidato il compito di fornire aggiornamenti continui dal luogo del fatto. (Foto di Curt Doughty)

La morte di Cobain gettò un'ombra funerea sulla festa annuale della Sub Pop, fissata per sabato 9 aprile. Il giorno dopo la scoperta della tragedia la festa si trasformò in una veglia funebre. Una squadra di inviati dei giornali, delle radio e delle televisioni arrivò al celebre Crocodile Café di Seattle per strappare commenti agli intervenuti. (Foto di Curt Doughty)

Ammiratori addolorati accesero candele e pregarono in silenzio durante
la commemorazione tenuta la domenica al Seattle Center. (Foto di Curt Doughty)

Il reverendo Stephen Towles tenne un discorso alla folla convenuta alla commemorazione tenuta a Seattle. (Foto di Curt Doughty)

Marco Collins e altri disc jockey di radio «alternative» locali condivisero col pubblico i loro ricordi di Cobain. (Foto di Curt Doughty)

Ragazzi, ammiratori e amici cominciarono a radunarsi al Seattle Center
già di prima mattina per la veglia funebre. Alla fine si contarono più di 4.500 persone.
(Foto di Curt Doughty)

NIRVANA

La notte tra sabato e domenica, nella città natale di Cobain - Aberdeen, nello stato di Washington - circa 300 ammiratori tennero una veglia funebre, alla luce delle candele, in un parco di fronte al mare, per ricordare il più famoso figlio della città. (AP/Wide World Photos)

A sinistra: La commemorazione di domenica fu patrocinata da tre stazioni radio locali. (Foto di Curt Doughty)

(Charles Hoselton/Retna Ltd.)

aveva la scimmia sulla spalla», egli riportò puntualmente le parole di Cobain senza smentirle né controbatterle. Qualche mese più tardi, dopo essere stato ingaggiato per scrivere la biografia ufficiale del gruppo, Azerrad chiese a Kurt perché avesse mentito.

La risposta che Kurt diede in quell'occasione illumina un aspetto della sua personalità che in molti sensi riassume i tremendi conflitti che il suo ruolo, recentemente – benché involontariamente – acquisito di «portavoce di una generazione», gli aveva scaricato addosso. «Avevo una responsabilità. Avevo la responsabilità di non far sapere ai ragazzi che usavo droga.» Per lui fu difficile, persino spaventoso accettarlo, ma «succede che ci sia molta gente interessata a quello che ho da dire». Il problema, aggiunse, era che «io sono confuso e insicuro come la maggior parte delle persone. Non ho una risposta per tutto».

Ed è anche significativo che Kurt, quando lo voleva, fosse perfettamente in grado di eliminare la droga dalle sue abitudini quotidiane per giorni, anche per settimane intere.

Forse era proprio questo che lo rendeva sempre più imprevedibile: il fatto che nessuno aveva mai saputo con certezza se lui si drogava o no; e nemmeno, anche dopo la sua ammissione di essere tossicodipendente, se i suoi tentativi di liberarsi dalla droga avrebbero funzionato. Per tutta la durata della gravidanza di Courtney, quando si bucava si accertava sempre che lei fosse altrove; o, se lei era in casa, si bucava in una stanza in cui lei non lo vedesse.

Poi Kurt smise completamente di bucarsi quando i Nirvana partirono per il tour dell'estate del 1992, un tour che comprendeva una sfilza di festival sempre più prestigiosi, fra i quali una presenza come nome più importante in cartellone all'annuale Festival di Reading, in Inghilterra: un autentico bagno di fango i cui spessi residui marrone ancora macchiano gli indumenti di chiunque sia stato abbastanza stupido da avvicinarsi troppo a quella buca lutulenta.

Per tutto il periodo in cui rimase fuori dagli Stati Uniti, Kurt si mantenne «pulito», sostituendo quella che stava rapidamente diventando un'abitudine che gli costava 400 dollari al giorno in eroina con un surrogato al metadone che almeno gli evitava crisi d'astinenza. Prima di allora, mentre sua moglie giaceva a letto in una corsia dell'ospedale Cedar-Sinai di Los Angeles, in preda ai dolori del travaglio, Kurt era stato in un altro letto in un'altra corsia dello stesso ospedale, a soffrire gli orrori altrettanto tremendi della disintossicazione. Com'era quella frase che disse una volta Grace Slick? «È dura tener d'occhio il bambino mentre stai facendo un viaggio in acido.» Kurt voleva essere «pulito» quando sua figlia fosse nata, e quando «Vanity Fair» pubblicò il suo articolo di accusa ai genitori della piccola Frances, Kurt poté onestamente presentarsi al mondo «pulito» e in buona salute. Riuscì persino a superare le ondate di shock seguite, nel gennaio del 1993, all'uscita di un articolo sul «Los Angeles Weekly», che raccontava della degenza di Courtney al Cedar-Sinai.

Meno di nove mesi dopo, tuttavia, Kurt era di nuovo tornato alla droga; e il 2 maggio 1993 dopo essere stato a una festa, tornò a casa da Courtney – nella loro villa sul mare della zona nord di Seattle – vacillante, delirante, in preda a una grande eccitazione. Nelle sue vene scorrevano trenta o quaranta dollari di eroina, benché non fosse immediatamente evidente il fatto che era in overdose.

Nel rapporto di polizia, Courtney dichiara che pensava che Kurt fosse in preda a una reazione allergica al cotone, provocata da una fibra di ciò che era stato usato per filtrare l'eroina – cotone, appunto, o un filtro di sigaretta – penetrata nel suo sistema circolatorio.

Secondo Courtney, non era la prima volta che accadeva una cosa del genere: ma stavolta era peggio, molto peggio. Mentre la madre e la sorella di Kurt, Kim, l'assistevano,

Courtney aveva fatto al marito, che diventava sempre più debole, un'iniezione di buprenorfina, uno stimolante che – benché catalogato fra i medicinali il cui possesso è illegale – è ritenuto dai medici capace di esercitare un effetto rianimante sia nei casi di shock anafilattico sia nei casi di overdose da eroina. Courtney gli aveva fatto anche inghiottire una manciata di pillole – quattro Tylenol, a base di codeina, tre Benadryl e un Valium, per cercare di provocargli il vomito.

Non ebbero effetto; niente aveva effetto. Alla fine, Courtney chiamò il pronto soccorso. Kurt fu trasportato d'urgenza all'Harborview Medical Center della Nona Avenue. E quella volta fu fortunato.

Il mese seguente, la polizia era di nuovo a casa dei Cobain; stavolta l'intervento era stato provocato dalle lamentele dei vicini per il baccano che proveniva dall'abitazione. Courtney aveva casualmente scoperto il posto in cui Kurt aveva messo le armi che teneva in casa: armi da fuoco nella stessa casa in cui c'era anche una bambina di nove mesi, già ficcanaso e curiosa.

La coppia aveva cominciato a litigare; poi – secondo quanto diceva la notizia così come fu raccontata dal mensile «Q» – l'alterco ricominciò quando i poliziotti, dopo aver sequestrato numerose armi da fuoco (comprese molte di quelle che sarebbero state restituite a Kurt pochi giorni prima del litigio con Courtney del 18 marzo), ricordarono loro che, secondo la legge locale, «una o l'altra delle due persone coinvolte in litigi domestici» deve essere portata in guardina. Perse Kurt, che trascorse le tre ore seguenti in camera di sicurezza prima di essere rilasciato senza incriminazione.

Quello che stupì i poliziotti era il fatto che adesso i due stavano litigando per decidere chi di loro due dovesse addossarsi la colpa!

Per tutta l'estate del 1993, l'uso di droga da parte di Kurt non fu mai lontano dal diventare evidente. Un'intervista dei Nirvana ad «Alternative Press» fu interrotta per più di mezz'ora quando Kurt, che si era già seduto a tavola e aveva già ordinato, improvvisamente si alzò annunciando che doveva andarsene per un momento, e uscì dal ristorante. Quando ritornò, il suo pollo era ormai freddo, Chris era scomparso, e Dave stava chiacchierando allegramente della sua passione per gli orologi antichi.

«Dov'è Chris?»

L'incaricato dell'ufficio stampa, che aveva ricevuto il compito di assistere a quella che ormai sembrava sempre più un'intervista nata sotto una cattiva stella, sospirò. «A casa.»

«Perché?»

«Ti stava aspettando, e...»

«E ha pensato che non sarei tornato, "quel fottuto drogato di Cobain, stavolta ha proprio passato il segno".» In effetti, spiegò Kurt con una tranquillità che i suoi occhi lampeggianti evidentemente smentivano, era andato dal suo chiropratico. «Mi sentivo malissimo, avevo bisogno di rilassarmi, mi sono fatto fare un fottuto massaggio. E anche se non fosse così, che cazzo gliene frega? Sono mai mancato a un concerto, o a un'intervista? È mai successo che non facessi qualcosa che avevo detto che avrei fatto, per qualsiasi motivo?»

La domanda era retorica, e del resto Kurt non si attendeva una risposta: non perché la sua pagella fosse immacolata, ma perché il vero punto della faccenda, il fatto che non avesse mai permesso alla droga di pregiudicare le sue esibizioni, era così pretestuoso che in ogni modo non poteva avere nessuna risposta.

Non aveva importanza se fosse mancato a qualche spettacolo, o anche solo se l'avesse rovinato. Il fatto era che il comportamento di Kurt stava rapidamente raggiungendo il punto di non ritorno, anche se ci sarebbero voluti altri nove mesi, e un altro frenetico periodo di tournée, prima che chiunque si rendesse conto di quanto velocemente ormai le cose stessero precipitando. Per il momento, Kurt era ancora capace – e desideroso – di far buon viso a cattivo gioco.

«Non abbiamo il diritto di lamentarci per il nostro successo» sorrise. «Siamo noi che abbiamo deciso di fare questo lavoro. E potremmo decidere di smettere in qualsiasi momento.»

Capitolo 7

Sembravano, scrisse la rivista «Sassy», Sid e Nancy. Il riferimento era al cult movie della metà degli anni Ottanta che raccontava gli ultimi giorni di vita dell'eroe punk Sid Vicious (dei Sex Pistols) e della sua ragazza, Nancy Spungen.

Non era un'osservazione troppo diplomatica. La storia dei due – noti tossicodipendenti, succubo e incubo – si concluse quando Sid morì nel febbraio del 1979, due mesi dopo essere stato arrestato e imprigionato con l'accusa di omicidio. Nancy era stata trovata, accoltellata a morte, nella stanza del Chelsea Hotel che la coppia stava occupando l'ottobre precedente. Dopo di allora, si era appiccicata addosso a Sid un'aura romanzesca che egli non aveva mai conosciuto durante la sua breve vita di ventunenne; un'aura che si era allargata fino a comprendere la sua relazione con la ventenne Spungen; e sostanzialmente aveva trasformato i due in una sorta di Romeo e Giulietta punk, che vivevano il loro fatale amore fino alla sua logica, tragica conclusione.

Tuttavia, a proposito di Kurt e Courtney l'analogia non era troppo forzata. Erano davvero drogati, erano davvero famosi, e quando scendevano negli alberghi si facevano registrare come il signor Simon Ritchie (il vero nome di Vicious) e signora.

Ma il collegamento finiva qui? A volte, riusciva difficile crederlo. Fino alla sua morte, Kurt sostenne che era stata una pura coincidenza il fatto che avesse incontrato le due influenze più importanti degli ultimi anni della sua vita – Courtney e l'eroina – quasi contemporaneamente, verso la fine del 1991. Kurt non smise mai di ripetere che era stato lui a convincere Courtney a provare l'eroina per la prima volta, e non viceversa, come alcuni sembravano ritenere. Kurt confessò perfino che Courtney provava tanta repulsione per gli aghi e le siringhe che, molto spesso, doveva essere lui a iniettarle la droga. Altrimenti, sosteneva, non si sarebbe mai decisa.

Courtney Love era l'archetipo della punk, anche se era un archetipo decisamente molto navigato. Era nata a San Francisco il 9 luglio del 1965, prima figlia di una famiglia che alla fine crebbe fino a contare cinque fratellastri e cinque sorellastre. Oggi, dice Courtney, «sono tutti diplomati, e hanno frequentato il college fin dalla nascita».

La madre di Courtney era la psicologa Linda Carroll, lei stessa non sconosciuta ai titoli dei giornali, in seguito al suo coinvolgimento nel caso dell'assassina fuggiasca Katherine Anne Power. Il padre, Hank Harrison, era l'autore di una biografia dei Grateful Dead (*The Dead: A Social History of the Haight-Ashbury Experience*). Aveva anche frequentato a lungo il gruppo, e nel 1969 la sua bambina, che allora aveva quattro anni, fu inclusa nella fotografia di amici e parenti utilizzata per la busta del terzo album dei Grateful Dead, *Aoxomoxoa*.

La famiglia si era trasferita a Eugene, nell'Oregon, e Courtney aveva fatto un primo tentativo di entrare nel mondo dello spettacolo: ispirato, ritiene lei, dall'aver visto Tatum O'Neal vincere l'Oscar per la sua interpretazione del film *Paper Moon* (*Luna di carta*). «Nel campo delle voci infantili per jingles pubblicitari e doppiaggi, ero la più richiesta di tutta la regione del Pacific Northwest.» Ma quando Courtney era ancora giovane i suoi genitori si separarono, e lei andò in Nuova Zelanda con la madre. Mamma viveva in una comune, e Courtney fu spedita in collegio. A dieci anni venne trasferita in un'altra scuola, in Inghilterra; a dodici anni tornò a Eugene, e andò a stare dallo psicologo della madre.

Sua madre si risposò, e all'inizio degli anni Settanta Courtney e la sua nuova famiglia vivevano nella vicina Portland. Fu lì che le venne imposta la residenza obbligata quando venne colta sul fatto mentre rubava in un negozio; e lei prontamente sfuggì all'obbligo scappando di casa. Quando ricomparve, venne inviata al primo di una lunga serie di collegi e di affidi familiari.

Rimase per un po' a Liverpool, in Inghilterra, aggirandosi negli ambienti dell'esplosiva scena musicale che aveva già dato origine a talenti del calibro dei Dead or Alive, degli Wah!, di Echo and The Bunnymen e dei Teardrop Explodes. Poi, nel 1983, ormai diciottenne, Courtney si procurò il suo primo impiego ben retribuito, lavorando in una discoteca per travestiti; l'anno seguente era a Minneapolis e fondava le Sugar Baby Doll con Kat Bjelland e Jennifer Finch, che poi daranno vita rispettivamente a Babes in Toyland e L7.

Il gruppo, ricordò lei in seguito, rabbrividendo, era «drammaticamente sul genere Lush, tutto voci femminili e roba simile. Spero che non venga mai a galla nessuna registrazione».

«Per tutta la mia adolescenza sono passata attraverso diverse situazioni e diversi ambienti del mondo dello spettacolo» disse Courtney una volta raccontando di quel periodo, e dicendo che l'unica cosa che aveva imparato era che a Minneapolis non c'era proprio nessun ambiente musicale. «È come un deserto.» Vedendola dall'esterno, la gente guarda e si stupisce: «Ehi, come dev'essere eccitante vivere in quella città, proprio là, facendo comunella con le star, vivendo di musica»; ma una volta che ci sei dentro «non significa un cazzo, ed è solo retrospettivamente che tutto quanto coagula nella tua mente, e ti sembra di coglierne un'essenza tangibile». E comunque Courtney aggiungeva anche, per buona misura: «Sono quasi troppo estroversa e troppo ostinata per sentirmi parte di un ambiente».

A San Francisco, Courtney collaborò per breve tempo come cantante con il gruppo che sarebbe poi diventato i Faith No More, quando la formazione stava muovendo i suoi primi timidi passi verso le luci della ribalta; e ottenne anche un breve ingaggio da parte dei Social Distortion. Fu pure sposata, per un po'. Poi si ritrovò in Alaska, dove era così al verde che accettò di lavorare come spogliarellista, e trascorse qualche mese sforzandosi di mettere insieme il denaro che le permettesse di tornare giù sulla costa occidentale, risparmiando tutto quel che poteva in ogni nuova città nella quale andava a spogliarsi. «Guadagnavo duecento dollari per sera come "Ragazza della Domenica", quando le ragazze del topless bar avevano il loro giorno libero; e li mettevo da parte per potermi comperare le chitarre.»

Finalmente ritornata a Los Angeles – dove comunque continuò a spogliarsi per mestiere, al Jumbo's Clown Room – Courtney si cimentò brevemente anche come attrice, riuscendo a farsi notare dal regista Alex Cox; e nel 1987 riuscì a ottenere uno dei ruoli principali in *Diritti all'inferno*,[4] un pop-spaghetti-western diretto appunto da Cox. Prima, però, aveva sostenuto un provino per il ruolo di protagonista di un altro film dello stesso regista: *Sid and Nancy*.

Alla fine le venne preferita Chloe Webb; Courtney comunque ottenne un ruolo secondario, una breve partecipazione – verso la fine del film – nella parte di una delle addolorate amiche di Nancy. Cinque anni più tardi, men-

[4] *Straight to Hell*. (*N.d.T.*)

tre il resto del mondo criticava Cox per non essere stato più preveggente, Courtney, almeno, era confortata dal fatto che la sua «grande occasione» fosse tramontata prima ancora di poter sorgere. «T'immagini cosa direbbero adesso...?»

«Pareva che potessi diventare una discreta attrice» ricordò lei. «Ma allora pensai: che senso ha inseguire la notorietà di per se stessa? Quanto devi essere pronta a tutto, per andare da Oprah o da Donahue[5] a raccontare di come e qualmente picchiavi a sangue il tuo bambino di quattro anni?»

Nel marzo del 1990, Courtney fondò il gruppo di cui è ancora oggi a capo, gli Hole, e venne immediatamente inserita in una categoria bell'e pronta, quel movimento «Foxcore» che Thurston Moore quasi per scherzo si era inventato per includervi appunto Hole, L7 e Babes in Toyland.

E non importava molto che gli Hole non fossero un gruppo esclusivamente femminile, che il chitarrista Eric Erlandson – reclutato dopo che aveva risposto a un annuncio fatto pubblicare da Courtney sul giornale di Los Angeles «Recycler» – facesse l'effetto «di un cazzo capitato per caso a una festa per sole fighe», come osservò un giornalista con crudele sarcasmo; perché il punto focale del gruppo era comunque Courtney... La prima volta che Kurt la vide, gli fece venire in mente Nancy Spungen: ma fu per via dei capelli biondi? O per il modo in cui diceva sempre quel che pensava, spesso dando l'impressione di parlare senza prima aver pensato quello che diceva?

L'arrivo di Courtney nell'entourage dei Nirvana avvenne attraverso Jennifer Finch, che a sua volta era un'amica di Dave Grohl. Quel che successe dopo sembra uscito pari pari da un romanzetto rosa da scuole superiori: Courtney

[5] Oprah Winfrey e Phil Donahue, notissimi conduttori di talk show della televisione americana. (*N.d.T.*)

disse a Dave che le piaceva Kurt, lui le disse che a Kurt piaceva il suo culo, e lei diede a Dave un regalo perché lo consegnasse a Kurt: una scatola rossa a forma di cuore, decorata di fiori e contenente pigne e conchiglie, una bambola e un servizio di tè da bambola. Kurt non le disse mai «grazie», ma il regalo lo colpì molto: tanto che in seguito sarebbe diventato non solo il soggetto di una canzone[6] ma anche l'immagine di copertina del primo singolo tratto dall'album *In Utero*.

Passarono i mesi, e le loro strade non si incrociarono più. Poi, nel maggio del 1991, entrambi andarono, separatamente, a un concerto dei Butthole Surfers al Palladium di Los Angeles. Fu Courtney a notare Kurt per prima: gli andò incontro e gli diede una pacca sullo stomaco. Lui restituì la botta, e così cominciò la loro storia. Invece che dirgli «a presto», Courtney gli diede un affettuoso arrivederci con un rapido calcio.

«C'è questa specie di sesto senso, una specie di radar delle groupies»[7] spiega una ragazza che dice di intendersene; «le groupies riescono a individuare un personaggio destinato a diventare una star a un chilometro di distanza, molto prima che ci riesca chiunque altro di quelli che sono pagati per farlo di mestiere. Il problema è che si può verificare che funziona solo quando la cosa è già successa. Quando Courtney cominciò a frequentare Kurt, il radar funzionava perfettamente: e allora? Nessuno pensava che Kurt potesse diventare una superstar di quelle dimensioni. Fu solo in seguito, quando i Nirvana esplosero, che la gente cominciò a dire: "Ah, il buon vecchio radar delle groupies non sbaglia".»

Courtney ammette che ci fu un periodo nel quale faceva gruppo con altre groupies più esperte. Ma questo acca-

[6] *Heart-shaped Box*. (*N.d.T.*)

[7] Ammiratrici di un gruppo rock, spesso tanto entusiaste da esprimere il loro apprezzamento anche sotto forma di favori sessuali. (*N.d.T.*)

deva all'inizio degli anni Ottanta, e lei non era tanto brava. «Ero incuriosita... ma non ero abbastanza carina. Non avevo stile, e non avevo tette.» E comunque, nei mesi precedenti all'uscita di *Nevermind*... prima ancora che si cominciasse a registrarlo, con tutta la buona volontà nessuno avrebbe pensato che la stella di Kurt sarebbe diventata più luminosa di quella di Courtney. Lei rivelò in seguito che, la prima volta che parlarono della possibilità di sposarsi, chiese a Kurt di firmare un accordo prematrimoniale... per essere sicura che lui non potesse scappare col denaro di lei!

Il primo album degli Hole, *Pretty on the Inside*, aveva sfondato nelle classifiche indipendenti inglesi, e il personaggio di Courtney – quello di una ragazza da amare o da detestare, ma comunque appassionatamente – aveva suscitato più interesse presso la stampa musicale britannica di quanto potesse mai sperare qualsiasi altro fenomeno grunge di Seattle.

«Anni fa, in una certa città,» scherzava Courtney all'inizio del 1994 «la mia reputazione era così pessima che, ogni volta che andavo a una festa, ci si aspettava che dessi fuoco al locale e sfasciassi tutte le finestre. Così, quando mi trovavo in qualche situazione mondana, facevo del mio meglio per dimostrarmi davvero gentile, tranquilla e riservata» – caratteristiche che Dennis Cooper della rivista «Spin», esaminando la sua «diabolicamente splendida immagine di derivazione punk» ipotizzava fossero più simili alla vera signora Love di quanto lei stessa fosse disposta a far trapelare. «Ma qualche volta, quando la gente ti opprime così tanto, e vuole che tu ti comporti in una certa maniera, finisci col farlo davvero, perché sai di poterlo fare.»

Le voci sul suo caratterino divennero leggendarie, prima a Seattle e dintorni, poi diffondendosi a macchia d'olio in tutta l'industria discografica. Una lunga disputa con gli Shadow Project, il gruppo di rock post-gotico, continuò a inasprirsi persino dopo che il gruppo si era sciolto; secondo la chitarrista Eva O, «Courtney era furibonda perché pensava che io avessi portato via la bassista degli Hole, Jill Emery, per farla entrare negli Shadow Project. Forse dimenticava che Jill e io, prima che lei entrasse negli Hole, avevamo già lavorato insieme a lungo» (nelle Superheroines, un gruppo assai rimpianto).

Pare che Calvin Johnson, presidente della K Records – un'etichetta discografica di Olympia – una sera fosse stato preso a botte da Courtney, e questo nonostante il marito di lei ostentasse orgogliosamente sul braccio un tatuaggio artigianale con il simbolo dell'etichetta K Records. Victoria Clarke, autrice di una biografia non ufficialmente autorizzata dei Nirvana (per il momento ancora inedita), pare che sia stata un'altra vittima dell'ira di Courtney; e una sera, in una sala da gioco di Seattle, una giovane fan dei Nirvana che l'aveva gratificata dell'appellativo «Courtney Whore»[8] finì anche lei col prendersi un pugno. Secondo Courtney, ci sarebbe stato molto altro da raccontare a proposito di queste dicerie, ma lei non voleva toccare l'argomento. «Tutti si divertono a spettegolare su di me» sorride Courtney. È stata lei a rivelare di aver collegato il suo computer al network telematico America Online, semplicemente all scopo di poterci inserire il suo nome, «e leggere tutte quelle sciocchezze sul mio conto che ci mettono dentro».

In effetti, di storie incredibili ce n'erano dovunque, specialmente riguardanti il rapporto tra Courtney e Kurt. Fra i chilometri di pellicola girati per il film dei Sonic Youth *1991: The Year That Punk Broke*, c'è una scena ripresa al Festival di Reading del 1991. I Nirvana erano piazzati verso la metà del programma della prima giornata, nel pomeriggio, subito prima dei Chapterhouse; Kat Bjelland, Kim Gordon dei Pixies e Courtney sono sedute nel retropalco quando un cineoperatore passa davanti alla porta: Court-

[8] «Courtney Troia». (*N.d.T.*)

ney guarda diritto nell'occhio della telecamera e dice: «Kurt Cobain mi fa fermare il cuore. Ma è uno stronzo». Poi esce dalla stanza.

Quello che, retrospettivamente, sembrava rendere questo particolare episodio così significativo, era il fatto che in quel periodo, per tutta la durata del primo mese della sua amicizia con Kurt, Courtney continuava a uscire regolarmente con Billy Corgan, il leader degli Smashing Pumpkins, un gruppo rapidamente emergente di Chicago. Come i Nirvana, gli Smashing Pumpkins avevano di recente registrato in studio con Butch Vig; ma mentre *Nevermind* era ancora fermo ai blocchi di partenza, *Gish* – l'album degli Smashing Pumpkins – era già in stato di avanzata realizzazione: un bollente pot-pourri di punk degli anni Novanta e di rock degli anni Settanta, passato attraverso lo smeriglio dell'originale creatività di Corgan.

«Courtney... ha influenzato profondamente i miei testi e la mia musica» disse Corgan ad «Alternative Press». «Se decidesse di diventare un'artista solista, potrebbe oscurare la fama persino di Patti Smith: ha un enorme talento grezzo. E per quanto riguarda l'intelligenza, è quasi un genio, alla sua folle maniera.» Ma, diceva la pessimistica previsione di Corgan, «non avrà mai davvero quello che si merita, perché in un certo senso è un personaggio da fumetti».

E, alla luce delle conseguenze provocate dall'articolo di «Vanity Fair» che quasi rovinò la vita di Kurt e Courtney, Corgan continuava, «lei è parossisticamente presa dall'idea del rock'n'roll, dalla mitologia di questa musica: assicurarsi che tutti pensino che sei uno giusto, farsi di droga...».

Secondo Corgan, Courtney stava per andare a trovarlo quando prese un volo da Chicago il 12 ottobre del 1991. I Nirvana erano in città proprio quella sera, e davano un concerto al Cabaret Metro; ma fino a quando Corgan, per usare le sue precise parole, diede fuori di matto e la cacciò via di casa sua, Courtney non aveva alcuna intenzione di assistere a quello spettacolo. Poi, invece, andò al concerto, o perlomeno alla festa che seguì; e lì, ancora stando a quanto racconta Corgan, «perde completamente il controllo, va a casa di Kurt, lo scopa, mi telefona il mattino dopo e mi implora di lasciarla ritornare a casa mia. È andata così».

E questa versione è in un certo senso più prosaica di quell'altra che – quando Kurt ne fu messo al corrente – quasi lo fece inorridire dal disgusto: che Courtney l'aveva tampinato alla festa, e avevano fatto sesso al bar sotto gli occhi di tutti. In realtà, il massimo che fecero per consumare sessualmente una relazione che entrambi ormai sapevano era destinata a nascere furono un bacio e un po' di petting... e un'improvvisata esibizione di travestimento da parte di Kurt. Quando era stata sbattuta fuori dall'appartamento di Corgan, Courtney aveva raccattato qualcosa del suo bagaglio: una sacca di biancheria intima, dalla quale Kurt fu tanto affascinato che finì con l'indossarla lui.

Quella di Courtney ai concerti dei Nirvana, durante il tour americano dell'autunno del 1991, diventò una presenza abituale; e altrettanto in Europa, dove il tour degli Hole seguiva un itinerario simile a quello del gruppo di Kurt. Simile, ma non uguale: Courtney annullò almeno un concerto soltanto per poter andare ad Amsterdam e passare un po' più di tempo con Kurt. E come Chris e Dave, i compagni di gruppo di Courtney non potevano fare molto di più che guardare i due piccioncini che tubavano.

C'era qualcosa di coercitivo in maniera quasi allarmante in quella relazione: c'è sempre, quando due persone tanto emotive vengono a contatto, in amore, in guerra o in qualsiasi altra circostanza. Corrosivi fin quasi al punto di autodistruggersi, i due sembravano moltiplicare le già frequenti occasioni in cui si prendevano a botte. Per ritornare un momento alla festa di Chicago, a un certo punto, tra il bacio e la sfilata di biancheria intima, i due litigarono rabbiosamente arrivando a lanciarsi addosso i bicchieri.

Courtney lo definiva «un rituale d'accoppiamento per

gente affetta da disfunzioni», e Kurt ammise che metà del divertimento che veniva dallo stare in pubblico con Courtney era la consapevolezza che in qualsiasi momento qualcuno sarebbe potuto balzar su e assalirla con un coltello: semplicemente perché «lei sembra... il tipo di persona che calamita cose come queste». Lei contraccambiò definendolo «un gran maiale scontroso». Sapeva, come sapevano tanti degli amici di Kurt, che lui non era sempre così.

Kurt aveva anche un altro ordine del giorno, comunque: sapeva che il resto del gruppo – il resto dell'entourage dei Nirvana, quanto a questo – avrebbe avuto grossi problemi, quando avesse saputo che Courtney era diventata una presenza fissa nella sua vita. Poteva quasi già vedere la scena svolgersi davanti ai suoi occhi, come quella sequenza del film *Spinal Tap* in cui la ragazza di Derek Smalls prende in mano il comando, o la visione d'incubo evocata da tante biografie dei Beatles: Yoko Ono col cappello a punta e un lungo mantello nero, che lancia il suo incantesimo da artista d'avanguardia contro l'indifeso John Lennon, «...la troia che sta rovinando i Nirvana...» diceva lei con espressione impassibile: ma, anche se riusciva a sorridere dicendolo, ne era ferita.

Ma Derek Smalls aveva avuto quello che aveva voluto, Lennon aveva preso ciò di cui aveva bisogno. E per restare alla realtà, al di là della finzione cinematografica, il paragone con Yoko Ono aveva ulteriori ragioni di reggere. Quando il Re dei Capelloni descriveva *Don't Worry Kyoko* – nient'altro che lancinanti stridori di chitarre mescolati agli acuti gemiti di Yoko per una durata variabile fra i quattro e i quattordici minuti[9] – come «uno dei più grandi dischi di rock'n'roll mai incisi», sicuramente lo diceva per

[9] Si riferisce a un brano più volte presente nella discografia di John Lennon da solista. È il movimento conclusivo della suite del lato 1 di *Unfinished Music N°2: Life With The Lions* (1968), e in questa versione, col titolo *Mummy's Only Looking For Her Hand in the Snow,* non ha indicazione di durata (l'intera suite

spirito di contraddizione, ma al tempo stesso stava anche dicendo la verità, almeno così come la vedeva.

Courtney, che era sempre – almeno sembrava – al braccio di Kurt o al suo seguito, e spiccava fra la folla come un fantoccio a molla urlante dagli occhi spiritati, entrò perfettamente nel modello del ruolo: e se lo tenne ben stretto. La notizia che la coppia aveva intenzione di sposarsi, comunicata alla stampa meno di un mese prima che Courtney scoprisse di aspettare un figlio da Kurt, rafforzò la sua immagine pubblica. La cerimonia si tenne il 24 febbraio a Waikiki, proprio al termine del tour in Estremo Oriente dei Nirvana.

Sicuramente, in ogni caso, c'erano altri problemi più importanti da risolvere. Kurt prendeva ancora eroina in abbondanza; e l'opinione generale, ovviamente, era che Courtney facesse lo stesso. Secondo Kurt, tuttavia, anche nel periodo in cui ne fece maggiore uso, la quantità di eroina assunta da Courtney era praticamente trascurabile; e nel momento in cui lei scoprì di essere incinta, smise completamente di bucarsi. Poco tempo dopo, la coppia consultò uno specialista in deformazioni fetali; il medico li assicurò che, se la crisi di astinenza non fosse stata troppo grave (e nel caso di Courtney non lo fu), l'assunzione di eroina nei primi tre mesi di gravidanza non avrebbe provocato gravi pericoli al nascituro.

dura comunque 26 minuti e 30 secondi); compare come lato B del singolo *Cold Turkey* (1969) col titolo *Don't Worry Kyoko (Mummy's Only Looking For a Hand in the Snow)*, e qui dura tra i 4 minuti e i 4 minuti e 52 secondi, a seconda dell'edizione del disco; è presente, di nuovo col titolo *Don't Worry Kyoko (Mummy's Only Looking For a Hand in the Snow)*, in una esecuzione in concerto della durata di 4 minuti e 20 secondi, sul lato B dell'album *Plastic Ono Band - Live Peace in Toronto 1969*; e ancora, col titolo ridotto a *Don't Worry Kyoko*, è il secondo brano del lato A del secondo dei due dischi che compongono l'album registrato in concerto *Some Time in New York City* (1972): stavolta è accreditato al Plastic Ono Supergroup, e la durata indicata è 14 minuti e 42 secondi. Per la cronaca, il brano è incluso anche nel doppio album di Yoko Ono *Fly* (1971), ancora col titolo abbreviato e la durata portata a 4 minuti e 51 secondi. (*N.d.T.*)

Comunque, c'è una bella differenza tra un parere medico riconosciuto come valido e l'irrazionale reazione della pubblica opinione, specialmente quando si tratta di droga e di bambini. Persino Chris e sua moglie Shelli erano furiosi all'idea che la coppia in quella situazione potesse persino pensare di permettere la nascita del bambino; una frattura nell'amicizia fra Chris e Kurt che ebbe come risultato la significativa assenza dei Novoselic all'imminente sposalizio.

La cerimonia nuziale si tenne sulla cima di una collina di fronte al mare: Kurt indossava un pigiama verde, Courtney una veste di pizzo che era appartenuta all'attrice Frances Farmer. Era presente solo un piccolo gruppo di invitati: Dave Grohl, l'assistente di Kurt per le chitarre Nick Close, il tecnico del suono del gruppo Ian Beveridge, l'organizzatore dei tour Alex MacLeod, il testimone e vecchio amico Dylan Carlson con la sua ragazza.

Fu una celebrazione breve e non del tutto allegra; l'assenza di Chris, in particolare, stese un velo di tristezza su tutta la scena. Ma, intimamente, Kurt parve rispettare la presa di posizione del suo bassista. Proprio come lui stesso voleva avere diritto a certe convinzioni che a volte calpestavano anche i desideri più profondi dei suoi migliori amici, allo stesso modo riconosceva che anche gli altri avessero la possibilità di prendere le proprie decisioni e mantenerle. Anche questo, pensava Kurt, era uno dei doveri insiti nel ruolo di portavoce di una generazione.

Per Kurt e Courtney – e, logicamente, anche per i Nirvana – buona parte del 1992 fu assorbita dai preparativi per l'arrivo del bambino, anche se il gruppo di rado risultò assente dalla luce dei riflettori.

In marzo venne pubblicato il primo manufatto di quella che poi sarebbe diventata una piccola industria artigianale, destinata alla produzione di versioni «leggere» e commerciali di canzoni dei Nirvana. Si trattava di *Smells Like Teen*

Spirit nell'interpretazione di Tori Amos, che Kurt prontamente, ma non sgarbatamente, etichettò con le parole «una bella versione, da colazione a base di fiocchi d'avena».

C'era anche una musicassetta che circolava semiclandestinamente a Seattle nel circuito underground: conteneva l'esecuzione, da parte di Sara deBell, della stessa canzone in puro stile muzak.[10] La Muzak Corporation, peraltro, aveva il suo quartier generale a Seattle, e fra l'altro in diversi periodi aveva dato lavoro a molte delle persone – compreso Bruce Pavitt, il fondatore della Sub Pop – che poi si sarebbero messe insieme per creare quello che sarebbe stato chiamato Seattle Sound. *Grunge Lite* fu pubblicato nel 1993 dall'etichetta locale C/Z.

Questi primi tributi ai Nirvana, e in particolare all'elenco in rapida crescita di prove documentali del genio di compositore di Kurt, erano tanto inattesi quanto benvenuti, anche se quando il gruppo, sempre in marzo, fu scosso da una disputa in merito a una corretta suddivisione delle percentuali editoriali, quelle pubblicazioni discografiche avrebbero potuto solo generare ulteriori turbolenze in acque già agitate.

All'inizio, ai tempi di *Bleach*, le percentuali erano divise in tre parti uguali tra i componenti del gruppo; adesso Kurt esigeva una fetta del 75 per cento delle royalties, che era più proporzionata al suo effettivo, concreto contributo al repertorio dei Nirvana. Dave e Chris convennero che era una decisione corretta; anche se non c'era il suo nome sotto ognuna delle singole canzoni, Kurt era già universalmente considerato il principale compositore dei Nirvana: con tutte le tensioni e le persecuzioni che questo ruolo poteva contemplare.

[10] Musica di sottofondo melensa e sdolcinata, come quella che viene trasmessa nei supermercati e negli ascensori. Prende il nome da un'organizzazione che fornisce musica preregistrata da utilizzare come sottofondo in locali pubblici. (*N.d.T.*)

Quel che bruciava era la sua pretesa, sei mesi dopo l'uscita di *Nevermind*, che il nuovo accordo venisse applicato retroattivamente: una richiesta che significava, sostanzialmente, che i compagni di gruppo di Kurt non avrebbero più visto un soldo di quelli fruttati da *Nevermind* finché lui non avesse finito di percepire le sue spettanze. Nel caso-limite che *Nevermind* smettesse di vendere tanto improvvisamente quanto aveva cominciato, sarebbe persino potuto succedere che Chris e Dave si trovassero addirittura in debito con Kurt.

I loro tentativi di far ragionare Cobain, però, non arrivarono a nessun risultato. Per una settimana ci furono cornette di telefoni sbattute da entrambe le parti, e Kurt arrivò persino a meditare di lasciare il gruppo, incapace – si lagnava – di credere che i suoi colleghi fossero «così gretti». Questa era, pare, la situazione quando Chris e Dave si arresero. Kurt ottenne il suo denaro: ora tutto ciò che restava da vedere era se quei soldi l'avrebbero reso più felice di quel che era. O più fortunato.

Mentre l'anno avanzava, sembrava che la risposta a entrambe le domande fosse un sonoro «no».

In luglio, con i Nirvana in Europa impegnati in una serie di concerti in Irlanda e in Scandinavia (le cui date erano state rifissate dopo essere state annullate prima di Natale) seguiti da altri in Francia e Spagna, fu pubblicato il terzo singolo tratto da *Nevermind*: *Lithium*, che aveva in copertina un fotogramma dell'ecografia cui si era da poco sottoposta Courtney. Proprio come i medici avevano predetto, e come i Cobain avevano sostenuto rabbiosamente, il nascituro stava bene: anche se Kurt sosteneva che assomigliasse a un fagiolo.[11] Courtney del resto era della stessa idea; così la bambina aveva già pronto metà del suo nome.

Ma, ancora una volta, la divaricazione tra opinione pub-

[11] «Kidney bean», fagiolo comune o fagiolo di Spagna. La bambina fu chiamata Frances Bean. (*N.d.T.*)

blica e opinione scientifica era ampia e indistinta; e il tour europeo – svoltosi nel momento più rovente della questione delle percentuali – vide i Nirvana procedere barcollando di crisi in crisi.

Kurt era per il momento fuori dall'eroina, e sublimava il suo desiderio di droga con un surrogato al metadone; Courtney, incinta di sei mesi e, a quanto pareva, impegnatissima con grande soddisfazione a esibire tutta la vasta gamma di mutamenti repentini d'umore cui i suoi ormoni volessero sottoporla, era «pulita» anche lei. Ma chi avrebbe potuto credere vera questa storia, specialmente dopo che Kurt il 23 giugno fu ricoverato d'urgenza in ospedale, a Belfast, a causa di... cosa?

La Gold Mountain diffuse una versione dei fatti secondo la quale Kurt aveva mangiato troppe schifezze, e soffriva di ulcera emorragica. Kurt da parte sua era convinto di aver dimenticato di prendere la sua dose di metadone dopo lo spettacolo della sera prima, ed ora il suo stomaco gli faceva tanto male che tutto ciò che desiderava era essere portato via e riempito di morfina. E qualcun altro decise per conto suo che Kurt era deceduto per overdose di eroina, e telefonò ai quotidiani inglesi per metterli a parte della tragedia.

La Gold Mountain prontamente assunse due guardie del corpo, dando loro precise istruzioni di non perdere mai di vista Kurt e Courtney. Sfortunatamente, avrebbe dovuto anche avvertirli che Kurt e Courtney non avrebbero dovuto sapere della loro presenza; e certamente li avvertì di non limitarsi a star seduti fuori della loro stanza d'albergo, in attesa che la coppia uscisse al mattino.

Kurt si rimise in piedi molto in fretta, e approfittando di un attimo in cui i suoi custodi si erano allontanati («anche i sorveglianti devono andare in bagno!» commentò ironicamente qualcuno), lui e Courtney impacchettarono in fretta le loro cose e lasciarono di corsa l'albergo. Scesero in un altro hotel, e per ventiquattr'ore rimasero intenzionalmente, allegramente segregati, seduti in camera a immaginare il casino che sarebbe scoppiato quando la loro sparizione fosse stata scoperta.

A parte le apprensioni dell'entourage dei Nirvana a proposito dell'influenza esercitata da Courtney sul comportamento del marito (comportamento che, in ogni modo, era andato sempre più peggiorando con il procedere del tour), c'erano anche alcuni concreti timori per le condizioni di lei.

Nessuno dubitava – anche se non potevano dimostrarlo – che la vita di tournée non fosse la più salubre per una giovane donna incinta di sei mesi: e quando il tour arrivò a toccare la Spagna, sembrava che le peggiori paure stessero per trovare conferma.

Courtney cominciò ad avvertire contrazioni: di modesta entità, come si venne poi a sapere, rispetto agi effettivi dolori del parto imminente, ma sufficienti a farle credere che qualcosa nella sua gravidanza stesse andando terribilmente male. E quel che era peggio, i Nirvana stavano proprio per salire sul palco quando si verificò l'emergenza.

Per alcuni drammatici minuti Kurt rimase incapace di decidere: doveva tenere lo spettacolo, e sperare che tutto andasse bene, o mollare tutto e accompagnare sua moglie all'ospedale? Kurt scelse la prima soluzione, ma appena il concerto fu terminato si precipitò al capezzale di Courtney.

Si rivelò un falso allarme; ma, per stare sul sicuro, l'ostetrico della coppia, consultato telefonicamente, consigliò ai due di tornare immediatamente a Los Angeles. Kurt e Courtney seguirono la raccomandazione, e così si trovarono di fronte a un'altra calamità.

Mettendo in atto la sua personale interpretazione del concetto di sicurezza domestica, a Kurt era venuta l'idea di mettere i suoi beni più preziosi – la sua chitarra, alcuni taccuini d'appunti, e alcuni nastri registrati – in bagno. «A nessuno verrebbe mai in mente di guardarci!» ridacchiava soddisfatto. «Non esiste un ladro al mondo che penserebbe di svaligiare un bagno.»

Può darsi che su questo avesse ragione. Quello che però non aveva considerato erano le condizioni dell'impianto idraulico del loro appartamento di Fairfax. Durante l'assenza di Kurt e Courtney, molte decine di litri di acqua di fogna maleodorante erano rigurgitati con violenza su dallo scarico del gabinetto, ovviamente inondando il bagno e rovinando i taccuini, i nastri e la chitarra di Kurt.

E non fu solo Kurt a essere colpito da questa terrificante sequenza di disavventure. «Ci hanno scaricato addosso le peggiori nefandezze» raccontò Grohl ad «Alternative Press» l'anno seguente. «Ed erano quasi tutte bugie.» Il resto, sembra, era pura e semplice avidità opportunistica.

Verso la fine degli anni Sessanta, dalla scena dell'underground psichedelico inglese era emerso un gruppo di nome Nirvana. Non era male, con quella sua musica bizzarra, onirica, multistrumentale; e mentre il decennio procedeva verso la conclusione, il gruppo – composto da Patrick Campbell-Lyons e Alex Spiropoulos – pubblicò cinque album, qualche singolo, e ottenne un piccolo successo: *Rainbow Chaser*, che entrò nella Top 40 nel maggio del 1968.

Nel 1972, il gruppo aveva fatto il suo tempo, e anche se Campbell-Lyons ne rispolverò brevemente il nome nel 1976, nel 1978 e nel 1981, nemmeno una raccolta di brani del loro periodo di mezzo, per quanto bene accolta, spinse la gente a riversarsi per strada e scriverne il nome sui muri del mondo con la vernice spray. Dopo due interi anni di carriera e di successi dei Nirvana americani, tuttavia, questi fantasmi di un lontano passato riemersero al mondo, sollevando la stessa questione che, storicamente, si era rivelata lo spauracchio di tanti gruppi inglesi in America: il nome è nostro, e voi lo state rovinando.

(Stranamente, i Nirvana non erano il primo gruppo con quel nome a uscire dall'oscurità con le zanne sguainate, nei mesi seguenti a *Nevermind*: un gruppo di rock «cristiano» anch'esso chiamato Nirvana aveva sporto querela sul finire del 1992, dopo che la platea di un loro spettacolo a Los Angeles era stata invasa da una folla di ragazzi che volevano a ogni costo ascoltare *Teen Spirit*. Finì che i Nirvana del nordovest acquisirono a pagamento il copyright del nome dai loro omonimi e rivali del sudovest.)

La vertenza non arrivò mai in tribunale: secondo Dave Grohl, era più facile tacitare pagando che costringere i ricorrenti a dimostrare le loro ragioni davanti al giudice. «Quando tutta questa storia sarà finita,» brontolò Grohl «voglio diventare avvocato.»

Tutto questo, comunque, era niente in confronto alle nuvole di tempesta che si stavano addensando, impreviste se non del tutto inattese, all'orizzonte, pronte a scaricarsi proprio alla vigilia della data prevista per la nascita della piccola Bean.

Anche col senno di poi, ci si può domandare che cosa con precisione Courtney abbia pensato che volesse da lei la rivista «Vanity Fair». Vero, era una musicista, e anche una musicista piuttosto nota. Vero anche che la Geffen aveva appena riunito lei e Kurt nella propria scuderia artistica, pagando – si disse – un milione di dollari per far firmare un contratto agli Hole. E questo già di per sé poteva meritare un articolo.

Ma «Vanity Fair» non va certo famosa per dedicare grande attenzione alle vicende dell'industria della musica; e l'intervistatrice, Lynn Hirschberg, era unanimemente ritenuta una delle penne più virulente del Quarto Potere. Bene che andasse, come riconobbe più tardi la stessa Courtney, l'articolo che ne sarebbe seguito avrebbe ulteriormente rafforzato la sua reputazione anti-sistema. E alla peggio? È molto improbabile che qualcuno – Courtney, la Geffen, la Gold Mountain, o chiunque altro dei parenti, amici e colleghi della coppia – abbia mai potuto immaginare nemmeno lontanamente quello che accadde. Anche se, forse, avrebbero dovuto sospettarlo...

In che momento esattamente il profilo giornalistico di Courtney Cobain diventò, nella mente della sua autrice, la tribuna per un'indignata arringa sulla rettitudine morale? Prima dell'intervista, quando Courtney era ancora soltanto poco più che una finzione di scandalosa fantasia?

O più tardi, mentre la Hirschberg stava documentandosi, quando improvvisamente si ritrovò praticamente accerchiata da addetti ai lavori (tutti rigorosamente anonimi) che si dichiaravano «preoccupati per la salute del bimbo» (non ancora nato)? Quando si rese conto che, a dispetto del suo avanzato stato di gravidanza, Courtney continuava a fumare sigarette? O quando Courtney fece quella dichiarazione – che, stampata sulle pagine del giornale, sarebbe suonata come un'esplicita ammissione – a proposito del fatto che aveva continuato a usare eroina per «un paio di mesi» dopo aver saputo di essere incinta?

L'articolo della Hirschberg fu tacciato di cattiva informazione ed errata interpretazione. Dimostrando comprensione per la situazione di Courtney, molti giornalisti metodicamente e diligentemente sottolinearono un buon numero di sostanziali, fondamentali errori contenuti nell'articolo: soprattutto nomi, date e luoghi.

Altri descrissero le proprie esperienze professionali con Courtney, sottolineandone l'inclinazione al sarcasmo e all'ironia, poi mettendo in discussione l'interpretazione che la Hirschberg sembrava voler costruire su questa osservazione: «Se mai c'è un periodo in cui qualcuno *dovrebbe* fare uso di droga, è quello in cui è incinta, perché fa schifo». Ma tutto questo accadde solo dopo il fatto.

L'articolo della Hirschberg comparve sul numero di settembre di «Vanity Fair», che arrivò nelle edicole proprio due settimane prima della data prevista per la nascita del bambino. Courtney si fece immediatamente ricoverare in ospedale, solo per sottrarsi al frenetico carosello dei media che le stava già esplodendo intorno; Kurt la seguì, facendo ricorso a una forza di carattere che lui stesso non era certo di possedere, e disintossicandosi – per parafrasare Courtney – in quello che è forse l'unico altro periodo in cui una persona dovrebbe fare uso di droga: quando il mondo intero gli è appena crollato addosso.

Nel mondo di fuori, i piranhas erano in piena frenesia. La loro preda era crollata, riuscivano a sentire l'odore del sangue, ma quelle maledette porte d'ospedale opponevano resistenza. L'opinione pubblica, invece, no. Improvvisamente sembrò che, in qualsiasi posto, ogni riferimento a Courtney, a Kurt e al bambino ancora non nato fosse accompagnato da orripilanti fotografie di bambini nati deformi a causa degli stupefacenti, e da esortazioni non solo che il bambino fosse portato via ai genitori subito dopo la nascita, ma anche che i genitori stessi fossero espulsi dalla società. Gente che non conosceva la coppia, che – fino a quando esplose il caso – avrebbe tranquillamente potuto trascorrere la vita intera ignorandone completamente l'esistenza, improvvisamente esigeva di averne la testa su un vassoio d'argento.

E questo sembrò sicuramente succedere all'Istituto per l'Assistenza ai Minori della contea di Los Angeles, la cui azione nei confronti di Kurt e Courtney parve essere fondata sulle rivelazioni della Hirschberg, e su un esame delle urine che risaliva a un controllo al quale Courtney si era sottoposta mesi prima, nei primi novanta giorni della gravidanza. La prova era insufficiente – e l'avvocato dei Cobain si batté come un leone – ma impressionò il Tribunale della Famiglia. Subito prima della nascita di Frances, il tribunale ordinò che Kurt si sottoponesse ad altri trenta giorni di disintossicazione.

Frances Bean Cobain nacque alle 7,48 del mattino del 18 agosto 1992. Secondo la leggenda, non appena Courtney iniziò il travaglio, saltò giù dal letto e, trascinandosi dietro il trespolo della fleboclisi, attraversò l'ospedale fino ad arrivare alla stanza di Kurt, urlandogli di alzarsi. «Non mi lascerai farlo da soli, vaffanculo!» Rendendosi a malapena conto di quanto stava succedendo, Kurt seguì Courtney che tornava in sala-parto, poi vomitò e svenne proprio quando la bambina cominciava a venire alla luce.

Prese il nome da Frances McKee dei Vaselines; se fosse stato un maschio, sarebbe stato chiamato come un altro componente dello stesso gruppo, Eugene Kelly. Fu solo in seguito, dopo la pubblicazione del terzo album dei Nirvana, che la gente cominciò ad associare il nome della bambina con quello dell'attrice Frances Farmer. Sarebbe senz'altro stata una scelta appropriata.

All'inizio di settembre, Kurt e Courtney si ripresentarono davanti al Tribunale della Famiglia. Ancora una volta il caso non fu dichiarato concluso; finché non lo fosse stato, Frances sarebbe rimasta affidata alle cure di Jamie, una delle sorelle di Courtney. Per il mese che seguì, Kurt e Courtney ricevettero la proibizione legale di essere lasciati soli con la loro bambina.

Fu un periodo dolorosissimo, ma la coppia dovette necessariamente superarlo da sola. Quel che è certo è che non potevano aspettarsi alcun aiuto da nessuna parte.

«Uno dei motivi per i quali avevamo firmato per la Geffen,» ricordò più tardi Kurt «è che crediamo nei valori rappresentati e sostenuti da David Geffen, che è una visione del mondo molto di sinistra, molto altruista, molto sincera. Lui ha detto che alla sua età» (nel 1993 aveva 49 anni) «non sapeva nemmeno cosa fosse la Musica Alternativa. Ma la sua visione globale del mondo è Alternativa.

L'altra faccia di questa medaglia è che lui non se la sente di proteggere i suoi artisti allo stesso modo in cui, per esempio, lo fanno certe etichette discografiche della costa orientale degli Stati Uniti che hanno i contatti giusti con la malavita organizzata.»

Nel momento più caldo della frenesia suscitata da «Vanity Fair», nella quale i quotidiani pettegoli sguazzavano,

Kurt si mise in contatto con i vertici della sua casa discografica per vedere se era possibile muovere qualche leva, e soffocare le bugie che continuavano a circolare. «Ho scoperto che David non fa le cose in questa maniera. Abbiamo proprio dovuto resistere alla tempesta» – resistere, e stare a guardare mentre l'immagine pubblica del suo gruppo continuava a cadere sempre più in basso nell'abisso... e Kurt, da parte sua, precipitava ancora più a fondo.

In qualche strato profondo della loro mente, i Cobain sapevano che avrebbero dovuto trovare qualche conforto dalla consapevolezza che spesso si rivela davvero difficilissimo fare sì che un bambino venga sottratto, anche temporaneamente, alla custodia dei suoi genitori. I legami di sangue sono così forti, e così importanti, che persino la Legge, con la sua proverbiale ottusità, ci pensa due volte prima di tentare di reciderli.

Ma anche se soffrivano per l'allontanamento della loro bambina appena nata, Kurt e Courtney non cercavano consolazione, né del resto si aspettavano di riceverne. Si è detto spesso – di solito da parte delle classi sociali inferiori e disagiate, che stanno a guardare mentre le persone del loro stesso rango ma in miglior situazione economica se la passano liscia, che c'è una legge per i ricchi e una per i poveri. E così è, a volte: ma se la domanda fosse stata posta ai Cobain nel settembre del 1992, non ci sono dubbi su quale delle due condizioni avrebbero scelto.

Loro erano trattati in quel modo perché erano ricchi, o almeno perché erano famosi. Era come ritrovarsi nell'Inghilterra degli anni Sessanta, con le forze della Legge, dell'Ordine e della Deferenza verso un non meglio specificato Bene Comune che si scagliavano come l'ira divina contro i Beatles, o gli Stones, o qualsiasi altra pop star con i capelli lunghi che osasse mettere in discussione la maniera nella quale le cose erano sempre state fatte prima, e magari persino avanzare dei suggerimenti su come queste potessero essere migliorate.

Era ridicolo: ma le autorità cominciarono persino a prendersela con qualcuno perché indossava una T-shirt del gruppo. A un dipendente della Geffen che stava prelevando denaro a un bancomat la polizia ordinò di togliersela e di rimettersela rovesciata, perché offendeva i passanti! E tutto quel che c'era scritto era: «Crack smokin' kitty pettin' flower sniffin' baby kissin' corporate rock whores».[12]

No: era anche di più: era di nuovo, daccapo, la storia di Frances Farmer. Solo che non era più la Seattle degli anni Trenta, era la Los Angeles degli anni Novanta: il che dimostra che la società in realtà non cambia mai, ma si limita ogni tanto ad aggiornare il suo armamento.

«Sono sempre stato una persona estremamente negativa» riconobbe Cobain. «Il mio atteggiamento e le mie opinioni sono diventati più positivi e ottimistici solo nell'ultimo paio d'anni, e questo grazie al fatto che ho avuto una figlia e sono innamorato. Questa è l'unica benedizione che sento di aver ricevuto. Questa è la vita che voglio. Per anni, questa è la vita che sono andato cercando. Volevo una compagna, volevo sicurezza, volevo una famiglia.» E ora tutto questo... «Non riesco a decidere se suonare mi piace abbastanza da sopportare tutte le stronzate che hanno scritto su di noi, specialmente quelle che sono state scritte su qualcuno che amo incondizionatamente.»

Nel bel mezzo di tutta questa faccenda, i Nirvana dovevano ritornare in Inghilterra come nome di maggiore spicco del Festival di Reading; anzi, ancora di più: per prendere il loro posto di primo piano nel programma pomeridiano che era stato preparato appositamente da Kurt, e costituiva un vero e proprio tributo alle sue personali passioni musicali.

Procedendo da Nordovest, c'erano gli Screaming Trees, i

[12] «Le puttane rock dell'industria discografica fumano crack, accarezzano la gattina, annusano fiori e baciano bambini.»

Mudhoney e i Melvins. C'erano le L7, e ne ottennero l'immediato premio quando il loro ultimo singolo, *Pretend That We're Dead,* irruppe nelle classifiche inglesi. C'erano anche gli Eugenius, il gruppo quasi eponimo fondato dall'ex-Vaselines Eugene Kelly, e i Pavement, Nick Cave e – come concessione all'abitudine dei Nirvana di trasmettere a tutto volume l'album *Greatest Hits* degli Abba nel corso dei loro viaggi in autobus durante le tournées – c'erano i Björn Again.[13] L'unica questione che rimase in sospeso, mentre il pomeriggio – entusiasmante a dispetto della pioggia battente del temporale estivo – si avviava verso la fine, era: i Nirvana si sarebbero presentati sul palco?

Per tutta la settimana, sulla stampa inglese si erano moltiplicate le voci di scioglimento del gruppo, a causa delle cattive condizioni di salute di Kurt; e la voce continuava a girare anche mentre gli addetti agli strumenti sistemavano il palcoscenico per prepararlo all'arrivo del nome più importante in programma. La diceria finalmente cessò solo quando sembrò ormai sicuro che i Nirvana avrebbero suonato, ma per essere sostituita da un'altra: che quello sarebbe stato il loro concerto d'addio, «e non aspettatevi che Kurt possa essere granché esaltante, perché un mio amico l'ha visto, nel retropalco, seduto su una sedia a rotelle». Poi le luci si abbassarono, e Kurt c'era davvero.

Ma non era su una sedia a rotelle, e suonò come non aveva mai suonato prima, come se, forse, fosse convinto che non avrebbe mai più avuto la possibilità di suonare ancora. Era un uomo invasato, che scaraventò il gruppo in una delle esibizioni più convincenti di tutta la sua carriera, un'esibizione che non solo sfatava qualsiasi preoccupante diceria a proposito dello stato di salute del gruppo,

[13] Un gruppo il cui repertorio era costituito esclusivamente da canzoni degli Abba. Il gioco di parole del nome del gruppo è tra «Born Again» – «resuscitato» – e il nome proprio di uno dei componenti del quartetto svedese, Björn Ulvaeus. (*N.d.T.*)

ma dimostrava anche che le notizie a proposito della sua fine erano state davvero ampiamente ingigantite.

Solo le persone più vicine a Kurt compresero davvero ciò che gli stava passando per la testa, che stava suonando con tutte le sue forze perché, se non l'avesse fatto, sarebbe crollato. Si venne poi a sapere che solo ventiquattr'ore prima che lui partisse per l'Inghilterra, Kurt e Courtney avevano preso in seria considerazione il proposito di suicidarsi.

Solo la speranza di poter ancora vincere la battaglia e riavere Frances li aveva dissuasi; quella speranza, e la consapevolezza che, se si fossero arresi ora, allora non c'era bisogno che si fossero battuti così duramente prima. Avrebbero semplicemente dimostrato che tutti i loro nemici avevano avuto ragione fin dal principio.

Capitolo 8

L'otto settembre, Kurt e Courtney raggiunsero Chris e Dave per partecipare insieme alla cerimonia di consegna dei Music Video Awards 1992 di MTV. I Nirvana – che erano fra i principali candidati per il riconoscimento di «Miglior Nuovo Artista dell'Anno» e «Miglior Video Alternativo» (con quello di *Teen Spirit*, diretto da Sam Bayer) – avrebbero dovuto aprire lo spettacolo, e avevano la netta sensazione che avrebbero potuto suonare qualsiasi cosa volessero: che non era indispensabile che fosse uno dei loro successi.

Era questa una condizione che il gruppo avvertiva come della massima importanza. Intorno a sé, già nell'anno o poco più che era trascorso da quando i Nirvana erano arrivati in una posizione dalla quale potevano – all'occasione – imporre le proprie condizioni, il gruppo aveva visto l'intera Etica Alternativa corrompersi in maniera tanto profonda e tanto irrimediabile che era ormai difficile credere che avesse mai incarnato altro che non fossero parole e gesti vani... e forse, in effetti, era proprio così.

Dopo tutto, per un gruppo, una cosa è dire che si vuole cambiare il mondo quando ci si può a malapena permettere la spesa di cambiare le corde delle proprie chitarre; tutta un'altra cosa è cominciare a far beccheggiare e rollare la barca su cui ci si trova quando si è in alto mare, in mezzo alla corrente, su una barca che più grande non si può.

Durante le prove del suono, il giorno prima della cerimonia di consegna degli Awards, i Nirvana eseguirono due nuove canzoni, una che Kurt chiamò *New Poopy*, e un'altra che intitolò *Rape Me*. L'impressione era che questa sarebbe stata quella scelta per lo spettacolo: e quelli di MTV andarono in paranoia. *Rape Me* era fuori questione, *New Poopy* altrettanto. Il gruppo poteva suonare... doveva suonare... avrebbe suonato *Teen Spirit*.

No, rispose il trio. Se non potevano suonare quello che volevano, allora non avrebbero suonato del tutto. E dicevano sul serio. Mancavano solo quattro ore all'inizio dello spettacolo.

Dietro le quinte, la gente di MTV discuteva in un angolo, l'entourage dei Nirvana in un altro. Entrambi i gruppi erano coscienti delle possibili ripercussioni di questo improvviso, inatteso impasse.

Dal punto di vista di MTV, la televisione stava per diffondere in tutto il mondo un evento che aveva già raggiunto, in soli dieci anni di esistenza, la stessa notorietà dei Grammy Awards, e stava per farlo senza che allo spettacolo partecipasse una delle principali attrazioni in programma. Che effetto avrebbe avuto sulla credibilità di MTV, specialmente dopo che si fosse sparsa la voce sui motivi della mancata apparizione dei Nirvana? Nello stesso tempo, però, se i Nirvana avessero presentato un brano nuovo ne sarebbero stati delusi milioni di spettatori che si erano sintonizzati sul programma solo per sentire le canzoni che già conoscevano; e un brano nuovo intitolato *Rape Me*[1]... be', insomma! Mentre l'orario d'inizio dello spettacolo si avvicinava inesorabilmente, quelli di MTV

[1] «Stuprami».

presero la loro decisione: forse si poteva arrivare a un compromesso.

Per i Nirvana, la decisione non era meno difficile. Dopo aver tanto criticato in passato i gruppi sedicenti alternativi che con tanta riconoscenza accettavano la regola del leccaculismo all'industria discografica, cosa sarebbe potuto essere più da leccaculo, più commerciale, che salire sul palco e suonare il loro più grande successo? Non c'era alcuna possibilità che lo facessero.

Ma sapevano anche che le ripercussioni di questa loro decisione avrebbero potuto fare danni non solo al loro potere contrattuale nei confronti della televisione via cavo, c'erano anche altre persone da tenere presenti: a cominciare da Amy Finnerty, la programmista che per prima aveva inserito *Teen Spirit* nell'elenco dei video da trasmettere, e che da quel momento aveva adottato i Nirvana quasi come se fossero il suo progetto favorito. Potevano permettersi di diventare anche la sua voce di passivo più significativa?

Poi c'erano da tener presenti anche gli altri gruppi della Gold Mountain, e persino gli altri gruppi della Geffen. Non c'era dubbio che, se davvero MTV avesse voluto prendere una posizione rigida, avrebbe potuto minacciare di bandire ogni produzione Geffen dalla loro programmazione. E anche i Nirvana cedettero all'inevitabile: forse anche loro sarebbero potuti arrivare a un compromesso.

Fu MTV a fare la prima mossa, proponendo un'alternativa: *Teen Spirit* o *Lithium*. E i Nirvana riconoscenti accettarono il ramoscello d'olivo... *Lithium*. Solo che, forse, non erano tanto riconoscenti quanto a MTV piaceva pensare che fossero. Il gruppo fu presentato, il pubblico andò in delirio, e Kurt cominciò a cantare... «rape me, rape me, my friend...», poi, senza perdere una battuta, ritornò al programma previsto; e per chi si era perso quei pochi secondi all'inizio di *Lithium*, era come se i Nirvana non avessero fatto nulla di sbagliato, e i parrucconi di MTV che già si erano precipitati a far spegnere le telecamere poterono tirare un sospiro di sollievo.

Un imitatore di Michael Jackson ricevette per conto loro il trofeo per il «Miglior Video Alternativo»; ma Kurt e Chris alla fine furono convinti a ritirare di persona il trofeo come «Miglior Nuovo Artista». Kurt aveva l'aria timida, nervosa, infantile, ma pronunciò il suo discorsetto di ringraziamento, e non vomitò, né si fece un'iniezione di droga, né collassò, e non fece nessuna di quelle cose che un anno di dicerie e di scandali e di false notizie avevano preparato il suo pubblico ad attendersi. Non cantò nemmeno canzoni proibite. Invece, guardò dritto nell'occhio della telecamera, in tutti i salotti d'America, e sorrise. «Sapete, è proprio difficile credere a tutto quello che leggete.»

Due sere dopo, i Nirvana erano tornati a Seattle, dove erano il principale nome in cartellone per uno spettacolo all'Arena; e più tardi, su suggerimento di Chris, decisero di devolvere 25.000 dollari degli incassi alla Washington Music Industry Coalition, un movimento anti-censura impegnato in quella che sarebbe diventata una battaglia di un anno e mezzo contro il cosiddetto Erotic Music Bill di quello stato, una proposta di legge secondo la quale i dischi potevano essere dichiarati illegali in base alla semplice dichiarazione di un solo querelante. (Ironicamente, la proposta di legge fu bocciata proprio la settimana dopo il suicidio di Kurt.)

Con iniziative come queste a loro credito, con un secondo concerto benefico a sostegno della battaglia che si stava conducendo contro la Proposition Nine – una proposta di legge contro l'omosessualità avanzata nel vicino stato dell'Oregon – e con l'assurdamente scherzosa parodia dell'«Ed Sullivan Show» realizzata per il loro ultimo video (quello che accompagnava *In Bloom*) che aggiungevano la loro importanza complessiva al comportamento di Kurt alla cerimonia degli MTV Awards, sembrava proprio che i Nirvana stessero voltando le spalle alla loro immagine abbastanza offuscata, e portassero con sé la loro abissale fortuna.

Si diceva che la Sub Pop stesse preparando una collezione di rarità discografiche dei Nirvana, che sarebbe stata pubblicata (in tempo per il Natale del 1992) allo scopo di far concorrenza alla schiera di bootleg (di qualità sonora paragonabile a quella delle registrazioni ufficiali in studio) che si era rovesciata sul mercato nei dodici mesi precedenti; una strategia che era stata già dimostrata come molto funzionale dalla Sony con la sua raccolta di tre compact disc di Bob Dylan *The Bootleg Series*. Dopo tutto, se ne sarebbe ottenuta una ricaduta di popolarità su quello che già era l'album più ansiosamente atteso dell'intero decennio, il successore di *Nevermind*.

Frances era tornata con i suoi genitori, i malevoli attacchi dei giornali scandalistici erano diminuiti... poi, tutta la faccenda riesplose di nuovo.

Per quanto possa essere ritenuto sbilenco e sbilanciato il rapporto tra rock'n'roll e cinema – una dicotomia amorosa che persino i Nirvana, attraversando distrattamente il film *1991* di Thurston Moore, non erano riusciti a interpretare alla loro maniera – quello fra la musica e l'editoria è ancora più complesso.

I libri rock non sono un fenomeno recente; le prime biografie «cotte e mangiate» delle maggiori pop star apparvero, improvvisamente quasi come la stessa musica pop, verso la metà degli anni Cinquanta, quando Elvis era ancora il Re, e il semplice nome Presley era già sinonimo di miniera d'oro. Da allora, il mercato commerciale delle biografie rock è cresciuto altrettanto velocemente – forse anche più velocemente – di quello della musica rock, ricercando con voracità fatti e scandali, allineando dotti volumi e libri scandalistici fianco a fianco sugli scaffali dedicati allo stesso artista: e più grande era il nome, più feroce era la concorrenza.

Quando Kurt e Courtney vennero a sapere che due

giornaliste inglesi, Victoria Clarke e Britt Collins, stavano progettando una biografia dei Nirvana che – a quanto si diceva – sarebbe stata assolutamente esplicita e non avrebbe nascosto alcun dettaglio, la loro immediata reazione fu di panico. «Vanity Fair», e il Tribunale dei Minori, e tutto ciò che avevano dovuto subire negli ultimi dodici mesi, non erano serviti a niente? Quello era stato solo il primo round?

Non è chiaro chi sia stato il primo a sferrare l'attacco, anche se l'entourage dei Nirvana non aveva dubbi che fossero state le due giornaliste; una convinzione che spinse John Silva, il manager dei Nirvana, a mettersi immediatamente in contatto – il 27 gennaio del 1992 – con chiunque gli fosse venuto in mente che potesse avere qualcosa da raccontare, e chiedergli, per favore, di non farlo.

La lettera di Silva esprimeva il desiderio da parte dei Nirvana che il destinatario «non collaborasse in alcun modo con quelle donne». La lettera si chiudeva con la frase: «Kurt, Chris e Dave vi saranno riconoscenti per ogni aiuto che potrete offrire loro».

La battaglia si fece più aspra col trascorrere dell'anno; e, per la fine di ottobre, Kurt pareva essere ormai arrivato al punto di rottura. Courtney si era già messa in contatto con le giornaliste, lasciando sulla segreteria telefonica della Clarke un messaggio nel quale, sembra, cercava soltanto di convincerla a essere ragionevole. La sera dopo, Kurt fece altrettanto.

Il testo completo dei suoi messaggi (che Kurt, al principio, negò pubblicamente di aver lasciato) era tale da mettere in agitazione la stampa inglese per intere settimane. Diventando sempre più minaccioso man mano che il suo messaggio – che fu, in effetti, suddiviso in nove telefonate consecutive, ognuna delle quali esaurì i due minuti di tempo disponibili per ogni chiamata nella segreteria telefonica della Clarke – si avviava alla conclusione, Kurt l'avvertì: «Se in questo libro esce qualcosa che possa fare del male a mia moglie, ti ammazzerò...».

Lui e Courtney erano ancora impegnati nella battaglia per conservare l'affidamento della figlia; vivevano ancora nel terrore che, un giorno o l'altro, sui giornali uscisse qualcosa che potesse trasformare l'incubo in qualcosa di ancora più spaventoso. Incurante delle possibili conseguenze legali delle sue minacce, Kurt era sinceramente convinto di battersi per il bene della sua famiglia, e dunque per la sua stessa vita.

«A questo punto, non me ne frega un cazzo se è rimasto registrato che ti ho minacciata. Immagino che potrei cacciare qualche centinaio di migliaia di dollari per farti ammazzare; ma forse prima cercherò di procedere per vie legali.»

Nove mesi dopo – intanto i Nirvana avevano commissionato e supervisionato (diversamente da quanto era successo per quella della Clarke e della Collins) la pubblicazione della loro biografia «ufficiale» – Kurt non si era certo pentito. Restando nell'ambito di ciò che i componenti del gruppo e le loro famiglie erano disposti a far sapere, il giornalista di «Rolling Stone» Michael Azerrad, nel suo *Come As You Are*, offriva un eccellente resoconto della storia del gruppo fino a quel momento (si chiudeva annunciando l'imminente pubblicazione di *In Utero*), toccando tutti gli argomenti che fino ad allora avevano ossessionato i detrattori dei Nirvana, e regalando agli autori di servizi a puntate alcune delle più succose frasi da copertina che potessero sperare: come dimostrò la rivista mensile inglese «Vox», con il suo numero di ottobre 1993 che aveva appunto i Nirvana in copertina.

Sopra una fotografia di Cobain, un grosso titolo strillava: «Kurt confessa: "Stavo riempiendo la siringa il più possibile, cercando di non fare uscire lo stantuffo"». Con ironico distacco, un altro titolo, non collegato al primo, annunciava: «Il suicidio non è indolore».

Chi avrebbe potuto resistere a una tentazione come quella? E indipendentemente dal fatto che il libro di Azerrad fosse davvero stato concepito come un brillante tentativo di limitare i danni – come insinuò almeno un recensore – ottenne quello scopo. Più di due anni dopo che John Silva mise in circolazione le sue preoccupazioni a proposito di una progettata biografia «non autorizzata» dei Nirvana, il libro della Clarke e della Collins non è ancora stato pubblicato.

L'ottobre del 1992, il mese in cui infine la guerra di Kurt e Courtney contro una piccola parte del Quarto Potere divenne incontrollabilmente violenta, continuò in clima di tempesta. Il giorno prima di Ognissanti, i Nirvana tennero il loro primo spettacolo dopo quello di sei settimane prima all'Arena, suonando come nome più importante in cartellone al gigantesco Velez Sarsfield Stadium di Buenos Aires, in Argentina.

Fu un disastro. Infuriato dall'aver visto e sentito 50.000 argentini gridare ingiurie e gettare oggetti contro il gruppo tutto femminile che apriva il programma, le Calamity Jane di Portland (che si sciolsero senza più tenere altri concerti, tanto rovinosa era stata l'accoglienza ricevuta), Kurt sostanzialmente dedicò tutto il tempo dell'esibizione a sibili e rumori, intervallati ogni tanto da poco convinti tentativi di eseguire vere e proprie canzoni.

Solo quando fu raggiunto sul palco da William Burroughs, e torturò la sua chitarra per i venti lamentosi minuti di durata del singolo natalizio dello scrittore beat *The Priest They Call Him*, Kurt riuscì a ricatturare l'autentico ardente furore con cui interpretò la conclusiva *Endless Nameless*... Fu un autentico disastro, ma quello – insistette Kurt – era né più né meno quel che si meritava il pubblico. Un indescrivibile casino.

Sfortunatamente, la stessa definizione poteva essere valida anche per la tanto celebrata raccolta di rarità che venne pubblicata, come da programma, la settimana prima di Natale del 1992.

Anche se gli stessi Nirvana avevano giocherellato con l'idea di una raccolta del genere fin dai tempi delle loro prime sedute di registrazione con Butch Vig, due anni e mezzo prima, il progetto era diventato realizzabile solo sull'onda di *Nevermind*, e quando era apparso evidente che l'agenda dei Nirvana – privata e musicale – li avrebbe tenuti lontani dalla sala d'incisione per la maggior parte del 1992.

In origine, il progetto era solo della Sub Pop: *Cash Cow* – un titolo mutuato da un'analoga, e molto attesa, raccolta di brani di vari artisti della sua scuderia realizzata dalla Virgin Records all'inizio degli anni Ottanta – avrebbe dovuto pescare nel materiale d'archivio dei primi tempi del gruppo: registrazioni realizzate durante programmi radiofonici inglesi, singoli di difficile reperibilità, i provini originari di *Nevermind* e materiale del genere.

Ma, logisticamente, la Sub Pop proprio non aveva la possibilità di distribuire e mettere in vendita quello che sicuramente si sarebbe rivelato un gigantesco best seller; e quando la Geffen propose di fondere il progetto con quello di un'analoga raccolta realizzata con materiale dei suoi propri archivi, l'idea acquistò un potenziale commerciale significativamente più interessante; in particolare perché avrebbe lasciato aperta la possibilità, per entrambe le case discografiche, di intraprendere un'altra simile iniziativa in futuro, se la situazione l'avesse richiesto.

Sfortunatamente, la combinazione non suonava bene all'orecchio, perché ondeggiava in maniera stridente fra metal impetuoso e pop della più bell'acqua, da dissonanti discordanze punk ai suoni provocatoriamente non etichettabili – in qualsiasi modo li si volesse definire – che erano stati anticipati da *Nevermind*.

Anche se la rivista inglese «Record Collector» accolse l'album proprio con l'entusiasmo che ci si poteva attendere da un giornale dal titolo così didascalico, *Incesticide* non raggiunse il numero di pezzi venduti necessario a ottenere il disco d'oro fino al febbraio del 1993, quando la Geffen realizzò un video promozionale per uno dei brani dell'album, il singolo del 1991 *Sliver*.

Tuttavia, in altri ambiti, quel disco si sarebbe dimostrato eccezionalmente influente.

Le Raincoats erano un gruppo, casualmente tutto femminile, che aveva avuto un momento di gloria in Inghilterra nel periodo immediatamente post-punk, alla fine del 1970; fondato nell'ottobre del 1977, il gruppo contribuì, insieme ai colleghi di etichetta del Pop Group e alle sorelle spirituali delle Slits, a tracciare l'itinerario evolutivo della new wave, dopo la prima, purificatoria esplosione di napalm del punk.

Kurt aveva ascoltato per la prima volta le Raincoats nel periodo, all'inizio degli anni Ottanta, in cui si era convertito al punk; ma la sua copia dell'album di debutto delle Raincoats era da tempo andata smarrita. La musica di quel disco, tuttavia, continuò a ossessionarlo: «Ogni volta che la sento, mi viene in mente un periodo particolare della mia vita in cui ero... estremamente infelice, solo e annoiato. Non fosse stato per il piacere di mettere sul giradischi quella copia tutta rigata e gracchiante del disco delle Raincoats, avrei avuto ben pochi momenti di serenità.»

Infine, secondo le sue note informative a *Incesticide* (fornite alla stampa sotto forma di «lettera aperta da Kurt Cobain»), «mi ritrovai a Londra, resa maledettamente untuosa dagli scarichi delle automobili» alla ricerca di «quell'album assolutamente fuori catalogo».

Una visita al negozio dell'etichetta discografica Rough Trade si rivelò infruttuosa, fin quando Kurt parlò con la ragazza dietro il bancone. Lei gli disse che era una vicina di casa di Anna da Silva, e disegnò a Kurt una piantina per insegnargli la strada del negozio di antiquariato nel quale ora Anna lavorava. Anna era in negozio quando

Kurt arrivò, «così mi presentai educatamente, col viso rosso dall'imbarazzo, e spiegai il motivo della mia intrusione. Lei disse: "Be', forse me n'è rimasta in giro qualche copia, e se ne troverò una, te la spedirò". Lasciai il negozio sentendomi un idiota, come se avessi violato il suo spazio, come se lei probabilmente pensasse che il mio era un gruppo del cazzo».

Gina Birch, co-fondatrice delle Raincoats con Anna da Silva, continua: «Anna ripescò una copia del disco, tutte noi l'autografammo e ci scrivemmo sopra brevi messaggi»; secondo Kurt, «ricevere quel regalo mi rese più felice che suonare ogni sera davanti a migliaia di persone».

Questo affascinante breve interludio, uno sguardo nella vita di Kurt non come «divinità rock» idolo di milioni di persone, ma come ammiratore imbarazzato alla ricerca di un'icona per la sua collezione, si sarebbe anche potuto concludere così, insieme alle altre parole di quella lettera aperta, con la citazione di altri dei gruppi preferiti da Kurt: i Vaselines e gli Shonen Knife, i Melvins e gli Stinky Puffs.

Ma qualcosa, in quella storia, sembrava commuovere la gente: il sentimento di autentica sincerità che eclissava persino i tocchi di cupa ironia con i quali Kurt caratterizzava le sue parole; un'eco, persino, dell'impatto che *Teen Spirit* aveva avuto solo quindici brevi mesi prima. In Inghilterra, la Rough Trade aveva da tempo in progetto di realizzare un compact disc con la raccolta dei brani migliori delle Raincoats; ora, secondo Birch, «credo che *Incesticide* li abbia finalmente spinti a fare qualcosa in proposito».

Ebbe la sua utilità anche la versione di *The Void* – che Courtney imparò ascoltandola proprio sul disco regalato da Anna a Kurt – eseguita dagli Hole nel corso di una trasmissione radiofonica di John Peel del 1993, mentre – stando a informazioni ricevute dallo stesso Birch – «Kurt è stato sentito eseguirla durante le prove!».

Dovette passare un altro anno, ma poco prima del Natale del 1993 quel prezioso primo album delle Raincoats divenne la prima puntata di un programma di riedizione integrale della discografia del gruppo, curata dalla Rough Trade in Gran Bretagna, dalla Geffen negli Stati Uniti, che comprendeva tutti e tre gli album pubblicati da quell'interessante formazione prima dello scioglimento avvenuto nel 1984. Nella confezione del disco era incluso un altro breve scritto di Kurt.

«Le Raincoats non erano molto conosciute negli Stati Uniti (secondo Aspinall, non sono mai andate oltre la costa orientale nel corso delle loro due visite alla nazione), non so in Inghilterra e in Europa. In realtà, io non so proprio niente delle Raincoats...»

Era questo piacere di essere in grado di risvegliare l'interesse nei confronti delle sue personali preferenze in fatto di musica, di essere persino capace di educare un po' di gente ai suoni che lui considerava meritevoli di essere ascoltati, che Kurt una volta definì «rendere degna d'attenzione molta altra roba»: Kurt poteva anche reclamare buona parte di merito nel risveglio dell'interesse nei confronti dei Vaselines, il duo scozzese che aveva festeggiato con lo scioglimento la pubblicazione del suo album di debutto.

Da allora, si erano ricostituiti una sola volta, su timida richiesta dello stesso Kurt, per suonare come gruppo di apertura nel concerto dei Nirvana a Edimburgo; Eugene Kelly, nel frattempo, aveva costituito un nuovo gruppo, i Captain America, che divennero Eugenius sul finire del 1992. Anche in questo caso, il gruppo avrebbe meritato di farcela anche per i suoi meriti intrinseci, ma l'interesse, ampiamente dichiarato, di Kurt nei loro confronti ebbe certo il suo effetto. Il comunicato-stampa di presentazione di *Mary, Queen of Scots*, l'album pubblicato dagli Eugenius nel 1993, concludeva così: «Per ulteriori informazioni e classiche storie della serie "Non badate alla propaganda", chiamate...».

Se *Incesticide* aveva chiuso il 1992 in maniera tutto sommato poco incoraggiante, il nuovo anno cominciava con promettenti segni di eccitazione: due spettacoli in Brasile, a San Paolo e a Rio, tra la metà e la fine di gennaio. I Nirvana erano in vena di scherzare. *Seasons in the Sun*, il misteriosamente fatalistico addio alla vita di Jacques Brel, si rivelò un'aggiunta inattesa a una spigolosa sequenza di brani, così fu anche per *Rio* dei Duran Duran, preparata appositamente per l'occasione, con Dave a declamarla deliziato al microfono, mentre Kurt suonava la batteria e Chris la chitarra.

Più avanti, durante il concerto, si presentò sul palco Flea dei Red Hot Chili Peppers – amico intimo di Kurt e Courtney prima ancora che Clara, la sua bambina di cinque anni, decidesse di prendere sotto la sua protezione infantile la piccola Frances Bean – e suonò un assolo di tromba a metà di *Teen Spirit*.

I Nirvana tornarono negli Stati Uniti subito dopo la fine dei due concerti in Brasile; avevano un mese da trascorrere insieme alle loro famiglie, e poi sarebbero rientrati in sala d'incisione per cominciare, finalmente, a lavorare al successore di *Nevermind*.

La maggior parte dei brani del disco era già stata composta, dopo essere stata ripescata dal bagno allagato di acqua di fogna che aveva accolto Kurt e Courtney al loro ritorno dalla Spagna; altri brani erano rimasti esclusi dalle sedute di registrazione di *Nevermind*, e avevano bisogno solo di essere un po' rinfrescati per adattarli al nuovo album. Molte delle canzoni erano già fra i titoli più applauditi dal pubblico dei concerti, e *Rape Me* (uno dei brani dell'epoca di *Nevermind*) aveva già avuto una buona dose di pubblicità grazie alla faccenda della MTV.

Ciò che più incuriosiva di questo nuovo progetto, comunque, era il produttore scelto dal gruppo, Steve Albini;

anche perché, secondo lo stesso Albini, la prima volta che venne a sapere del suo ingaggio fu quando ne lesse l'anticipazione sulla stampa musicale inglese un bel sei mesi prima che i Nirvana si mettessero in contatto con lui! A un certo punto, le congetture in proposito si erano fatte così numerose che Albini si era rivolto alle riviste in questione, smentendo fermamente la voce che circolava. Pochi giorni dopo, la Gold Mountain si mise in contatto con lui.

«Nessuno fra quanti mi conoscono poteva essere sorpreso dal fatto che io non fossi esattamente un fervente estimatore di *Nevermind*,» ammette Albini, che di quell'album dice che era diventato «così impossibile da evitare che era diventato fastidioso.» Allo stesso tempo, però, «la gente di mia conoscenza che conosceva loro continuava a dirmi che splendide persone fossero, ed avevano ragione. Erano molto ben preparati quando arrivarono in studio, tanto quanto ogni altro gruppo col quale ho lavorato, ed era facile andare d'accordo con loro quanto lo è stato andare d'accordo con tutti gli altri gruppi con i quali ho lavorato».

A differenza di Butch Vig nel periodo in cui aveva supervisionato la realizzazione di *Nevermind*, Albini aveva già un considerevole numero di lavori alle spalle, sia con grandi case discografiche che con piccole etichette indipendenti. L'ultimo album di PJ Harvey, *Rid of Me*, era uno di questi, così come *In the West* dei Silkenworm, che proprio allora era sul punto di essere pubblicato. Aveva lavorato con i Pixies, e con gli inglesi Wedding Present: un gruppo che aveva ottenuto l'invidiabile record di pubblicare dodici singoli consecutivi nello spazio di un anno, per poi essere scaricati dalla loro casa discografica alla fine di quel periodo; e con i Pigface, un gruppo il cui suono era brutale quanto il suo nome.

Ma prima di tutto questo, Albini era stato la luce-guida dei Big Black, uno dei gruppi americani più significativi dell'inizio degli anni Ottanta, e la sua reputazione di produttore oggi rimane tanto limpida quanto quella di cui aveva goduto come musicista più di dieci anni fa. La maggior parte di quanti sentirono parlare del suo abbinamento con i Nirvana pensò che tutto il progetto era completamente folle.

«Sulla stampa e in televisione, i Nirvana hanno mandato il mondo a farsi fottere» spiegò «Alternative Press». «Che c'era di strano se avessero deciso di fare la stessa cosa, usando un compact disc come veicolo? E che speranza c'era che Albini, un uomo la cui intera ragione di vita è costruita sul "primitivismo di base"... potesse mai cercare di fermarli? Alla luce dei fatti, nessuna.» In termini di potenziale commerciale, continuava la rivista, «era un matrimonio musicale destinato a fallire».

La notizia che il prossimo album dei Nirvana, in origine intitolato *Verse Chorus Verse* – titolo poi definitivamente cambiato in *In Utero* – sarebbe stato sostanzialmente un grosso «vaffanculo» all'industria discografica, circolava ormai da un anno. Il comportamento di Kurt, per tutto quell'anno di tensioni e provocazioni, si era andato sempre più indirizzando verso un qualche tipo di esplosione; e il ricordo dello spettacolo del gruppo a Buenos Aires, l'ottobre precedente, quando Kurt era sceso dal palco meravigliandosi della straordinaria intensità dei suoni – o meglio dei rumori – che aveva strizzato fuori dalla sua chitarra, non era difficile da rovesciare.

La stessa idea evidentemente era venuta in mente ad Albini, quando aveva fornito l'elenco delle sue richieste in preparazione di quella che, prevedibilmente, sarebbe diventata una serie di sedute di registrazione molto impegnative. Le sue condizioni erano semplici, ma in qualche modo non convenzionali. Per cominciare, lui non sarebbe stato indicato come produttore dell'album; era un'abitudine, per Albini, ma era virtualmente inedita nell'ambiente delle maggiori case discografiche. Invece, Albini richiedeva per sé la semplice dicitura «registrato da...».

Anche dal punto di vista finanziario Albini era fuori dall'ordinario. Oltre ai costi di studio, Albini chiedeva un compenso di 100.000 dollari per quello che sarebbe stato il lavoro di due settimane. Le sue alte parcelle erano controbilanciate dal fatto che sarebbero state spese una volta per tutte. Albini non richiedeva royalties e percentuali sulla vendita del disco. Era l'accordo che ad Albini piaceva concludere con tutti i gruppi con i quali lavorava: da una parte, gli assicurava che sarebbe stato pagato subito e completamente per il suo lavoro, e non avrebbe dovuto attendere rendiconti e assegni; dall'altra, era coerente con il suo convincimento che «chiunque percepisca una percentuale sulle vendite del disco di un gruppo, se non è qualcuno che ha scritto la musica o ha suonato nel disco, è un ladro».

Albini insistette anche perché nel contratto fosse specificato che era proibito a chiunque – compresi i componenti del gruppo – di intervenire sul lavoro finito senza la sua esplicita autorizzazione. Questa clausola era stata inserita, spiegò in seguito Albini, come protezione nei confronti dei Nirvana: sapendo che la Geffen non era soddisfatta che fosse stato scelto lui come produttore, prevedeva che il gruppo sarebbe stato forzato a chiamare qualcun altro a occuparsi dei rimixaggi del disco. Questo contratto sarebbe poi diventato la causa di molte seccature sia per Albini sia per i Nirvana.

Continuando a sfruttare uno dei vecchi scherzi preferiti da Kurt, il gruppo prenotò il Pachyderm Studios, poco fuori da Minneapolis, utilizzando lo pseudonimo di Simon Ritchie Group, che spesso utilizzava per le registrazioni alberghiere. Alla Geffen fu vietato di assistere alle sedute di registrazione: tranne pochi giorni in cui passò di lì Courtney, l'unica compagnia del gruppo per l'intero periodo di due settimane furono Albini e il suo assistente Bob Weston.

I Nirvana si adattarono agevolmente al regime giornaliero deciso da Albini. «Mi piace fare in modo che la gente si senta il più possibile a suo agio,» dice il produttore, «e questo non significa fare concessioni a ogni loro capriccio, significa rendere la vita quotidiana il più normale possibile.»

Anziché riempire lo studio con i pezzi grossi della casa discografica, «ho cercato di rendere i giorni in studio il più simili possibile a quelli normali: alzarsi al mattino, fare colazione, andare in studio, lavorare, suonare, dar fuoco a Dave Grohl, tornare a casa per cenare e guardare videocassette naturalistiche». Nel corso delle registrazioni, Dave vide il suo cappello, i suoi capelli e i suoi calzoni andarsene in fumo, e negli intervalli imparò molto più di quanto probabilmente avesse mai potuto desiderare a proposito della «vita sessuale degli anemoni di mare».

E fin qui, tutto bene. Ma il disco era appena stato completato che già cominciarono ad apparire articoli di giornale – specialmente sulla stampa inglese – nei quali l'album era definito non solo un fallimento, ma anche un fallimento del tutto insoddisfacente. Un anno prima, in un'intervista a «Rip», Kurt aveva scherzato sull'improvvisa stima critica di cui si erano ritrovati a godere i Nirvana: «Aspetto con ansia qualche stroncatura, qualche critica, perché c'è nei nostri confronti tanta aspettativa che mi fa paura». Kurt stava per ricevere tutte le critiche che potesse digerire.

La rivista inglese «Select» fece un lavoro molto accurato nel riportare le voci che improvvisamente avevano cominciato a circolare dovunque, cominciando con la storia (apocrifa) dei Nirvana che facevano ascoltare il loro nuovo album ai responsabili della casa discografica e si sentivano dire: «I provini sono ottimi: ma quando possiamo aspettarci di ascoltare l'album finito?».

«Mi capitava persino di ricevere telefonate dei giornalisti, che mi dicevano: "Pare che tu abbia rovinato il nuovo album dei Nirvana"» ricorda Albini incredulo; ma, alla fine della fiera, Kurt dichiarò: «Posso sinceramente dire che una persona soltanto, nell'intera organizzazione della Geffen – almeno fra quelle con le quali abbiamo lavorato – ha avuto qualcosa da dire in sfavore dell'album».

Quella persona era Gary Gersh, il responsabile dell'ufficio artistico che da tempo era incaricato della gestione del gruppo (che poi lasciò la Geffen e divenne dirigente della Capitol Records). «L'album non gli piacque per diversi motivi sonori. Ma aveva ascoltato l'album prima della masterizzazione, ed è in quello stadio che molti dei problemi sonori possono essere risolti. Che è, tanto per cominciare, sostanzialmente quello che disse Albini.»

Ci furono davvero, comunque, altre insoddisfazioni. Kurt disse a Michael Azerrad che a un certo numero di persone dello staff della Geffen e della Gold Mountain il disco non piaceva assolutamente («agli adulti non piace,» sorrise maliziosamente Kurt), e fu facile dare la stura a nuove illazioni quando il gruppo decise di rimixare due dei brani dell'album, *No Apologies* e l'ode di Kurt a Courtney *Heart-shaped Box*.

Secondo Chris, tuttavia, questa fu una decisione sua, e di nessun altro. Nella sua forma originale, la canzone era come spezzata in due da un lungo assolo carico di effetti sonori: un assolo che, come ammette Novoselic, gli faceva accapponare la pelle solo a pensarci. «I ragazzi del gruppo dicevano qualcosa a proposito di come fosse bello il disco, ed era come se sottintendessero: "già, peccato per quell'assolo, però".»

Infine, Kurt e Dave accettarono di eliminare l'offensivo assolo; e qui – come osservò «Alternative Press» – «fu dove le cose cominciarono ad andare storte. Ora è noto a tutti che il gruppo e Albini avevano un accordo contrattuale secondo il quale, una volta che Albini avesse stabilito che il disco era finito, non si sarebbe più potuto intervenire sui brani. È meno noto, apparentemente, che Albini rinunciò serenamente a questo accordo quando Cobain glielo chiese».

Alla fine Scott Litt, uno dei nomi della rosa originaria

selezionata dalla Geffen per la produzione di *Nevermind*, che al momento era uno dei produttori preferiti di Chris – fin da quando aveva ascoltato *Automatic for the People* dei R.E.M. – entrò in scena per occuparsi dei rimixaggi (in seguito, Litt avrebbe anche prodotto *Live Through This*, l'album degli Hole): ma solo dopo che l'incarico era stato offerto allo stesso Albini. Il quale lo rifiutò perché pensava «di aver già dato il meglio delle sue possibilità».

«Se avessi lavorato di nuovo sul disco, non sarebbe cambiato niente; così loro mi chiesero se per me andava bene che loro andassero avanti a lavorarci con Scott Litt: e non vedevo nessuna ragione per non lasciarglielo fare.» Come i Nirvana, Albini è ancora stupefatto dalla facilità con la quale un accordo è stato gonfiato, sulle pagine dei giornali, fino a diventare una violenta lite fra gruppo e produttore.

Anche la Geffen sembrò stupita da quelle illazioni. «Pubblicheremo qualsiasi disco ci fornisca il gruppo» annunciò Ed Rosenblatt, il presidente della Geffen. «È tanto semplice che è quasi banale dirlo.» Per conferire ulteriore credibilità alla dichiarazione, il commento di Rosenblatt fu diffuso ai media su carta intestata della Geffen, col titolo «Kurt Cobain dei Nirvana smentisce le voci di interferenze della Geffen nel nuovo album».

Per tutta la durata delle sedute di registrazione di *In Utero*, Chris fu occupato a scrivere un articolo per la rivista «Spin» a proposito del conflitto che stava (e sta) devastando la sua terra natale, la Croazia. Ora che l'album era finito, Chris convinse Kurt e Dave a unirsi a lui per un concerto benefico a favore del Centro d'Assistenza femminile Tresnjevska di Zagabria, che si sarebbe tenuto al Cow Palace di San Francisco il 9 aprile. Acconsentirono, e la presenza dei Nirvana in cartellone, insieme a L7, Breeders e Disposable Heroes of Hip-hop-risy, aiutò a raccogliere circa 50.000 dollari per le vittime delle atroci violenze della cosiddetta «pulizia etnica» serba.

Anche mentre si avvicinava la data della pubblicazione, le anticipazioni dei media a proposito del lancio del nuovo album dei Nirvana continuavano a insistere sull'immaginario litigio con Albini: quando le prime copie in anteprima di *In Utero* vennero consegnate alla stampa, allora molti restarono sorpresi dalla grande varietà e dalla complessa struttura dell'album. Non era semplice millanteria quella che spinse Kurt a descrivere l'album come di valore almeno pari – e per certi versi superiore – a *Nevermind*.

Kurt fu inflessibile, fin dal principio, nell'esigere che l'album venisse proposto al pubblico «come un album. Sono stufo di dischi che, quando li ascolti, sembra che siano stati messi insieme all'ultimo momento. Anche se tutti i brani adesso stanno su un lato solo del compact disc, i dischi dovrebbero avere una prima facciata e una seconda facciata ben distinte. Quando ascolto un album, lo ascolto come un lavoro compatto e organico, quaranta minuti di una vita e non dieci frammenti di quattro minuti. Ci sono sempre canzoni che mi piacciono più di altre, ma il punto è che ognuna di esse ha il suo posto nell'album; e se non è così, allora l'album non funziona. Non come album».

Chris in seguito confessò che il gruppo aveva impiegato, per mettere le canzoni dell'album nella sequenza definitiva, quasi lo stesso tempo speso per registrarle. «*Rape Me* era in origine il brano di apertura del disco, ma l'abbiamo spostato perché l'introduzione è simile a quella di *Teen Spirit*, e se proprio la gente doveva dire che stavamo replicando *Nevermind*, preferivamo almeno che non potessero dirlo fin dall'inizio.»

Era per conservare questo senso di continuità che due canzoni in origine previste per l'inserimento nell'album – quella che avrebbe dovuto intitolarlo, *Verse, Chorus, Verse*, e l'apparentemente autobiografica *I Hate Myself and Want to Die*, furono alla fine escluse dal disco, mentre *Tourrette's* – novanta secondi di ululati e bestemmie che, come ammetteva lo stesso Kurt, «non erano poi granché, come canzone» (e che in origine avevano per titolo *Chuck Chuck*) – fu lasciata al suo posto. «È dell'umore giusto» disse: un umore che era tanto complesso e tanto mutevole come lo stesso Cobain.

Se l'album aveva un tema conduttore, era quello dell'alienazione in un mondo completamente al di fuori dal controllo o dalla creazione di Kurt, innervato da un cinismo sornione contro il quale la produzione di Albini, caratterizzata da un robusto uso dei bassi, si scagliava con furia sempre crescente.

Le prime parole del primo brano, *Serve the Servants*, riassumevano molti dei sentimenti di Cobain: la «rabbia adolescenziale» aveva, in effetti, «dato buoni frutti», ma il punto-chiave del testo era nel ritornello, dove Kurt sosteneva che «il leggendario divorzio» – la separazione dei suoi genitori, alla quale tanti dei suoi attuali problemi emotivi venivano fatti risalire – era diventata «una vera noia».

Non era stato un singolo evento della sua vita a portarlo all'attuale, confuso, rabbioso stato mentale; era stata la combinazione di molti eventi, e se il divorzio – e il conseguente sballottamento fra diversi parenti – era stato il momento in cui la sua famiglia si era resa conto che Kurt era un bambino sensibilmente più maturo, e sensibilmente più turbato, di quanto avessero fino a quel momento pensato, altrove *In Utero* esibiva più di un indizio (*Dumb*, con la sua esausta confessione: «Non sono come loro, ma posso far finta di esserlo») del fatto che quello fosse semplicemente stato il suo disvelamento in pubblico. Ricostruendo il suo comportamento nella vita fin dall'infanzia, c'era molto poco spazio per la finzione.

Eppure, non c'è dubbio che il divorzio abbia avuto una funzione catalizzatrice.

«Fin dall'età di sette anni,» (i suoi genitori divorziarono quando aveva otto anni, ma i loro rapporti certamente avevano cominciato già da prima a farsi difficili) «ho cominciato a trovare odiosi tutti gli esseri umani, in generale» scrisse Kurt nel suo addio al mondo. E perché? «Perché io amo troppo la gente, provo per la gente troppa compassione.»

Al centro del suo dolore, forse anche come causa del suo dolore, c'era la consapevolezza – che lo faceva soffrire anche di più – che le persone proprio non riuscivano ad andare d'accordo fra loro. In *Nevermind,* l'innodica (e a suo modo altrettanto rivelatrice) *Territorial Pissings* si apre con Chris che canta un frammento di *Get Together* degli Youngbloods: «come on everybody, you gotta love one another...».[2] Era uno scherzo: ma era anche una coincidenza?

Kurt stava cominciando a sciogliersi, personalmente se non musicalmente. La disperazione incombe su *In Utero* – un anziano commentatore fu sentito lamentarsi, dopo aver ascoltato *In Utero* per la prima volta, «Oddio, ha già scritto un album sui Dolori della Celebrità»; e anche se non significa niente il fatto che le canzoni che più evidentemente giustificano questa critica siano quelle che circolavano fin da prima che la celebrità bussasse alla sua porta (*Rape Me* e *Penny Royal Tea,* col suo titolo allusivo) anche questa interpretazione ha qualche ragion d'essere («Penny Royal», incidentalmente, è anche il nome di una cura omeopatica per l'aborto).

Ogni intervista, delle poche concesse dai Nirvana in America e in Europa nel periodo della pubblicazione di *In Utero,* rivelava Kurt in una fase di distacco (se non di completo rifiuto) dalla sua condizione di personaggio famoso, fino al punto che il gruppo nel suo complesso sembrava aver preso del tutto le distanze dalla sua celebrità.

Discutendo gli avvenimenti dell'ultimo anno e mezzo, tutti e tre i componenti della formazione unanimemente facevano riferimento al successo di *Nevermind,* o a quello

2 «Forza, tutti quanti, dovete amarvi l'un l'altro...»

di *Teen Spirit*, come se fossero entità separate da loro, e se nessuna delle due avesse niente a che vedere con i Nirvana. Si erano completamente distaccati dalla loro condizione di celebrità.

Chris lo spiegò molto chiaramente parlando ad «Alternative Press» in luglio. «Siamo entrati in scena in un momento di grandi cambiamenti, politici e sociali. Improvvisamente tutti quelli che avevano sventolato nastri gialli durante la Guerra del Golfo si stavano chiedendo a cosa fosse servito, come le cose fossero cambiate di conseguenza. E quando scoprivano di non essere in grado di rispondere a queste domande, diventavano rabbiosi.»

Teen Spirit stuzzicava questa rabbia, o forse la rifletteva. *Nevermind* ne prese le redini. Il fatto che gli stessi Nirvana venissero risucchiati dal gorgo insieme ai loro dischi era stato semplicemente un inevitabile, e sfortunato, effetto collaterale.

Anche l'intrinseca moralità della situazione ossessionava Kurt. Una volta confessò che il suo più grande sogno era che i Nirvana andassero in tournée con i Sonic Youth: un sogno che, naturalmente, si sarebbe avverato in varie occasioni. Ora, il suo incubo era che un giorno le parti potessero invertirsi, e che i Sonic Youth dovessero essere il gruppo di supporto dei Nirvana. La Geffen aveva già sollevato la questione, e per il momento Kurt era riuscito a rimandarla. Ma quanto a lungo sarebbe riuscito a continuare questo ostruzionismo?

«Non è che io abbia paura che loro possano farci sfigurare, perché so che probabilmente succederebbe questo. È il fatto che senza l'esempio dei Sonic Youth, probabilmente non ci sarebbero stati i Nirvana.» Non aveva importanza il fatto che l'opportunità di suonare come gruppo di supporto dei Nirvana si sarebbe probabilmente rivelata un'occasione d'oro, commercialmente parlando, per i Sonic Youth. Certe cose erano proprio sbagliate.

C'è tuttavia un fatto che esemplifica benissimo il rifiuto

– o forse la totale non-accettazione – da parte di Kurt della sua posizione.

Nel luglio del 1993, la giornalista di Seattle Jo-Ann Greene fu praticamente costretta ad accompagnare in automobile un collega nel centro della città per intervistare i Nirvana. L'intervista era stata fissata, rimandata e rifissata più volte, ed entrambi i giornalisti erano convinti che anche quest'ultimo appuntamento avrebbe avuto lo stesso destino dei precedenti. Dopo aver depositato il suo collega all'albergo nel quale si doveva svolgere l'intervista, la Greene parcheggiò l'automobile, poi lo raggiunse in albergo per vedere se l'intervista procedesse.

Così era: i Nirvana erano già nell'atrio dell'albergo, allora la Greene si avvicinò per far sapere al suo passeggero che se ne stava andando.

«Kurt, che stava fra Chris Novoselic e Dave Grohl, mi vide subito. Io sorrisi, e lui immediatamente distolse lo sguardo. Mentre la distanza fra noi due diminuiva» (non fu mai più di una decina di metri) «il disagio di Kurt diventava evidente. I suoi occhi si spostavano continuamente avanti e indietro, si ingobbiva nelle spalle. Quando arrivai a metà strada, Kurt cominciò a scivolare all'indietro sul divano. Continuai a camminare, e i nostri sguardi si incontrarono di nuovo. Stavolta esprimevano un autentico terrore; sembrava un animale intrappolato. Distolsi lo sguardo da lui e guardai invece i suoi compagni del gruppo, che sembravano o non essersi accorti di me o non badare alla mia presenza. Grohl alzò lo sguardo e sorrise. In quel paio di secondi, Kurt scivolò dietro al ben più massiccio Novoselic. Restituendo il sorriso a Grohl, raggiunsi il gruppetto e dissi: "Vado via. Ciao, ragazzi". Sia Novoselic sia Grohl mi sorrisero di nuovo, io mi voltai e andai via. Dopo aver fatto parecchi passi sentii dietro di me l'intelligibile sospiro di sollievo di Kurt.»

Più tardi, mentre parlava dell'accaduto col suo amico

giornalista – continua la Greene – quello si limitò a sorridere e disse: «Sì, ho visto: l'hai quasi spaventato a morte!».

La reazione – o meglio la mancata reazione – di Chris e Dave, tuttavia, faceva pensare che quello fosse il comportamento «normale» di Chris; ma sarebbero dovuti passare altri dieci mesi prima che la Greene dicesse che davvero apprezzava quanto fosse anormale la normalità di Kurt. Il suo biglietto di suicidio rese perfettamente evidente il fatto che egli non era in grado di sopportare le tensioni della celebrità; ma il suo comportamento l'aveva già reso evidente da tempo. Dopo quel breve incontro, non ci fu «assolutamente alcun dubbio» in merito nemmeno nella mente della Greene? Per Kurt, dice la giornalista, «ciò che era insopportabile continuò a essere "normale", finché ciò che era insopportabile non poté più essere sopportato».

E mentre la voce registrata di Courtney Love galleggiava sopra il Seattle Center, durante la commemorazione di Kurt del 10 aprile, e – in un momento di indifesa amarezza – guidò la folla in un coro di «Scemo», la Greene più tardi scrisse: «Scemo? No. Quello che vidi io era un uomo terribilmente spaventato, ovviamente turbato, i cui occhi da animale braccato ora mi ossessioneranno per sempre».

Capitolo 9

Sulle prime ci furono proteste a mezza voce, un mormorio indistinto sul fondo della sala. Una voce solitaria gridò «suonate un po' di rock'n'roll», e Cobain alzò lo sguardo dalla chitarra acustica, con gli occhi innaturalmente azzurri e penetranti che cercavano di scrutare nel buio. A Dylan era successo a Newport, a Bowie era successo a Filadelfia. Ma ai Nirvana, a New York? Traditori!

Una settimana prima, a Seattle, Cobain aveva discusso tutto eccitato del progetto di inserire un breve intermezzo acustico nel concerto dal vivo dei Nirvana. «Molta gente non riesce a rendersi conto del fatto che non tutte le nostre canzoni sono mostri urlanti di punk rock,» disse sorridendo. «"Unplugged"[1] è una parola che sta diventando di moda, fin troppo; ma se lo fai nel modo giusto...»

Al New Music Seminar, i Nirvana lo fecero nel modo giusto. Ma una esecuzione di *Polly* guidata dal violoncello, che proseguiva con un secondo pezzo, che poi conti-

[1] È il titolo di un programma di MTV, nel quale gli ospiti eseguivano le loro canzoni soltanto con strumenti acustici («unplugged» significa «non collegato all'amplificatore», «non elettrificato»). Dal programma venne tratta una serie di album registrati dal vivo; poi il termine è passato genericamente ad indicare qualsiasi esecuzione acustica di brani rock. (*N.d.T.*)

nuava con un terzo – dopo una *Territorial Pissings* che aveva acceso d'entusiasmo i tremila spettatori – insomma una chiusura di spettacolo con quattro canzoni che non facevano versare nemmeno una goccia di sudore, era proprio troppo difficile da accettare per la maggior parte dei presenti. I fischi isolati diventarono numerosi, e sibilanti. Ancora più gente gridava «buuuuuu!» di protesta. «SUONA UN PO' DI ROCK'N'ROLL!»

In seguito, Kurt avrebbe confessato che nel corso della performance acustica riusciva a sentire la gente che parlava, e che a tratti le loro voci erano più forti del suono prodotto dal gruppo. «È stato molto spiacevole. Voglio dire: anche se un gruppo non mi piace granché, avrei ugualmente abbastanza rispetto nei suoi confronti per non comportarmi in quel modo. Ma suppongo che New York sia fatta così.» Ma che andassero a farsi fottere. I Nirvana non avevano mai badato a questo genere di costrizioni in passato, e sicuramente non avrebbero incominciato a farlo adesso. L'intermezzo acustico avrebbe continuato a far parte dello spettacolo.

«Non voglio avere una reazione estremistica, come magari hanno fatto gli U2, che hanno trasformato il loro spettacolo in una specie di rivista musicale kitsch e hanno assunto un atteggiamento tanto sarcastico nei confronti del concetto di essere una star del rock'n'roll da farlo diventare quasi uno scherzo.» Perché per Kurt non era uno scherzo: era il suo mezzo di sostentamento e, in qualche strana, forzata interpretazione estensiva, era la sua vita stessa.

Più e più volte, solo nove mesi dopo – mentre leggeva al microfono il biglietto scritto da Kurt prima di suicidarsi – Courtney non poteva trattenersi dall'interpolare le proprie risposte alle domande che Kurt aveva lasciato in sospeso: se odiava tanto quello che stava facendo, perché semplicemente non aveva smesso di farlo?

Perché non avrebbe potuto, perché non gli sarebbe stato permesso. C'è qualcosa di incredibilmente romantico nell'idea di lasciarsi il mondo alle spalle e diventare un recluso volontario: Howard Hughes, Brian Wilson, Syd Barrett dei Pink Floyd, indipendentemente dalle loro motivazioni personali o dalle loro condizioni mentali, tutti e tre sostanzialmente avevano detto basta di colpo proprio nel momento di maggiore notorietà, si erano estraniati dal circo del rock'n'roll (o, nel caso di Hughes, da quello di Hollywood) ed erano sprofondati, con eleganza, nella leggenda.

Ma quanto era stato sereno il loro ritiro? Hughes era diventato l'argomento preferito dei pettegoli, e circolano ancora oggi leggende a proposito delle sue eccentricità. Wilson era diventato il soggetto di incontrollate supposizioni, e Barrett il protagonista di una mitologizzazione così fanatica che persino i suoi compagni di gruppo ancora scrivevano canzoni su di lui dopo che erano trascorsi ben sette anni da quando aveva lasciato la formazione, e le rare occasioni in cui si avventurava fuori di casa erano diventate, agli occhi della stampa (e per estensione, sembra, anche nella sua stessa mente), eventi sensazionali.

Una fanzine interamente dedicata a lui conteneva persino una rubrica fissa intitolata «Avvistamenti di Syd», come se lui fosse un UFO o qualcosa del genere, ed era piena di storie che andavano dall'abbastanza plausibile all'assolutamente improbabile. Se Kurt avesse mai considerato la possibilità di fare un passo indietro e permettere alla follia di quietarsi, la storia di Syd Barrett lo avrebbe sicuramente indotto a esitare e forse a ripensarci.

Così tirò avanti, spiacevolmente, acrimoniosamente, tristemente, ma con sufficiente autocontrollo (e testarda ostinazione) da riuscire a tenere nascosti i suoi sentimenti più profondi e più oscuri alle persone che erano nella posizione migliore per poterlo aiutare.

I singhiozzi soffocati con cui Courtney lesse le ultime parole di Kurt fanno pensare che nemmeno lei fosse consapevole di quanto in basso suo marito fosse precipitato durante il tour negli Stati Uniti e in Europa col quale i Nirvana fecero seguito alla pubblicazione di *In Utero*, nell'ottobre del 1992. E questo non stupisce affatto: Kurt era lontano da casa per la maggior parte del tempo, e quando la coppia si riuniva, in alberghi lungo il tragitto del tour o nel retropalco dei concerti – e, per breve tempo, ad Atlanta durante le registrazioni del nuovo album degli Hole – c'erano così tante altre cose che succedevano intorno a loro che, anche se lei fosse stata preparata ad ascoltare i problemi del marito, Kurt non si sarebbe sentito a suo agio nel parlargliene.

La disputa sul libro della Clarke e della Collins era in qualche maniera confinata sullo sfondo, ma c'erano anche altri giornalisti sulle tracce di Kurt. Anche quando non stava lavorando, Kurt doveva restare in guardia.

C'erano anche alcuni momenti sereni. Ritornando in automobile, dopo uno dei concerti americani, all'albergo dove era alloggiato il gruppo, Kurt improvvisamente dichiarò di essere affamato e di volersi fermare a una tavola calda che aveva visto lungo la strada.

Una delle persone che assistevano il gruppo negli spostamenti lo guardò con orrore. «Non puoi entrare là! Sono le undici e mezza di sera, il concerto è appena finito, e il posto sarà affollatissimo!»

Ma Kurt fu inflessibile. Era stato un buon concerto, era di buon umore, ed era affamato. «Fermate la macchina. Andiamo.»

Con tutti i nervi che urlavano dalla paura, i compagni di Kurt lo seguirono nell'affollato locale: «E non l'ho mai visto tanto felice. Se ne stette lì seduto a firmare autografi, a parlare con i fans, a passare dei momenti bellissimi».

Nei giorni che seguirono la morte di Kurt, cominciarono a venire a galla molte storie come questa, emergendo da dietro la cappa funebre di epitaffi al «genio triste e incompreso» che i media ormai stavano accumulando sulla povera testa martirizzata di Kurt: le volte che si era fermato per farsi fare una fotografia, sorridere e firmare autografi, che aveva accolto l'interruzione anche la più inattesa con una gentilezza e una civiltà lontane le mille miglia da quel mostro egocentrico che così spesso veniva dipinto dai media.

«Forse era un drogato, forse era confuso nel cervello, forse ha fatto davvero tutte le cose che i giornali hanno scritto che ha fatto» disse qualcuno. «Ma era anche un essere umano, e lo dimostrava molto più spesso di quanto gli fosse riconosciuto.»

I Nirvana trascorsero la maggior parte dell'autunno del 1993 in tournée negli Stati Uniti; una lontananza da casa – come quella per i concerti in Europa che sarebbe seguita nel nuovo anno – che era notevolmente più lunga di quanto Kurt potesse mai avere auspicato. Tuttavia, non puntò mai i piedi; notizie provenienti da tutta la nazione descrivevano quanto bene i Nirvana stessero suonando, quanto intense fossero le loro esibizioni, e, soprattutto, quanto Kurt sembrasse entusiasta di tutto quanto stava succedendo.

Ancora una volta il gruppo aveva aggiunto alla sua formazione un secondo chitarrista: Big John del leggendario gruppo Oi![2] inglese aveva suonato con loro a New York; ora si era aggiunto al gruppo Pat Smear, già chitarrista – propellente e ruggente – dei leggendari Germs. Ora Kurt era molto più libero di concentrarsi sulla parte vocale, e ovviamente era lieto di averne l'opportunità.

Fuori scena, era anche meno lunatico: chi partecipava al tour raccontò di lunghi periodi di silenzio che a volte diventavano stati di depressione, a volte no; anche se qualcuno fosse pienamente qualificato a definire lo stato mentale di un'altra persona, è spesso difficile individuare

[2] Stile musicale derivato dal punk rock, nato all'inizio degli anni Ottanta a Londra, praticato soprattutto da gruppi di destra, skinheads dalle voci e dai toni aspri, e caratterizzato da temi giovanilisti e operaisti, trattati in stretto slang cockney (Claudio Quarantotto, *Dizionario della Musica Pop & Rock*, 1994 Newton Compton Editori, Roma). (*N.d.T.*)

quale sia precisamente il male che l'affligge, specialmente quando l'ammalato non intende parlarne.

Ma anche se la cappa di silenzio che aveva avvolto lo stato mentale di Kurt nel corso di questi ultimi mesi restava impenetrabile, è evidente che sia la Geffen che la Gold Mountain stavano nutrendo preoccupazioni sempre più forti nei confronti di Kurt: sia come progetto commerciale – lui, dopo tutto, stava facendo guadagnare loro una gran quantità di denaro – sia come essere umano.

Nei giorni immediatamente seguenti alla morte di Kurt, messo di fronte all'accusa secondo la quale quelli che avrebbero dovuto darsi maggiormente da fare per accertarsi che Kurt rimanesse sereno e tranquillo avevano invece, secondo il parere generale, fatto troppo poco in proposito, un funzionario della Geffen, visibilmente sconvolto, insistette che molto invece era stato fatto, e ancora di più ci si era offerti di fare. «Ma come puoi aiutare qualcuno che non vuole essere aiutato, che respinge ogni offerta che gli viene fatta?»

Rinchiuso nella sua ciclica alternanza di momenti di eccitazione incredibile e momenti di scoraggiamento paralizzante – un sintomo riconosciuto di quella sindrome maniaco-depressiva di cui poi tanti hanno ipotizzato che egli soffrisse – Kurt forse non aveva bisogno di quell'aiuto, perché si sentiva bene e padrone del mondo, o forse non aveva fiducia in quell'aiuto, convinto che l'unico istinto di cui potesse fidarsi fosse il suo, e che chiunque altro volesse semplicemente qualcosa di lui, o da lui, per il proprio interesse.

Nella sua posizione, e lui lo sapeva, era al tempo stesso una persona e una merce: fra i requisiti più importanti richiesti dalla celebrità c'è la capacità istintiva di essere così razionalmente distaccato da questi due ruoli da saper distinguere a quale dei due si stanno rivolgendo le persone che ti circondano. Kurt non aveva questa capacità: quando era «su», chiunque era amico suo, e lui considerava implicitamente affidabili quelli che gli stavano intorno. Gli intervistatori che lo incontrarono in uno di questi periodi lo lasciavano convinti di essersi fatti un amico per tutta la vita.

Ma quando era «giù», pensava che chiunque fosse pronto a fargli del male.

Respinse la proposta che gli fosse assegnata una guardia del corpo per proteggerlo dall'invadenza di fans, giornalisti, fotografi e simili, perché questo non era nello spirito del punk rock. Secondo una fonte bene informata, Kurt continuò a essere convinto che i Nirvana fossero un'entità separata dall'industria della musica commerciale, anche quando ne accettavano le regole, anche quando registravano musica di per se stessa commerciale (quale altra definizione, dopo tutto, può essere applicata a un gruppo i cui ultimi due album erano stati numero uno in tutte le classifiche internazionali?).

«Axl Rose ha una guardia del corpo» ringhiò una volta Kurt quando venne sollevato l'argomento. «Io non sono Axl Rose.»

In un'intervista pubblicata dalla rivista «Spin» poche settimane prima della morte di Kurt, Courtney tentò di giustificare l'atteggiamento del marito. Eddie Van Halen, chitarrista del gruppo di heavy metal che da lui prende il nome, si presentò nel retropalco a un concerto dei Nirvana, «e praticamente li implorò di potersi unire a loro sul palco per il bis, completamente immemore del fatto che gruppi come i Nirvana esistono anche per distruggere dinosauri come lui».

Diciassette anni prima, i Sex Pistols, gli Adverts, e i loro colleghi della prima ondata di gruppi punk rock si erano posti lo stesso obiettivo. Sarebbero i Nirvana riusciti dove quelli avevano fallito? Solo il tempo avrebbe potuto dirlo. Sfortunatamente, di tempo ormai Kurt non ne aveva quasi più.

In ottobre, i Nirvana mantennero la vecchia promessa di

Kurt di realizzare qualcosa sul genere di «MTV Unplugged» quando parteciparono a... «MTV Unplugged».[3]

Trasmesso più o meno nello stesso periodo in cui la Tim/Kerr Records, l'etichetta discografica indipendente di Portland, pubblicò finalmente *The Priest They Called Him*, il disco registrato da Kurt in collaborazione con William Burroughs, «MTV Unplugged» fu un avvenimento allegro e rilassato.

Con la formazione ampliata dal secondo chitarrista Smear (come al solito) e dalla violoncellista Lori Goldstein (della Black Cat Orchestra di Seattle), i Nirvana eseguirono un lungo programma di canzoni che pescava non solo dal loro repertorio, ma anche da quello di diversi amici.

Ne facevano parte un brano dei Vaselines, due classici dei Meat Puppets (con la partecipazione come ospiti d'onore di due membri di quel gruppo, Chris e Kurt Kirkwood, presentati da Kurt come «i fratelli Meat Puppet»), e persino una canzone di David Bowie, *The Man Who Sold The World*, introdotta da Kurt con l'avvertenza: «Vi garantisco che stravolgerò questa canzone» (non lo fece!) e ornata di un curiosamente appropriato distico improvvisato all'istante: «I gazed a gazeless stare with multimillionaires, I must have died alone, a long, long time ago».[4]

I Nirvana ritornarono davanti alle telecamere di MTV alla fine dell'anno, quando furono ingaggiati per essere la principale attrazione – insieme ai Pearl Jam – dell'annuale Concerto di Capodanno.

[3] Vedi nota 1.

[4] «Ho scambiato sguardi fissi e vacui con multimiliardari, devo essere morto da solo, molto, molto tempo fa.» La frase è inclusa anche nel testo originale del brano (pubblicato per la prima volta nel 1971 sull'album *The Man Who Sold The World*, appunto di David Bowie), e in quella versione originale dice precisamente: «I gazed a gazley stare at all the millions here / We must have died alone a long long time ago». L'esecuzione di Cobain è ora disponibile nell'album dal vivo *Nirvana Unplugged*, MCA. (*N.d.T.*)

Era un'accoppiata a doppio taglio. I Pearl Jam, derivati da due gruppi di Seattle della metà degli anni Ottanta – Green River e Mother Love Bone – erano arrivati alla notorietà solo pochi mesi dopo il successo dei Nirvana, e in termini puramente numerici le loro vendite erano state molto superiori anche a quelle già strepitose dei Nirvana.

Non era l'invidia, però, che spingeva Kurt a dir male dei Pearl Jam a ogni occasione. Come nel caso della possibilità che i Sonic Youth fossero il gruppo di supporto dei Nirvana in tournée, si trattava di un dilemma etico, e Kurt sapeva esattamente quale fosse il suo ruolo al riguardo.

«Sento il dovere di mettere in guardia i ragazzi dalla musica insincera che sostiene di essere "underground" o "alternativa"» disse alla rivista «Rolling Stone» e, avendo già definito i Pearl Jam «i responsabili di questo ibrido tra industria, alternativa e rock del cazzo», ora aggiunse: «Stanno solo saltando sul carro dell'alternativa».

La verità in proposito, naturalmente, è a doppio taglio: proprio come il 1977, e la prima fioritura del punk rock inglese, avevano visto emergere sulla scena un gran numero di gruppi le cui credenziali punk erano a dir poco discutibili, ma che erano ugualmente stati accolti nella nuova comunità che stava crescendo, così l'effusione di gruppi indubitabilmente «alternativi» all'inizio degli anni Novanta aveva visto un'analoga, confusa moltiplicazione di etichette e categorie. Gli stessi Nirvana erano stati raccolti e accettati da collettività musicali decisamente lontane per gusti e preferenze da quelle alle quali essi si rivolgevano: i loro video erano trasmessi in «Headbangers Ball»,[5] le loro fotografie erano pubblicate da «Metal Hammer» e da «Kerrang!»,[6] era stata loro offerta persino una partecipazione in un tour dei Metallica e dei Guns n'Roses (offerta

[5] La trasmissione di MTV dedicata all'heavy metal (vedi capitolo 3). (*N.d.T.*)
[6] Riviste musicali specializzate in heavy metal. (*N.d.T.*)

che avevano rifiutato). Per correttezza nei confronti dei Pearl Jam, bisogna riconoscere che la stessa cosa era accaduta a loro.

L'ostilità che era sorta fra Nirvana e Pearl Jam aveva degli alti e bassi a seconda delle fasi di popolarità dei due gruppi; sul finire del 1993 entrambi avevano appena pubblicato gli attesissimi seguiti degli album che avevano dato loro il grande successo, ottenendo numerosi dischi di platino; ed entrambi avevano visto i loro dischi esordire nella classifica di «Billboard» direttamente al numero uno. Il concerto di MTV avrebbe finalmente offerto loro l'opportunità di seppellire pubblicamente l'ascia di guerra; solo che i Pearl Jam la lasciarono a casa.

Mentre si avvicinava il momento dell'inizio dello spettacolo, l'entourage dei Pearl Jam dava segni di sempre maggiore agitazione. Eddie Vedder, il cantante del gruppo, non si era ancora fatto vedere; e, in effetti, non si presentò proprio. Suonarono solo i Nirvana. Le speranze che loro e i Pearl Jam potessero salire insieme sul palco per un delirante bis di Nuovo Anno svanirono, e invece fu il turno di Vedder di diventare il soggetto delle più scatenate illazioni dei media a proposito della sua assenza, e di dove si trovasse. Kurt sicuramente ne sorrise: non poteva sapere che solo quattro mesi dopo lui stesso sarebbe stato l'oggetto di una ancor più frenetica caccia all'uomo... e alla fine non si sarebbe scoperto che aveva l'influenza.

I concerti inglesi ed europei dei Nirvana furono notevoli per il carattere di veri e propri eventi storici che il gruppo conferì ai suoi spettacoli. A Londra i Nirvana ebbero come gruppo di supporto le Raincoats, ricostituitesi – attorno alle due componenti originarie, Anna da Silva e Gina Birch – come diretta conseguenza dell'interesse nei loro confronti dichiarato da Kurt; sul continente si aggiunse al cartellone un'altra leggenda del punk, gli appena ricostituiti Buzzcocks.

Quasi ogni sera Kurt fu visto o di fianco al palco, o in incognito fra il pubblico, bearsi delle dolciamare canzoni ad alto numero di ottani di Pete Shelley... e forse scivolare indietro nella memoria all'adolescente disadattato che un tempo se ne stava disteso nella sua stanza e si identificava con ogni parola cantata da Shelley.

Ad alcuni di quei concerti parteciparono anche i Melvins, che avevano raggiunto i Nirvana in tournée solo pochi mesi dopo che Kurt aveva lavorato con loro in studio di registrazione come produttore del loro settimo album, *Houdini*, che rappresentava anche il debutto del gruppo per una grande casa discografica.

Negli anni trascorsi da quando i Melvins avevano lasciato il Nordovest per San Francisco erano accadute molte cose, fra le quali un'ondata di interesse nei confronti del gruppo senza precedenti, suscitata dall'apparizione, nel corso di una puntata dello show televisivo «Saturday Night Live», di Kurt che indossava una T-shirt col nome dei Melvins. «Una pubblicità migliore non sarebbe stato possibile comprarla» disse poi ridendo Buzz Osbourne; ma ne sarebbe arrivata anche di più.

Interrogato su quali fossero state le sue influenze musicali più formative, Kurt non mancava mai di ringraziare i Melvins. Quando qualcuno insisteva a chiedergli quale fosse secondo lui il futuro del rock'n'roll, di nuovo faceva il nome dei Melvins. Ora stava per debuttare come produttore, e anche se le tensioni della nascita tanto dolorosamente strombazzata di *In Utero* finirono col trascinarlo fuori dallo studio di registrazione a lavoro solo parzialmente completato, Kurt – come disse Dale Crover – «indiscutibilmente aveva qualche idea interessante: cose che aveva imparato a proposito di diversi microfoni, esecuzioni, accordature. Ma di solito ci lasciava molta libertà. Era un uomo con delle idee: il miglior tipo di produttore che ci sia, almeno per un gruppo come il nostro».

Si profilava la fine del tour. Il 22 febbraio il gruppo diede uno splendido concerto a Roma, uno dei migliori che avessero fatto in tutto il tour. La tappa successiva, Milano, fu invece un disastro. Per tutta la durata di due interi concerti Kurt non sembrò lui, né per l'aspetto, né per il modo in cui suonò e cantò: «Sul palco, sembrava morto» osservò un recensore.

Migliorò di poco quando il tour arrivò in Germania per gli ultimi spettacoli. Kurt scese dal palco al termine dell'ultima sera – a Monaco, il primo marzo – e lo sguardo nei suoi occhi era più eloquente di ogni discorso. Non avrebbe potuto, non avrebbe voluto, tenere un altro concerto nemmeno se la sua stessa vita fosse dipesa da quello.

Da Monaco, Kurt volò a Roma, dove si sarebbe incontrato con Courtney. La coppia aveva una stanza prenotata all'hotel Excelsior, e la visita era stata organizzata soltanto come l'occasione per un po' di meritatissimo riposo e divertimento.

Entro pochi giorni, le luci dei flash avrebbero brillato più di quanto avessero mai fatto in passato.

Epilogo

Stranamente, sembra che nessuno abbia sentito lo sparo, né che se ne sia almeno reso conto. Due giorni dopo – giovedì 7 aprile – pare che il Dipartimento di Polizia di Seattle abbia ricevuto un'altra lamentela riguardante la residenza dei Cobain: una telefonata di qualcuno che sosteneva che ci fosse stata una violazione di domicilio. Cinque minuti più tardi – sostiene sempre la stessa fonte – una seconda telefonata smentì la precedente, dichiarando che si era trattato solo di uno scherzo.

La polizia, in ogni caso, uscì per un controllo: ma la villa era silenziosa, vuota, e gli operai che avevano lavorato nel terreno circostante durante tutta la settimana non ne sapevano nulla di violazioni di domicilio né di scherzi telefonici. Il signore e la signora Cobain non erano stati visti dalle parti di casa loro per tutta la settimana. Gli investigatori privati che erano tuttora impegnati nella ricerca di Kurt confermarono la versione degli operai, e così fecero anche i vicini di casa. Il corpo di Cobain giacque per tre giorni là dov'era caduto.

Tornata a Los Angeles, Courtney era ormai quasi fuori di sé. Era ormai passata un'intera settimana dall'ultima volta in cui aveva parlato con suo marito. Courtney – come disse in seguito il suo avvocato, Barry Tarlow – era già «sconvolta, preoccupata, agitata», ora pareva anche che stesse soffrendo di qualche reazione allergica ai medicinali che le erano stati prescritti per cercare di calmarle i nervi: il corpo le si stava riempiendo di irritazioni e gonfiori. Disperata, chiamò la guardia medica.

Courtney fu trasportata d'urgenza al Century City Hospital: non, però, con la diagnosi di sindrome allergica, ma con quella di sospetta overdose di stupefacenti. Dopo le cure, fu incriminata per sospetto possesso di droga; possesso di attrezzi connessi all'uso di droga (compresa una siringa ipodermica); e possesso di oggetti trafugati (un ricettario – spiegò Tarlow – che il medico aveva dimenticato nella stanza di Courtney).

L'avvocato negò anche il possesso di droga. Tarlow disse che la polverina trovata dagli agenti in un talismano portafortuna non era droga, ma cenere.

Courtney fu rilasciata dietro versamento di una cauzione di 10.000 dollari tre ore dopo l'incriminazione. La citazione in giudizio fu fissata per il 5 maggio. Courtney ricominciò la sua veglia.

Ma l'attesa era quasi finita.

Gary Smith, un elettricista cinquantenne dipendente della Veca Electrical Contractors di Bellevue, arrivò a casa Cobain verso le otto e mezza del mattino di venerdì 9 aprile, per cominciare l'installazione di un sistema d'allarme.

«Ho attraversato la porta d'ingresso e mi sono diretto verso il retro del garage, per cercare se c'era un modo di far passare il cavo elettrico.» Fu allora che vide il corpo, «attraverso una finestrella di vetro sulla porta». Ma sulle prime non si rese conto che era un corpo umano. Sul momento pensò che fosse un manichino da sartoria disteso a terra vicino a un vaso da fiori rovesciato.

Poi vide il sangue coagulato vicino all'orecchio destro. E poi vide il fucile, puntato al mento.

Smith corse sul suo furgone e fece una chiamata via radio alla sua centrale: «Chiamate il 911... c'è un corpo!».

Confessò di non averlo riconosciuto, perché non aveva mai visto Kurt Cobain. «Se l'avessi incontrato per strada, non avrei saputo dire chi fosse.»

Mentre Smith aspettava l'arrivo della polizia, il suo capo era al telefono con la stazione radiofonica locale KXRX-FM.

«Fu molto preciso nei particolari» dice il disc jockey Beau Roberts, che ricevette la telefonata. «Ma quando gli chiesi il suo nome, stette sulla difensiva e riattaccò. Pensammo che si trattasse soltanto di un altro scherzo.» Dopo tutto, non sarebbe stata la prima volta: le fabbriche di dicerie prosperano sulla morte e sulle sciagure, e in fondo non c'è bisogno di molto per mettere in moto le voci.

Occorse una seconda, e ancor più dettagliata telefonata, per convincere la KXRX ad andare a fondo della cosa; poi, quando il dipartimento di polizia confermò che in effetti era stato rinvenuto un cadavere, la stazione radio diffuse le informazioni in suo possesso, rivelando la notizia a una stupefatta Seattle.

Non c'era ancora molto da dire, ma quel poco era più che sufficiente. Per tutta la giornata, gli ascoltatori restarono incollati alle radio per aggiornamenti, nuove informazioni o anche vaghe illazioni. MTV entrò immediatamente in azione con una edizione straordinaria del notiziario che durò tutta la giornata, tanto che la rivista «Time» paragonò il servizio giornalistico di MTV a quelli che erano seguiti all'assassinio di John Fitzgerald Kennedy, trentun anni prima, «con Kurt Loder nel ruolo di Walter Cronkite».

Eppure, ancora al momento di distribuire la sua edizione pomeridiana, il quotidiano locale «Seattle Times» non era in grado di fornire niente di più concreto che la notizia del ritrovamento di un cadavere; e la polizia non era certo prodiga di informazioni. C'era un biglietto di suicidio, ma la polizia «non intendeva dichiarare chi l'avesse firmato, a chi fosse indirizzato, né il suo contenuto. Rifiutava anche di confermare l'identità della persona trovata morta».

Per il pubblico di Cobain, tuttavia, già il sospetto era

sufficiente. Alle undici e mezza del mattino, un primo gruppetto di fans già sfidava la pioggerella e si dirigeva verso Madrona. A metà del pomeriggio, anche se intorno alla casa non c'era più che una mezza dozzina di persone in attesa, anche il passante meno interessato si sarebbe reso conto che qualcosa di molto tragico, di molto triste, aveva turbato la quiete di quel quartiere di bei giardini e lussuose automobili.

Altrove, la situazione era in qualche maniera ben più frenetica. A un certo momento, le «crisis hotlines»[1] di Seattle rispondevano alle chiamate dopo un'attesa di almeno un quarto d'ora, e ancora a mezzanotte le attese si erano fatte persino più lunghe. Un volontario del servizio confessò che non gli era mai capitata una giornata come quella, e che sperava che non gli capitasse mai più.

Tre giorni dopo, lunedì 11 aprile, si ebbe notizia del primo suicidio «per imitazione» a Seattle. Non sarebbe stato l'ultimo. «Cobain era un artista di talento, ma il suo ultimo messaggio faceva intendere che il suicidio fosse una buona cosa» si dispiacque il capo dell'esecutivo della Contea, Gary Lock, in una dichiarazione ai media. «È essenziale, ora, che noi diamo una risposta a quel messaggio. Possiamo dare un aiuto.» La MTV sostenne la dichiarazione includendo un servizio sulla prevenzione dei suicidi nel suo programma d'informazione «Week in Rock», diffuso nel corso del fine settimana seguente.

Sia la KXRX sia la KISW annunciarono che avrebbero trasmesso musiche dei Nirvana per tutto il weekend, rivoluzionando palinsesti e programmazione. «La gente è davvero sconvolta» disse Mike West, direttore del notizia-

[1] Servizi di assistenza telefonici che rispondono a un numero verde, destinati a fornire aiuto e consiglio a chi è in crisi depressiva. Consulenti psicologi e psichiatri professionisti sono a disposizione per parlare con gli interlocutori dei loro problemi e fornire pareri e suggerimenti. «Niente giudizi. Niente domande. Solo dialogo. Non soffrite da soli. Fate il primo passo chiedendo aiuto. Tutte le telefonate sono gratuite e riservate.» (*N.d.T.*)

rio della KXRX. «Per la cosiddetta "Generazione X", Cobain è il John Lennon di questa epoca. Vivevano per ogni sua parola.»

Mike Jones, disc jockey della KISW, era dello stesso parere. Il centralino della radio aveva squillato ininterrottamente per tutto il giorno, fino a diventare incandescente; avevano chiamato centinaia di fans, che «non volevano sentire quello che avevamo da dire loro. Speravano che dicessimo che era solo una voce, e non la verità».

Ma, naturalmente, non era così. Entro sera, la KXRX, la KISW e la KNDD avevano cominciato ad annunciare che avrebbero organizzato una veglia funebre, domenica sera, al Flag Pavillion del Seattle Center. Sabato notte ci sarebbe stata una veglia a lume di candela ad Aberdeen, città natale di Cobain, dove la festa per il sesto compleanno dell'etichetta discografica locale Sub Pop, già da tempo fissata proprio per quella sera al Crocodile Café, ora si era trasformata in una veglia funebre. Le telecamere dei telegiornali erano già pronte fuori del locale prima ancora che gli invitati e gli ospiti cominciassero ad arrivare.

Fu un evento in tono minore, e – per tutti i giornalisti che vi erano convenuti – piuttosto deludente. Suonarono tre gruppi, tutti e tre scoperti dalla Sub Pop: Sunny Day Real Estate, Pond e Velocity Girl: ma anche i loro fans sembravano perplessi. Bruce Pavitt prese la parola per un breve e triste discorso. «Molto di quanto è successo alla Sub Pop è successo insieme e contemporaneamente a quanto è successo ai Nirvana... Dobbiamo ricordare e commemorare quanto c'è stato di positivo in Kurt Cobain.»

In seguito, molti dei partecipanti alla serata si diressero al Linda's Tavern, il vicino locale di cui erano comproprietari Jonathan Poneman e Pavitt della Sub Pop, dove pare che Kurt fosse stato visto una settimana prima di suicidarsi.

I negozi di dischi furono saccheggiati: alle tre del pomeriggio di venerdì, praticamente non era rimasto in vendita in tutta Seattle nemmeno un disco dei Nirvana. Molti negozi avevano persino staccato la cornetta del telefono: «Non ci è capitato un giorno come questo dopo quello in cui è morto Lennon!» sospirò uno dei pochi negozianti che ancora si prendevano la briga di rispondere.

Da entrambi i lati dell'Atlantico, le classifiche della settimana seguente documentarono come l'intero catalogo discografico dei Nirvana avesse compiuto notevoli – anche se certo non imprevedibili – passi avanti in graduatoria. *In Utero* balzò dal numero 72 al numero 27, vendendo oltre 40.000 copie; *Nevermind* triplicò le 7.000 copie che aveva venduto la settimana precedente, salendo dal numero 167 al numero 56; *Incesticide* rientrò in classifica al numero 147; le vendite di *Bleach* passarono, dalle 2.000 copie della settimana precedente la morte di Kurt, alle 9.000 copie. E questo solo per quanto riguarda i dati di vendita fino alla domenica successiva alla tragedia.

Dove gli album dei Nirvana erano esauriti, i fans cominciarono a comprare al loro posto quelli degli Hole. *Live Through This,* il secondo album del gruppo, fu pubblicato il martedì seguente la morte di Kurt (la data era stata già fissata qualche tempo prima) e almeno uno dei negozi di Seattle poté dichiarare: «L'abbiamo esaurito già lo stesso giorno in cui ci è arrivato» (così disse al «Post-Intelligencer» Rich Price, direttore della filiale cittadina della catena Musicland). «Molta gente l'ha richiesto. È sicuramente uno dei dischi dei quali si parla di più. Stava già ricevendo buone recensioni prima della morte di Kurt, ma quel fatto ha agito da catalizzatore dell'attenzione.»

Eppure, in mezzo a tanta frenesia, ancora c'erano ben poche notizie di cui parlare. Il cadavere di Kurt fu identificato grazie alle impronte digitali, e alle sette di sera di venerdì le prime limousines nere stavano già salendo il tortuoso viale d'accesso che conduce all'abitazione. La polizia aveva già lasciato il luogo del fatto, lasciando il posto a un'organizzazione di sicurezza privata.

Courtney Love non si era ancora vista. La notizia del

suo arresto del giorno precedente non era ancora venuta a galla, se non per un vago «si dice» che fu immediatamente (e incresciosamente) ritenuto inattendibile anche dai reporter più scafati. Invece, i giornalisti e i cameraman davano la caccia ai fantasmi: una voce sosteneva che Courtney fosse stata vista imbarcarsi all'aeroporto Van Nuys su un volo charter per Seattle, un'altra dichiarava che la cantante era a Londra, dove gli Hole si sarebbero dovuti esibire all'Astoria II la domenica seguente.

Come poi si venne a sapere, Courtney era volata a Seattle immediatamente dopo aver ricevuto la comunicazione della morte del marito: aveva prenotato un volo su un charter e si era recata direttamente a casa della madre di Kurt, Wendy O'Connor. «Ho dormito tutte le notti con sua madre» disse Courtney alle migliaia di fans che si erano riuniti per prendere parte alla veglia funebre della domenica. «E mi sono svegliata ogni mattina pensando che nel letto ci fosse lui, perché hanno all'incirca la stessa corporatura.»

Courtney arrivò a casa sua, che ormai era presidiata dai media, il sabato. Michael Azerrad, autore della biografia dei Nirvana *Come As You Are*, comparve a un certo momento sulla porta per trasmettere un messaggio di ringraziamento di Courtney ai fans radunati. Più tardi, Courtney parlò per qualche minuto con la giornalista di MTV Tabitha Soren (che, ironicamente, si trovava già a Seattle per realizzare un servizio televisivo sulle conseguenze dell'uso di droghe). Courtney lesse parecchi brani della lettera di suicidio di Kurt, riservando gli altri per il messaggio che stava registrando perché fosse diffuso al Seattle Center durante la veglia funebre della sera seguente. Ne avrebbe letti altri ancora durante la cerimonia funebre privata organizzata dalla famiglia.

Là si riunirono, per l'estremo saluto, circa duecento persone, tra parenti e amici: fra questi c'erano il padre, che Kurt aveva visto solo saltuariamente negli ultimi anni, la madre e la sorella Kim, la zia Bev e il nonno paterno Leland. C'erano anche Dave Grohl e Chris Novoselic, Kim Deal e Peter Buck. La nonna di Kurt, Iris, non c'era: le cattive condizioni di salute le impedirono di compiere il viaggio fino a Seattle. «Ora non ho più la possibilità di dirgli addio» pare che abbia detto alla zia Bev.

Dopo il servizio funebre, venne trasmesso un nastro registrato con alcune delle canzoni preferite di Kurt: Iggy Pop, i Beatles, Leadbelly e anche qualcuna delle sue. In qualche maniera, la presenza di Kurt in una compagnia tanto prestigiosa sembrava perfettamente adeguata.

Contemporaneamente, la registrazione del messaggio di Courtney echeggiava dagli altoparlanti in un Seattle Center ammutolito. Altri oratori – disc jockey che rievocavano i loro incontri con Kurt, lo zio acquisito Larry Smith che raccontava alcuni ricordi di momenti felici, il reverendo Towles che guidava la folla in una preghiera breve ma sentita – erano già saliti e scesi dal palco. Ora Courtney era sotto la luce di un riflettore che si era augurata di non dover mai vedere.

Con la voce resa quasi inintelligibile dal pianto, Courtney cominciò a leggere le ultime parole del marito scomparso. Le fece precedere da una coraggiosa spiegazione: coraggiosa perché, anche nei suoi ultimi attimi di vita, i pensieri di Kurt non erano stati dedicati solo ai suoi familiari più stretti. Erano andati anche a chiunque avesse mai comperato un disco dei Nirvana, a chiunque fosse mai andato a sentirli suonare, a chiunque la cui vita sarebbe stata toccata – e in un certo senso resa un poco più triste – da ciò che lui stava per fare.

«Non penso che leggere queste parole sia irrispettoso verso di lui, considerando che sono rivolte soprattutto a voi.»

In seguito, alcuni media espressero delle riserve critiche sul fatto che un momento così intimo fosse stato condiviso con oltre cinquemila estranei, ma Courtney fece bene a leggere quelle parole, così come fece bene a partecipare personalmente alla commemorazione, intervenendo poco prima che fosse finita, e recandovisi direttamente dalla Unity Church per sedersi silenziosamente tra i fans addolorati.

E fece bene anche a guidare la folla, tramite il messaggio registrato su nastro, in un coro di «scemo» alla memoria del marito scomparso. Alla luce di quanto lui stesso aveva confessato – che si era tolta la vita perché non riusciva più a sopportare il suo lavoro – quella era la risposta più sincera che potesse rivolgergli.

E oggi la maggior parte della gente è d'accordo su questo.

Ma anche se finalmente si è riusciti a dare una risposta alle domande che avevano cominciato a turbinare in giro per Seattle dal primo momento in cui era arrivata la notizia, anche se i pezzi del confuso rompicapo degli ultimi giorni di vita di Kurt finalmente sono stati messi insieme e l'immagine si è ricomposta, ce ne sono alcuni, fra questi, che probabilmente non si potranno mai collocare al posto giusto.

Perché, visto che le precarie condizioni della salute mentale di Cobain erano note a tutti, non lo si è mai indirizzato verso un aiuto del quale si potesse fidare.

Perché, dato che il suo stato di salute fisica metteva evidentemente a rischio sia il suo equilibrio, che quello del suo gruppo, non si è fato qualcosa di più per scoprire cosa fosse che non andava?

E perché, prima ancora che il suo corpo venisse consegnato al riposo eterno della sepoltura, si è avuta la terribile sensazione che Kurt non sarebbe stata l'ultima coccolatissima e iperprotetta superstar a morire tanto adorata, eppure tanto sola? In un'osservazione che ancora oggi viene diffusa in giro per il mondo – la prima frase citabile di un componente della famiglia addolorata – Wendy O'Connor si dolse del fatto che suo figlio alla fine fosse entrato a far parte di «quello stupido club», il club esclusivo riservato ai musicisti morti di rock'n'roll.

I notiziari giornalistici ingurgitarono con avidità quel commento, anche soffermandosi a sottolineare che Kurt quando morì aveva 27 anni: la stessa età di Jimi Hendrix e Jim Morrison. Ma Hendrix e Morrison, Sid Vicious, Brian Jones, Andrew Wood e tutte le altre stelle che brillano nel paradiso del rock'n'roll, non hanno cercato deliberatamente la morte, non hanno scritto tranquillamente una lettera alle loro famiglie prima di ficcarsi in bocca la canna di un fucile e fare fuoco.

Non c'è stato niente di accidentale nella morte di Kurt Cobain, né c'è stato spazio per qualche errore. Anche se non avesse lasciato quella lettera, nessuno avrebbe mai potuto dire che il suo gesto era stato solo un'altra invocazione d'aiuto finita orribilmente, tragicamente male. Cobain sapeva quello che stava facendo, e sapeva altrettanto bene perché lo faceva. E nel prendere quella decisione ne prese anche un'altra. Non si stava iscrivendo a qualche «stupido club»... o, se lo stava facendo, il club non era quello che pensava sua madre.

Kurt Cobain non fa parte del gruppo dei Morrison o dei Moon di questo (o di qualsiasi altro) mondo. Invece, ricordatelo insieme alla Joplin e a Shannon, alla Garland e alla Monroe. Alle superstar che sono morte di abbandono.

Ringraziamenti

Non è un segreto che una biografia come questa richieda il tempo e le cure di molte altre persone, oltre a quelle dell'autore, e nel presente caso io ho il maggior debito di riconoscenza nei confronti di mia moglie, Jo-Ann, che ha lavorato duramente almeno quanto me nel raccogliere e comparare informazioni, e senza la quale non sarei mai riuscito a ricostruire la cronologia delle ultime settimane di vita di Kurt Cobain.

Voglio anche ringraziare Grant Alden, per avermi gentilmente messo a disposizione il suo archivio; Jeff Ressner, John Aizlewood e Joe Banks, ognuno dei quali mi ha aperto porte davanti alle quali, altrimenti, forse sarei passato oltre; Chris Nickson, Wendy Weisberg e Jeff Tamarkin, che hanno raccolto tantissimo materiale d'archivio supplementare; Charles Cross, Gillian Gaar, Robert Roth, e specialmente Amy Mueller, grande amica. Anche Snarleyyow, K-Mart, Geoff Monmouth e Anchorite Man si sono rivelati insostituibili colonne di sostegno, particolarmente quando la data di consegna del libro incombeva vicinissima. E, infine, uno speciale ringraziamento a Tony Secunda e Jim Fitzgerald, che hanno risolto tutti i piccoli problemi.[1]

[1] Il testo inglese dice «for ironing out all the kinks (and pretty things)», con un gioco di parole intraducibile. «Ironing out the kinks» è un'espressione collo-

Le mie fonti d'informazione principali per le informazioni contenute in questo libro sono state le conversazioni da me condotte con molti dei principali personaggi che compaiono nel libro: compresi Kurt Cobain, Dave Grohl e Chris Novoselic, naturalmente, ma anche Steve Albini, Buzz Osbourne, Dale Crover e Gina Birch.

In aggiunta a queste, Grant Alden mi ha gentilmente fornito le trascrizioni delle sue interviste con Jonathan Poneman e Bruce Pavitt, Ben Shepherd, Chris e Dave, Buzz e Dale; mentre Jo-Ann Greene mi ha fornito le sue conversazioni con Chad Channing, Mark Arm, Steve Turner, Daniel House e Nils Bernstein. Grant e Jo-Ann hanno anche contribuito notevolmente alla mia riserva di interviste con persone che, per diversi motivi, hanno preferito non essere identificate in questo libro.

Oltre a queste fonti, ho anche avuto accesso a molte centinaia di articoli e ritagli di giornale, tratti da parecchie dozzine di diverse riviste. Fra queste, vorrei in particolare ringraziare i quotidiani «Alternative Press», «Seattle Times» e «Post-Intelligencer», e i periodici «The Rocket», «Q», «Select», «Vox», «Spin», «Rolling Stone», «Option»; il «Los Angeles Times» e il «Los Angeles Weekly»; «Details», «Sounds», «Melody Maker» e «New Musical Express». Di particolare utilità sono stati: *Cobain Found a Kindred Spirit in Frances Farmer's Tragic Life* di William Arnold (sul «Seattle Post-Intelligencer» del 14 aprile 1994); *Aberdeen Betrays the Origins of the World's Greatest Garage Band* di Patricia MacDonald (sul «Seattle Times» dell'8 marzo 1992); *Nirvana: Inside the Heart and Mind of Kurt Cobain* di Michael Azerrad (su «Rolling Stone» del 16 aprile 1992).

Voglio anche riconoscere il mio debito nei confronti di

quiale che significa appunto «risolvere i problemi», ma letteralmente «sciogliere i nodi» (kinks); però «kinks» e «pretty things» («piccole cose graziose») sono anche i nomi di due gruppi inglesi degli anni Sessanta, appunto Kinks e Pretty Things. (*N.d.T.*)

Come As You Are, la biografia autorizzata dei Nirvana di Michael Azerrad, in particolare per quanto riguarda il capitolo sull'infanzia e la prima giovinezza di Kurt Cobain; sotto un altro punto di vista, è servita come punto di partenza per buona parte delle mie ricerche.

Infine, devo sottolineare che mi sono di quando in quando preso la libertà di cercare di ricostruire frammenti di dialogo fra alcuni personaggi di questo libro. Ciò è stato fatto dopo un'attenta verifica di tutti i fatti documentati, per essere certo che il resoconto degli avvenimenti che ne risultava rimanesse preciso.

Finito di stampare nel mese di marzo 1995
presso Arnoldo Mondadori Editore S.p.A.
Stabilimento N.S.M. di Cles (TN)

Stampato in Italia - Printed in Italy